CAROLIN STERNBERG

IM SCHATTEN DER HAUSMAUER

novum pro

Dieses Buch ist auch als
e-book
erhältlich.

Bibliografische Information
der Deutschen Nationalbibliothek:

Die Deutsche Nationalbibliothek
verzeichnet diese Publikation in
der Deutschen Nationalbibliografie.
Detaillierte bibliografische Daten
sind im Internet über
http://www.d-nb.de abrufbar.

© 2024 novum Verlag

ISBN 978-3-7116-0039-4
Lektorat: novum Verlag
Umschlagabbildung: Sarah Bialek
Umschlaggestaltung, Layout & Satz:
novum Verlag

www.novumverlag.com

Druckprodukt mit finanziellem
Klimabeitrag
ClimatePartner.com/16547-2311-1001

IM SCHATTEN DER HAUSMAUER

Ich spüre ihren Spliss zwischen meinen Fingern. Wieder füllt sich kaum ein Tagtraum ohne sie. Sie hat sie liegen lassen, ihre alten abgestorbenen Haarsträhnen, in einer Bürste auf meinem Nachtschrank. Das liegt beinahe eine Woche zurück. Die Haarfusseln haben sich zu einem Knötchen vereint. Ich ziehe es heraus und knülle es in der Hand zusammen. Ich versuche gedanklich durch ihre Haare zu fahren, von oben hindurch, doch es gelingt mir nicht. Sie ist verblasst, die Erinnerung an sie und das Gefühl, das wir füreinander hatten. Alles ist verblasst, obwohl kaum eine Woche dazwischen liegt.

Unten, vor dem Fenster, hatten sich Sirenen aufgereiht, als sie das letzte Mal aus meinem Bett gestiegen war. Laute, tosende Sirenen, die noch immer in meinem Gehörgang sitzen und nur darauf lauern, mich zurück in diesen Augenblick zu versetzen.

Ich lehne mich zum Fenster hervor, als könnte ich die Sirenen noch hören, die Lichter noch aufblitzen sehen, wie winzige Raketenfünkchen, und finde mich zurück in dem Moment, als sie von mir ging. In jenem, als ihr Makeup vom Vortag übrig geblieben auf dem zarten Gesicht lag, unsorgfältig und orientierungslos. Sie sah mich an, mit ihren matten blauen Augen, blickte innig und verbunden. Sodass es still wurde um uns herum, ganz flüchtig nur still. Ihr Blick, der versprach, dass es bald vorbei sein würde und obwohl ich wusste, dass dieser der letzte sein würde, fühlte er sich noch immer wie der erste an.

„Wir sind jetzt ruhig." Verbargen sich ihre Lippen hinter aufrechtem Zeigefinger

„Wir werden von nun an schweigen."

Dann riss sie alles auseinander, indem sie ging. Indem sich mich zurückließ. Ich vernahm das Einrasten der Tür wie das Klappen der Klappe beim Einhundertmeterlauf. Als würde ich fortan beginnen zu laufen, geradeaus und so schnell ich kann und an allen anderen vorbei. Nur nach vorne schauen und so lange durchhalten, bis sie mich befreien würde. Bis sie irgendwann wieder auftauchen würde, um mir zu sagen, dass alles überstanden ist. Doch kurz nachdem sie fort war, war plötzlich nichts mehr von ihr da. Nichts mehr außer ihren Haarfusseln.

Noch einmal rolle ich das kleine Haarklümpchen in meiner Hand zusammen. Es ist so karg und zerbrechlich wie der hauchdünne Faden meiner Hoffnung. Und nur der Drang, der mich von Anfang an zu ihr zog, kann sich nicht lösen. Nach all dem, was passiert war, noch immer nicht.

Ich erinnere mich noch genau daran, als wir uns das erste Mal begegneten. Als sie dort saß und ich an ihr vorbeigeschlichen war. Ignoriert hatte sie mich, stattdessen stillschweigend in sich hineingekichert. So wie sie dort saß, friedlich und apathisch zugleich. Da hätte ich nicht ahnen können, dass eine einzige Person alles in mir verändern würde. Dass so eine einzige Person so mächtig war. Von Beginn an war sie es, die meinem Dasein einen Sinn bescherte, von Beginn an, für diese kurze Zeit. Ich spürte eine sofortige Neugier zu ihr, eine gewisse Verbundenheit, spürte, wie sehr ihr Anblick mich belebte. Ich verstand sie mit all dem Schmerz, mit all dem Leid, das ihr widerfahren sein musste und ich konnte nur erahnen, wie viel es tatsächlich war.

Doch dies ist vorüber, da ist nichts mehr, außer dem in meinen Händen von ihr.

Einen Moment halte ich inne. Noch einmal versuche ich, gedanklich, durch ihre Haare zu fahren.

Dann entsorge ich das Haarbüschel in die Toilette. So wird es besser sein. Wenn sie fort ist. Wenn das Klümpchen einfach durch die Kanalisation rollt und sich mit all den anderen Exkrementen vereint, bis es sich langsam in Luft auflöst. Ganz passend zum Rest des Körpers, der immer mehr vor meinen Augen verschwindet.

Es wird Zeit, die Ursachen zu ergründen. Es wird Zeit, einen anderen Blick einzunehmen und jene um mich herum zu verstehen.

Wer war diese Frau, die im Schatten der Hausmauer gelegen hatte?

Ungefähr eine Woche zuvor

Ich spüre, wie das Beben und Leuchten von draußen immer näher zu mir dringt, als klopfe es an die Scheibe. Ich öffne das Fenster und puste Zigarettenrauch zu den Männern nach unten, sie können mich nicht sehen, hinter seichten Vorhängen, hinter denen ich hindurch zu ihnen nach unten spähe. Großer Tumult macht sich breit, angetriebene Körper bewegen sich von links nach rechts. Fadendünne Lichtkegel erleuchten den schmalen Straßenabschnitt und versetzten dem Spektakel unter meinem Fenster jene Deutlichkeit, welche ich nicht hatte kommen sehen. Die Männer erscheinen unvorbereitet, ihre Bewegungen viel zu vorsichtig. Kaum können sie ihre rauchenden Lungen pausieren.

Es wurde ein Leichnam vorgefunden. In den frühen Morgenstunden. Jenseits des Vorstadtviertels, genau dort, wo die Leute solch eine Tat vermuteten. Der seelenlose Frauenkörper hatte für Aufregung gesorgt und für Verunsicherung, als eine Angestellte der Klinik an diesem Feierabend den Weg zum Bus genommen hatte.

Es sind fünf Uniformierte, die den Fundort mit rotweißgestreiftem Absperrband ummanteln und irgendetwas in leuchtende Displays eintippen. Erkenntnisse oder Annahmen, Notizen, Fotografien. Einer unter ihnen sticht heraus, zivilgekleidet, mit kariertem Pullunder über grauen Strickjackenärmeln, unpassend für die warme Frühjahrsnacht. Es ist der, der scheinbar die Verantwortung trägt, aber auch die Angst in sich, etwas zu übersehen. Ich kann es seiner Mimik

7

entnehmen, die sich nun wenige Meter von mir unter dem Flutleuchter abbildet und erkenne, dass er sich der Situation unpässlich verhält.

Ich habe soeben gegen die erste Regel verstoßen, so wie auch *sie* sich nicht an unsere Abmachung gehalten hatte und sitze nun am Rande des Ganges, unscheinbar hinter einem geöffneten Türspalt. *Was hätte ich machen sollen? Warten und so lange an die Decke starren, wie sie es verlangte? Sollte ich tatenlos wegsehen? Oder aber war dies nicht erst der Anfang von allem? Den es zu verfolgen galt?*

„Kommissar Reiter", kann ich aus unweiter Entfernung vernehmen.

Eine Stimme, die nach etlichen Zigaretten klingt. Der Mann wirkt entkräftet, während er mehrfach versucht, seine Ärmel zu den Ellenbogen zurückzuschieben und das Wort seines Gegenübers offensichtlich an ihm vorbeizieht.

Ich habe es gelernt, stille Beobachterin zu sein. In den letzten Wochen wurde ich nach und nach besser darin, mir die Menschen mit ihren Gedanken und innersten Sehnsüchten vorzustellen. Dieser hier, *der* ist nicht der richtige Mann dafür, irgendeinen Einsatz zu leiten. Er ist entladen, vollkommen unkoordiniert, wie er von rechts nach links wippt, um seine Unruhe unter Kontrolle zu halten. Dieser Mann hat seine besten Zeiten hinter sich. Das ist kein Geheimnis.

Kommissar Reiter, wie er sich nennt, folgt dem jungen Pfleger und gesellt sich neben ihn, mit einem Glas warmen Kaffee in der Hand.

Beide haben sich nun von mir entfernt. Jetzt kann ich nur noch grobe Umrisse erspähen. Doch die unsicheren Bewegungen des Polizeibeamten stechen heraus, sodass ich weiterhin genügend überschauen kann. Im gleichen Moment kommt eine Frau hinzu, eine junge Blonde, diese ist mir bereits bekannt.

Lautstark schildert sie, was sie in Aufruhr versetzt habe, der Kommissar jedoch bleibt unberührt, schaut zum Tablet hinab und bemüht sich, ihre Darstellung zu digitalisieren.

KAPITEL 1

Reiter

Der Leichnam habe in den Schatten der Hauswand gelegen, zusammengepfercht wie ein eingeklappter Winkel. Mutterseelenallein und allein der Anblick seiner Umrisse betrübte die junge Mitarbeiterin, die inmitten dieser Nacht in den Feierabend zu kehren versuchte. Die Tote sah nach Einsamkeit aus, danach, von jemandem zurückgelassen worden zu sein.

Als die angehende Ärztin kurz darauf die Forster Leitstelle informierte, nahmen die Dinge ihren üblichen Lauf. Sodass kurz darauf das Telefon des ortsansässigen Oberkommissars klingelte, der sich in nächtlicher Bereitschaft befand. Es war Dietmar Reiter, der schläfrig den Hörer abnahm und sich nicht vorstellen konnte, dass der Grund des Anrufes ein aufgefundener weiblicher Leichenkörper war. Eine Leiche, vorgefunden auf einem Gehweg außerhalb des Stadtrandes. Etwa wie aus dem Fenster gestürzt oder beim Laufen zusammengesackt und dort vergessen, an den Flanken der Hausmauer. So etwas war hier selten passiert. Es waren Einbrüche, die üblicherweise das Bereitschaftstelefon in Beschlag nahmen oder Taten der häuslichen Gewalt. Aber keineswegs der Fund einer Leiche. Er hatte sich völlig aufgebracht auf den Weg begeben und befand sich in der Hoffnung, schnellstmöglich wieder zurück in das angewärmte Bett kehren zu können, aus dem ihn der Anruf seiner Leitstelle gerissen hatte. Doch als Oberkommissar Reiter am Tatort aus dem Wagen stieg, wurde ihm in dieser blitzschnellen Hellwachheit klar, dass jene tiefe Sehnsucht noch sehr viel länger warten musste. Denn der Fundort verlangte seine sofortige Reaktion.

Und so gab er sich wenig erfreut, als er seine Augen vom übrigen Schlafsand befreite und angestrengt sich zu konzentrieren versuchte, während er neben dem Leichnam saß. Wahrlich unsicher, denn der Zeitpunkt konnte ungünstiger nicht sein. Kaum hatte der Mittvierziger die Chance gehabt, sich von den Auswirkungen der vergangenen Monate zu erholen, befand er sich bereits inmitten einer psychischen Diffusion. Er spürte, dass er längst von den letzten Reserven zehrte. Keine geeignete Verfassung, um sich einer weiteren Angelegenheit zu widmen, denn die Dinge wurden eben übersehen.

Also übernahm er als Leitender des Teams die Aufgabenverteilung und beschränkte die Dringlichkeiten auf das Wesentliche. So wie es zunächst aussah, war die Verstorbene aus einem oberen Stockwerk gesprungen. Auf den ersten Blick sprach aus der Sicht des Oberkommissars nichts dagegen. Das war der Verdacht, den er nach spärlichen Ermittlungen nur wenige Stunden später der Gerichtsmedizin zukommen ließ.

Der Leichnam ist bereits eingetroffen, als Kommissar Reiter hinab zur Obduktionsstätte steigt. Er wankt und er klammert sich ans Geländer, als sehe er vor lauter Erschöpfung kaum noch geradeaus. Die letzte Nacht war wie ein Sturm über ihn hinweggezogen und hatte ihm auch das letzte Fünkchen Kraft noch entrissen. Ein Fiasko für den Oberkommissar, der sich seit geraumer Zeit mit ganz anderen Dingen befasste und kaum mehr fähig war für solch einen ominösen Fall. Kaum Gleichgewicht bei sich, müht er sich Stufe für Stufe hinab und er bemerkt, dass er seit Jahren nicht dort gewesen war.

Seine Angelegenheiten hatten ihn selten nach draußen geführt. Nicht oft musste er das Präsidium verlassen. Höchstens ein, zwei Mal, doch einen Leichnam hatte es kaum mehr gegeben. Keinen solchen, keinen der den Forster Oberkommissar selbst zum Zweifeln brachte.

Trotz großzügiger Unterkellerung hält bereits die Schwüle Einkehr, sodass der leichtsüßlich verdorbene Geruch des Todes mit jedem Schritt näher dringt. Für den Kommissar eine wahre Konfrontation mit sich selbst, eine Herausforderung, wie es sie seit Jahren nicht gegeben hatte.

Er und sein jüngerer Kollege sind seit dem Morgengrauen unterwegs. Nachdem Dietmar Reiter seinen Part in der Psychiatrie beendet hatte, hatte er seinen ungeformten Körper in Form von Wechselduschen kurzzeitig zurückerobert und sich daraufhin mit zwei aufgeschäumten Milchkaffees zu dem neben ihm Stehenden begeben, um ihm zu verkünden, dass in der Nacht eine tote Frau vorgefunden wurde. Dort, vor der städtischen Psychiatrie.

Ein bisschen frustriert wirkt er jetzt, weil es ihm nicht gelingt, sich einzufinden. Weil ihn diese Situation vollkommen übermannt, weil sein Posten als Vorstadtkommissar bedeutungslos geblieben ist, anders, als er es einmal erwartet hatte, anders, als der Weg seines jüngeren Begleiters aussehen wird. Derjenige, dem er am Morgen beinahe Kaffee übers Hemd geschüttet hatte. Und der nach der Verkündung eine solche Gefasstheit ausgestrahlt hatte, dass es Dietmar Reiter unbegreiflich schien. Ein vollkommener Kontrast, hätte er meinen können, wenn er beide nun so miteinander verglich. Doch Reiter verglich sich nicht. Er besaß ebenso eine starke Persönlichkeit, nur eben unter anderen Umständen. Unter Bedingungen, die vorhersehbarer waren, die ihm Sicherheit gaben, aber nicht hier und nicht heute, wo er sich andauernd darauf konzentrierte, nicht nach hinten zu kippen.

„Guten Morgen!", vernimmt Reiter in diesem Augenblick voller Deutlichkeit Töne eines wachsamen Gerichtsmediziners. Denn dieser hat beide Herren längst überprüft, wie sie da so stehen, angewurzelt und angelehnt, wie zwei von der unteren Dienstbehörde. Doch einer von ihnen erscheint mutiger. Es ist der Jüngere, der sich der Verantwortung stellt und dem wartenden Herrn freundlich entgegentritt.

„Guten Morgen auch, wir sind von der Kripo", sagt er, als stünde die Frage noch immer im Raum.

11

Reiter hingegen kann sich kaum bemühen, dem weißbärtigen Herrn entgegenzuschauen. Und wird dennoch schonungslos mit der unbegreiflichen Tatsache konfrontiert, dass auf dem Seziertisch, dort, eine Tote liegt. Kaum kann er aufschauen und Mageninneres beisammenhalten. Diese Tote hatte ihm schon in der gestrigen Nacht seine kommissarischen Fähigkeiten aberkannt. Lieber wäre ihm doch ein strafwürdiges Verkehrsdelikt gewesen, das sich etwas komplizierter darstellte oder das Enteignen größerer Sachbestände. Dieses Ereignis aber bleibt zu abstrus, sodass er sich gedanklich vom Geschehen zu distanzieren versucht.

„Sehen Sie, es kommt einfach niemand mehr, wir werden hier unten einfach vergessen."

Noch kurz klagt der Gerichtsmediziner, um Tatsachen zu verdeutlichen, bevor er sich dem eigentlichen Anlass dieser Zusammenkunft widmen kann. Tatsachen, die beiden nun sichtbar werden. Hier unten wurden einige vergessen und nicht nur die, die längst verstorben sind.

Reiter und sein Kollege schauen an rissigen Betonwänden entlang zur Wölbung hinauf. Überall ragen Rohre aus der Deckenverkleidung, es ruft nach einer oberirdischen Baustelle. Danach, dass Ersatzteile nicht vorrätig waren und sich helfende Hände allmählich entfernten. Reiter wusste um die Umstände dieser Stadt. Dass Forst sich nicht gerade im Aufschwung befand, dass diese Stadt allmählich zerfiel. Nach dem letzten Umbruch waren viele gegangen und nicht mehr zurückgekehrt. Provinzielle Systeme wurden längst unterversorgt, vor allem kleine Städte im Grenzgebiet zu Polen verloren nach und nach an Eigenständigkeit. Und wenn er ehrlich war, ganz ehrlich zu sich selbst, der Kommissar, dann kam ihm dies sogar gelegen.

Nun aber kann er sich dieser Blöße nicht hingeben und kehrt noch einmal in den Raum zurück. Jetzt, da muss er hinsehen. Ganz genau. In der Nacht erschien ihm der Leichnam etwas zu künstlich, zu unreal, um ihn als verstorbenen Menschen identifizieren zu können. Als ein Lebewesen, dessen Körper genau wie seiner einmal von einem Blutkreislauf versorgt worden war. Zwischen Lichtern und Zigarettenqualm hatte ihre Haut zart weiß hervorgeblitzt und wie sie da so gelegen hatte, etwas abgeschieden an der Hausmauer platziert, da glich sie eher einer Wachsfigur. So zart sah ihr Gesicht noch aus, ein wohlgeformtes Nasenbein, zwei gleichgeschwungene Lippen, trotzdem sie längst verstorben war.

Nun aber besitzt der unbekleidete Leib dunkle fleckenartige Stellen und hat an jeglicher Plastizität verloren. Unregelmäßig und besonders an Armen und Beinen ausgeprägt, verleihen sie ihm Finsternis. Seine Augen sind geschlossen und längst in sich zusammengefallen. Er scheint wie ausgetrocknet, deutlich fortgeschrittener in seinem Verwesungsprozess, als der Hauptkommissar es beurteilt hatte.

Dietmar Reiter hatte die Merkmale der Toten gestern Nacht in seiner Aufregung kaum verinnerlicht. Er erinnert sich nur an ihr feines Gesicht, an kräftiges Haar, eine feste dunkle Strähne, die über dem Gesicht lag, wie das Ende einer gekringelten Federboa. Er begutachtete spärlich und unkonzentriert. Denn seiner Meinung nach gab es nichts, wofür es lohnte, sich seine letzten Reserven zu entlocken.

Instrumentelle Klänge der späten Sechziger ertönen im Hintergrund, etwas unangemessen der Situation. Doch passend zum Erscheinungsbild des kraushaarigen Gerichtsmediziners. Walther Fuszius scheint aufzublühen, während seine Handfläche aufrecht über den blassen Körper der Toten fährt.

Direkt unter dem Bauchnabel bildet sich eine wollfadendicke Narbe ab. Bereits ausgiebig verblasst, ist dennoch erkennbar, dass sie von einem Chirurgen vernäht wurde.

„Vielleicht ein Kaiserschnitt, der Schnitt einer Blinddarmentfernung wird üblicherweise seitlicher angesetzt," berichtet er wahrlich fokussiert.

Erkennbar sind außerdem massive Schürfwunden, beginnend an den Fersen ziehen sie sich zum Gesäß hinauf. Nicht durchweg in gleicher Ausführung. Doch es sind lange schlierenartige Schürfungen, die aus gleicher Richtung stammen.

„Ich bin mir fast sicher, dass die Frau noch einmal bewegt wurde, nachdem sie bereits leblos war. Es kann natürlich auch sein, dass sie einfach nur zur Seite geschoben wurde, weil sie im Wege lag, aber wer sollte so etwas bitte tun?", fügt er noch hinzu, nachdenklich berühren sich Zeigefinger und Lippen.

Dietmar Reiter hatte nicht mehr gewusst, wie der Tod riecht. Bittersüß, wie eine Mischung aus ranziger Seife und einem Biotop verwesender Essenreste.

Reiter befreit sich augenblicklich und zieht seinen vom Schweiß durchtränkten Mundschutz unters letzte Gesichtsdrittel. Er gibt nach und begibt sich schwerfüßig zur einzigen natürlichen Lichtquelle des Raumes, um das mit Gittern verkleidete Fenster anzukippen. Mit angelehntem Rücken können ihn seine Beine halten. Dann betrachtet Reiter aus der Entfernung seinen beflissenen Kollegen. Neben dem er sich, in Anbetracht der Umstände, heute noch blasskranker aussehend fühlt als in sonstigen Momenten. Er beobachtet, wie er sich gibt, wie er kommuniziert, wie er überlegt, als sei er eindeutig der Erfahrenere der beiden. Die Hände immer etwas zu unruhig unter seinen Hüften hängend, doch er vermittelt eine unübersehbare Neugier.

Benedikt schaut über die Schulter des Gerichtsmediziners. Seine Augen verfolgen jeden Schritt und obwohl der Fäulnisprozess in Gestank ausartet, weicht er nicht von der Stelle.

Der Mediziner tastet sich übers Gesicht der Verstorbenen, er öffnet ihre eingesunkenen Augenlider. Sie sind tiefschwarz und seelenlos und winzig klein anzusehen.

„Also die hier ist schon länger tot, mindestens zwei Tage. Vielleicht drei."

Seine Hände springen rasch zu den Gliedmaßen.

Er erklärt: *„Schauen Sie sich den Rückgang der Nägel an, die Verwesung ist schon mitten im Prozess."*

Doch Benedikt beweist klaren Verstand.

„Allerdings hat die Tote an der Luft gelegen, das Thermometer ist gestern Morgen schon auf zwanzig Grad geklettert ...“

Und er verweist auf die optimalen Bedingungen, welche den Verwesungsprozess hätten beschleunigen können. Wie aus dem Lehrbuch aufgesaugt, doch auszuschließen war dies nicht. Dennoch besitzt der erfahrene ältere Herr genügend Argumente, um seine soeben gestellte Theorie zu belegen.

„Da haben Sie gut aufgepasst, mein Junge, aber die hatte schon keine Starre mehr, als sie heute Früh geliefert wurde und einige Stellen sind übersehen mit Flecken. Das ist mehr als eindeutig.“

Benedikt wirft einen Blick zur Fensterbank und begegnet Reiters Kraftlosigkeit. Wie er versucht, sich gegen die Wand zu drücken und sich flüchtend der Frischluft widmet. Fast so, als schäme er sich für seine eigenen Ermittlungen.

„Außerdem wurde sie im Fußverkehr vorgefunden. Lange hätte sie sicher nicht unbemerkt dort gelegen“, argumentiert Benedikt zusätzlich.

Ein wenig lautstarker, sodass dies auch in Dietmar Reiters Ohren dringen kann. Kurzzeitig kehrt Ruhe ein.

„Wie alt wird sie gewesen sein? Etwa Mitte dreißig?“, bricht er unsichtbare Gedankenflüsse.

„Wenn überhaupt. In Anbetracht dessen, dass sie schon länger liegt, vermutlich sogar jünger“, erwidert der Gerichtsmediziner.

Sie war hübsch. War einmal ansehnlich gewesen, als das Blut noch strömend durch ihren Kreislauf fuhr. Nun ist sie nur noch grell und verfärbt und vom Antlitz des Lebens weit entfernt.

Die Blicke der Beratenden gleiten am violett getönten Frauenschädel entlang. Hautstrukturen wurden kaum zerstört, doch unter dem Haar verbirgt sich eine Kerbe. Deformiert wurde der Schädel dieses weiblichen Geschöpfes, deformiert mit beachtlicher Kraft.

„Ein Hinweis des Aufpralls?“, widmet sich Benedikts Kopf wiederholt dem am Fenster Lehnenden. Fraglich und zögernd. Denn es lässt kaum darauf schließen.

„Nein, mein Junge, diese Frau kann keinesfalls gesprungen sein. Wer dies behauptet, hat nicht hingesehen."

Dabei fallen die Blicke des älteren Herren in selbige Richtung. Kommentarlos schüttelt er seinen graugelockten Kopf.

Kriminalkommissar Reiter fühlt sich ertappt, doch er hält sich bedeckt. Er schafft es nicht, den zugeworfenen Vorwurf anzunehmen. Er schafft es nicht mehr, dieses Gespräch zu verfolgen. Es ist lediglich möglich, die Dynamik der Unterhaltung anhand von Mimik und Gestik abzulesen. Der Kontrast zwischen beiden wird nun noch deutlicher.

In diesem Moment wird es ihm bewusst. Er begreift, dass die Zeit herangebrochen ist, demjenigen, dessen frisch geschorene Haare beinahe seine Herkunft verbergen, noch mehr Vertrauen entgegenzubringen.

Er ruft sich in Erinnerung, wie viele Jahre zwischen damals und heute vergangen waren. Wie sein Kollege einmal ausgesehen hatte. Damals, vor mehr als einem Jahrzehnt.

Reiter war seinem Kollegen das erste Mal begegnet, als noch geschwungene Locken über seine Schultern ragten wie samtweiche Wattebausche. Beide hatten sich auf einer Weiterbildung in Hameln kennengelernt. Damals trug der angehende Kriminalbeamte diesen besonderen Look. Einen präsenten charakterstarken Look, dem man nicht unbedingt auf dem Lande begegnete. Knallgrüne Hosen, kombiniert mit eleganten Ledersandalen und einem weißen gemangelten Stehkragenhemd hatte noch niemand zuvor für ein Seminar zur *„Organisierten Kriminalität"* ausgewählt.

Anhand seines Haarschnittes konnte Dietmar Reiter allerdings über die Jahre nach und nach die Länge seiner Dienstzugehörigkeit bestimmen. Zunächst waren es nur wenige Zentimeter, die fielen, nur so viel, dass der Mann, dessen Name stimmig mit seinem gesamten Erscheinungsbild harmonierte, die Lockenpracht noch immer hinter seine Ohren legen konnte. Inzwischen jedoch sind die Haare des Oberkommissars länger als die seines jüngeren Kollegen. Und auch die Intensität seiner Kleidung distanzierte sich über mehrere Zeiträume immer mehr von der vorherigen Farbauswahl. Optisch gesehen passte er sich für Dietmar Reiter nach nur wenigen Jahren schon den Gegebenheiten eines Schutzpolizisten an -Jedoch nur optisch gesehen. Und Reiter musste sich eingestehen, dass er diese Umorientierung verstand. Denn jemandem, der den Namen Benedikt Ayari trug, wurden selten Dinge hinterhergeworfen, die es sich lohnte aufzuheben.

Walther Fuszius wechselt das getragene Handschuhpaar und stülpt sich ein Plastikvisier übers Gesicht. Anschließend tasten seine gummierten Finger zunächst weitere Glieder des toten Körpers ab. Er arbeitet sich nochmals sorgfältig vom Schädel zum oberen Rumpf hindurch. Auf Dünndarmhöhe halten seine Finger, um sich wiederholt der Narbe zu widmen. Sie untersuchen den unteren Bauchbereich, dort werden unzählige Flecken ersichtlich, die Adern sind grünlich verfärbt.

„Sie müssen die Haut weit auseinanderziehen, umso sauberer wird der Schnitt", demonstriert der Rechtsmediziner und enthüllt anschließend das Operationsbesteck.

Allmählich erlangt Dietmar Reiter nun wieder Festigkeit unter seinen Füßen und nähert sich dem Seziertisch. Er räuspert sich unüberhörbar und richtet sich auf, um zu verdeutlichen, dass sein Leib nun wieder bei Kräften ist. Jedenfalls für diesen kurzen Augenblick.

„Sie melden sich dann am Montag?", kehrt er zurück in seine diensthabende Position und blendet vollkommen aus, dass er sich soeben noch kurz vor dem Zusammenbruch befand.

Nicht sonderlich beeindruckt von seiner Rückkehr zeigt sich Walther Fuszius. Seine Hand, bereits bewaffnet mit Sezierbesteck, bewegt sich nun wieder von der Haut hinweg.

„Selbstverständlich!", klingt er hoch erregt. *„Sofern es möglich ist natürlich auch früher."*

Kommissar Reiter entfernt sich sachlichen Schrittes vom Geschehen. Er hofft, dass er den nun wiederkehrenden Schwindel für diesen Moment unterdrücken kann.

Nachdrücklich bleibt er noch einmal auf dem ersten Treppenansatz stehen, wendet seinen Körper, stützt einen Arm in die Hüfte, um seinem Kollegen Nachdruck zu verleihen. *„Kommst du?"* Denn offensichtlich kann sich der angehende Kriminalbeamte von diesem Fall noch nicht lösen.

„Ben, heute ist dein freier Tag." Doch dieser scheint für diesen Moment nicht geistesgegenwärtig. Er starrt in die Luft, den Kopf gerichtet auf etwas, das nicht vorhanden scheint. Sein Gemütszustand hat sich verändert. Er wirkt plötzlich geschafft, ein wenig in Unmut versetzt.

Benedikt Ayari ringt damit, innerlich etwas auszufechten. Die Stirn runzelt sich, als befände sich bewegliches Leben unter ihr. Offensichtlich befindet sich sein Soma etwas getrennt vom Geist am Seziertisch stehend. Und beide vereinen sich erst dann wieder, als der Pathologe die Haut des Leichnams mit beiden Fingern auseinanderstrafft und das frisch geschliffene Metall vor seinen Augen in die Bauchdecke eindringt. Fokussierenden Blickes wartet der angehende Kriminalbeamte noch einen Moment, bevor er sich abwendet, doch es tritt scheinbar nicht der erwartete Effekt ein, denn das Blut der Toten hat längst gestockt.

„Herr Ayari, kommen Sie?", fordert Reiters Betonung nun deutlicher. Er verspürt Ungeduld, für ihn wird es Zeit, dieses Gemäuer zu verlassen. Dann stampft er mit einem Bein auf die metallenen Treppenstufen, sodass der dumpfe Klang durch alle Ohren schmettert. Schließlich erwacht Benedikt aus seiner Starre, in der er beinahe eins mit der des Leichnams geworden wäre. Er umkreist abschließend das dargelegte Szenario, als präge er es sich noch einmal genauestens ein.

„Bis bald", sagt er noch zum Abschied. *„Hoffentlich ..."*

Die Beamten verlassen das Gebäude nacheinander und begeben sich zu ihren Fahrzeugen. Als Benedikts Hände in den Hosentaschen versunken nach dem Schlüssel herumkramen, wirft er Reiter zum Abschluss noch eine nachhaltige Empörung entgegen. *„Warum hast du die Sachlage ei-*

gentlich so eindeutig formuliert ...?", erkundigt er sich und es war nie so, dass er die Arbeit seines Kollegen tatsächlich in Frage stellte.

Reiter bleibt stehen, bevor er die Schneise zum roten Volvo nimmt, wieder beginnt es ihm innerlich zu flattern.

„Ich meine, vielleicht läuft hier im schlimmsten Fall sogar ein Mörder herum", fügt Benedikt seiner Frage noch einen Hauch Dramatik hinzu. Und Kommissar Reiter versucht dies aufzunehmen, so gut es ihm gelingt.

Er weiß sehr wohl, dass Benedikts Vorwürfe eine vollkommene Berechtigung tragen.

Reiter hatte es nicht geschafft, zwischen den Zeilen zu lesen und den Fund zu seinen persönlichen Gunsten analysiert. Es war ihm äußerst bewusst, dass er nicht in der Lage gewesen wäre, solch eine Angelegenheit zu bewältigen. Sehr viel mehr war es ihm bewusst, dass sein Wort das Letzte bleiben konnte.

Es war nun schon so, dass die ersten groben Spuren auf suizidale Tötung hindeuteten. Der Tatort, vorgefunden, wie er im Handbuch hätte abgebildet sein können, ließ auf einen Sprung aus dem oberen Stockwerk schließen, wenn man nicht sehr genau hinsah. Ein Laie also hätte genau dies unterzeichnet.

Doch Reiters Gewissen hatte einmal anders ausgesehen und er wusste, dass ihm die Bedingungen zugespielt hatten. Dass er es ausgenutzt hatte, dass diese Tote doch ein Niemand war. Ein Niemand, für den sich dieser Aufwand nicht lohnte.

Der Oberkommissar versucht sich dennoch gegen die Anschuldigung seines jüngeren Kollegen zu wehren.

„Was hättest du geschrieben, Ben? Du weißt doch, wie die Dinge ablaufen", wirft er zurück, um dessen Besorgnis zum Stillstand zu bewegen.

In diesem Moment ist der Kommissar zu schwach. Der Klang seiner Stimme wirkt angeschlagen, als durchzöge ihn diese Erschöpfung bereits von Kopf bis Fuß. Er richtet sich gerade, dann klopft er seinem Mitstreiter auf die Schulter und haucht ihm eindeutige Worte in den Nacken. *„Es ist nicht immer alles so einfach, nicht wahr!?"*

Denn er weiß, dass Benedikt Ayari oft selbst schon zum eigenen Vorteil gehandelt hatte.

Benedikt

Benedikt schaut dem Hauptkommissar nach, als er sich davonbewegt. Die Erschöpfung seines Freundes ist nicht zu übersehen und auch seine Worte haben ihn erreicht. Dies ist der Moment, als die Erinnerungen zurückkehren. Es beginnt ihn kürzlich Vergangenes einzuholen, bevor Reiters Motorengeräusche den jungen Beamten noch einmal in die Gegenwart versetzen. Benedikt nimmt Bremsgeräusche wahr, er beobachtet den immer kleiner werdenden rotgelackten SUV. Dann betätigt er die Öffnung seines Fahrzeugs und steigt hinein. Als er seinen Gurt anlegt, schaut er noch einmal in den Rückspiegel, wie immer setzt er zum Abschied seines Kollegen den Warnblinker ab. Er schaut ihm noch einmal nach, bis er kurz darauf nicht mehr sichtbar ist, erst dann regt sich die Zündung. Automatisiert gleitet Benedikt nun zur Kreuzung, biegt nach rechts zwischen Alleen auf den spröden Landstraßenasphalt.

Reiters Worte haben das Gefühl in ihm noch einmal verstärkt. Das Gefühl eines Irrtums, den Dingen ihre Bedeutung genommen zu haben, um sich von Selbstvorwürfen zu befreien. So wie früher und so wie in dieser einen vergangenen Nacht. Allmählich wird ihm begreiflich, dass er gedankenversunken nach Hause fahren wird. Jeglicher Versuch zur Konzentration auf den umgebenden Verkehr verliert sich immer mehr in Erinnerungen. Es sind Erinnerungen an den nächtlichen Vorfall im Präsidium vor ungefähr drei Wochen, die in ihn einkehren, ohne dass er diese zurückhalten kann.

Es war dieser eine Tag, im Prinzip unterschied er sich nicht sehr von all den anderen. Doch Benedikt war kurzfristig für ein paar Stunden alleine auf der Wache gewesen. Und es sah in dieser Nacht zunächst danach aus, dass es Benedikt sogar sehr zum Vorteil kam.

„Ich muss noch einmal schnell nach Hause fahren!?", hatte der andere diensthabende Kollege gemeint, dessen hochschwangere Frau kurz vor der Entbindung stand.

„Lass dir Zeit", winkte Benedikt mit beiden Händen ab. In großer Erleichterung, in dieser Nacht nun auch selbst etwas Außerdienstliches erledigen zu können. Er hatte noch einen Stapel von der Polizeischule abzuarbeiten, den er seit Tagen längst hätte in das Postfach des Professors legen sollen.

Kurz nachdem Benedikt Ayari seinen Kollegen in die Nacht entließ, setzte er sich in seine Schreibtischecke und kramte den mehrseitigen Stapel Kopien aus seiner Umhängetasche heraus, um die gewonnene Zeit nun nützlich zu verbringen. Natürlich befand sich auf dem anderen Ende des Schreibtisches ebenso ein angehäufter Stapel von der Alltagsstreife der letzten Wochen. Doch Benedikt setzte der Druck seines Professors mittlerweile so sehr zu, dass er diesen endlich ein wenig zu entschärfen versuchte.

Kaum sitzend, fuhr er mit dem Marker über die ersten Seiten, um das Wichtigste herauszufiltern. Er las einen Text zum Umgang mit Spürhunden. Was den angehenden Kriminalkommissar nicht sehr begeisterte.

Die Begriffe rangen sich aneinander, wie elendig lange Kettenwörter. Satzzeichen überlas er beinahe und Benedikt bemerkte, wie ein zunehmender Druck in seiner Stirn hinaufstieg. Ein stechendes Kopfbrummen machte sich breit und es kostete ihn Mühe, beide Augen offen zu halten. Also legte er den grellgelben Marker zwischen die aufgeklappten Kopien, um sich ein paar Schritte zu bewegen.

Schlendernd lief er auf und ab, mit beiden Händen in den Hosentaschen, durch den quadratischen Büroabschnitt. Somit geriet sein Kreislauf immerhin ein wenig in Schwung, dachte er sich.

Noch immer trug er die abgelatschten Nikes, die er als Wechselschuhe nutzte, um seine Füße zwischendurch immer mal wieder von den Uniformschuhen abzulösen. In denen hatten sich seine Füße noch nie besonders wohlgefühlt. Und weil er ahnte, dass sein Kollege so schnell nicht zurückkehren würde, entschied er sich, eine weitere Stufe der Gemütlichkeit einzulegen. Also begab er sich zu seinem Spind und schlüpfte gelassen aus den heruntergetretenen Sportschuhen. An den Zehenspitzen erkannte er weiße Rückstände, die den getrockneten Salzgehalt des Schweißes widerspiegelten. Ein paar Schritte bewegte er sich auch im Eingangsbereich des Revieres auf und ab, für ein paar Minuten lief es sich auf den Socken erlösend.

Es war mucksmäuschenstill gewesen um ihn herum. Das Flackern des Überwachungsbildschirmes erhellte als einzige Lichtquelle den großzügigen Korridor. Lediglich der Regen war hörbar, der sanft die Fenster streifte. Wie ausgestorben war diese Nacht, gleichbleibend still. Bis der Polizist plötzlich etwas wahrnahm. Einen Ton, der die Stille brach. Kaum zu lokalisieren, kaum einzuordnen, was es war. Doch das Geräusch wiederholte sich, noch einmal und noch einmal. Und es klang wie das Anschlagen einer Faust auf eine Tür. Jedoch sehr zaghaft und zurückhaltend. Es war ein Klopfen.

Benedikt Ayari öffnete die Eingangstür zum Präsidium und streckte seinen Kopf hinaus in diesen fürchterlichen Regen. Er schaute sich um, doch zunächst schränkten gigantische Wassertropfen sein Sichtfeld ein. „Hallo?", fragte er unsicher und sich etwas lächerlich vorkommend, weil er scheinbar mit dem Nichts in Kommunikation trat. Er kniff beide Augen zusammen, noch hatte er die Grenze zum Brillenträger nicht überschritten und vernahm, in schon recht weiter Entfernung, etwas Eilendes im Lichtkegel der Laternen. Es sah aus, als würde jemand davonrennen, jemand, dessen Zopf hin und her baumelte, jemand, der sich bemühte zu entkommen. Eine Person.

Sie trug einen hellen Anzug, dessen Ober- und Unterteil sich farblich nicht voneinander absetzten. Das Haar aber wies einen etwas anderen Ton auf, doch verschwamm es allmählich zwischen den Straßenleuchten.

„Halt!", rief er energisch, ein wenig selbst erschrocken von der Vibration seiner Stimme. Doch die Person reagierte nicht auf seine Rufe, bewegte sich weiterhin im Gleichschritt davon, bis sie kleiner und kleiner wurde. Benedikt fühlte sich herausgefordert. Er musste reagieren. Doch bevor er zum Sprint hasten und in seine Nikes zurückschlüpfen konnte, verschwand die Person in der lückenlosen Dunkelheit.

Und wie er da noch immer stand, sich fragte nach der Absicht, nach dem Anlass des Klopfens, erspürten seine inzwischen durchnässten Füße, dass die Klopfende auch etwas hinterlassen hatte. Einen Stein, der auf der Türschwelle lag und einem Stückchen Papier darunter Schutz bot.

Benedikt griff nach dieser anscheinenden Botschaft, noch bevor auch diese von Feuchtigkeit durchtränkt wurde und schlug die Tür in den Rahmen.

Die fortgerannte Person hatte diesen Zettel akribisch gefalzt. Ihn Kante auf Kante ins Miniaturformat versetzt. Es schrie geradezu danach, dass jemand eine bemerkenswerte Falttechnik besaß. Innerlich in Hektik versetzt, zog er seine durchtränkten Socken von den Füßen und kehrte barfüßig zurück zum Schreibtisch.

Der große Zeiger stand nun auf zwei Stunden nach Mitternacht und der Dienst sollte noch bis zum frühen Morgen andauern. Benedikt spürte auf seinen Schultern eine bedrückende Unrast in den Nacken kehren, die ihn in Beschlag nahm und welche ihm bisher selten widerfahren war. Irgendwie anders, als er sie von den Streifen aus der Großstadt kannte.

Hunderte Male hatte er Nächte erlebt, in denen er nicht zum Denken gekommen war, Hunderte Male. Dennoch konnte er nicht eine mit der jetzigen vergleichen.

Vielleicht raubten ihm in dieser tiefdunklen Nacht jene unbekannten Bedingungen die Fassung und trugen eine befremdliche Unvorhersehbarkeit in die Räumlichkeiten des Polizeireviers. Der brausende Wind, der sich in der warmen Mainacht aufgetan hatte und das Tröpfeln des Regens gegen die Fenstergläser. Diese Verlassenheit, in der weit und breit kein menschliches Wesen umherzuirren schien, umrahmte die gesamte Situation mit einer Mystik, die dem Ganzen nun Nachdruck verlieh.

Mit zitternden Fingern öffnete Benedikt das klein gefaltete Blatt Papier, dessen Enden er Stück für Stück wieder in seine Ursprungsform versetzte. Dann fegte er die ausgebreiteten Studienaufgaben zur Seite, wie einen Stapel ausgelesener Zeitungen und legte das mysteriöse Schriftstück auf die Tischoberfläche, um mit der geöffneten Hand die stark ausgeprägten Fältchen glatt zu streichen. Eine leichte Spur des Starkregens war unvermeidbar gewesen und sorgte nach dem Öffnen für verschmierte Tinte. Ein sichtbarer Schmierfleck zog sich hauchdünn über das strahlende Weiß. Geschwungene Buchstaben wurden einzeln mit der Hand in das Papier eingearbeitet, ein bisschen künstlerisch dargestellt in sonderbar makelloser Schreibschrift. Es sah aus, als verstünde jemand etwas von seinem Fach. Als hätte sich jemand die Zeit genommen, dieses Stück Papier anzufertigen. Es waren hunderte Großbuchstaben in unfassbar winziger Schriftgröße. Es sah aus, als hätte jemand eine Botschaft hinterlassen. Als hätte jemand versucht, etwas mitzuteilen und dann aus unbestimmten Gründen einen Rückzieher gemacht.

Benedikt spürte, wie sein Schädel versuchte, sich gegen die Erschöpfung der Nachtwache zu wehren, dass sich die Gedanken überschlugen, weil sie nach Lösungen rangen. Es hätte in diesem Moment alles bedeuten können und war bei Weitem eine viel zu herausfordernde Denkaufgabe für diese Uhrzeit.

Also hatte sich der junge Polizist von seinem Stuhl erhoben, sich zunächst einen Cappuccino zubereitet und nach Ewigkeiten wieder einmal den unentwegten Drang verspürt, schleunigst etwas Tabakrauch in sich einkehren lassen zu müssen. Ein tiefer Zug versprach das Herunterfahren schon in der Vergangenheit. Und Benedikt wusste, dass er dieses Bedürfnis auch nun stillen konnte, da sein Vorgesetzter immer ein gefülltes Päckchen Zigarillos in seiner dienstgebräuchlichen Jacke umhertrug. Es war nicht unbedingt die genussvollste Marke, die Dietmar Reiter in der Innentasche seines Ledermantels aufbewahrte, aber immerhin etwas Qualmendes zwischen den Lippen. Ganz unverfroren kramte Benedikt darin herum und bediente sich an dem eingedrückten Schächtelchen. Eigentlich hatte er sich das Rauchen längst abgewöhnt, aber jetzt erschien es ihm angemessen, vollkommen angemessen in dieser Situation.

Vorschriftsmäßig begab er sich mit dem bereits glühenden Zigarillo in den Raucherbereich, der dort noch immer existierte. Noch immer fragend, wie viel Ernsthaftigkeit hinter diesem seltsamen Ereignis wohl stecken würde. Fragend, ob er zum Opfer eines infantilen Streiches geworden war und nun zum Gespött werden würde?

Er legte seinen verglühten Kippenstummel zu den anderen in den überfüllten Sturmaschenbecher und begab sich zurück in die Schreibtischecke. Er konnte das Zettelchen doch einfach bei der Spurensicherung abgeben. Ohne Aufsehen zu erregen, als wollte er sich inmitten seines Studiums nun einer praktischen Erfahrung unterziehen. Doch wenn er ehrlich war, hatte er die Strukturen des Papiers bereits zu sehr geschunden. Die Produktion seiner Schweißdrüsen hatte besonders an den Fingerkuppen Spuren gesetzt, sodass das Papier nun an einigen Stellen Wellen schlug. Längst verdrängten seine Hinterlassenschaften die des Übermittlers. Er konnte sich vorstellen, dass sie ihn für einen Anfänger halten würden, nach all den Jahren Dienstzeit, oder eben für jemanden mit einer sehr ausgeprägten Phantasie. Ein bisschen erhoffte Benedikt in diesem Moment die Rückkehr seines Kollegen.

Eine Stimme, die mit ihm spricht und ihn aus dieser Gedankenwelt herausreißt. Ein Stück fassbare Realität. Er hoffte auf einen Impuls, der sich lebendig anfühlt. Doch um ihn herum blieb nur die Stille.

Benedikt versetzte das rätselhafte Zettelchen zurück in seine vorgefundene Form und lehnte sich zurück in seinen Bürostuhl. Er streckte beide Füße zum Tisch hinaus und suchte danach, wieder zurückzufinden. Wieder zurück ins Hier und Jetzt zu gelangen und die Dinge zunächst zu belassen. Es fühlte sich gut für den Polizisten an, beide Zehen auszustrecken und etwas Luft auf der Haut zu spüren.

Er vernahm jene freitägliche Aufbruchstimmung, die von der Abteilung nach Dienstschluss hinterlassen wurde. Um ihn herum bildeten überladene Ordner, zum Einstürzen verurteilte Türme. Es hätte nur ein Windhauch genügt. Neben all den anderen Schreibtischen quollen die Mülleimer bis oben hin. Versehen mit Verpackungen asiatischer Schnellkost, die am Mittag bestellt worden war. Reste von Feuchttüchern klebten an Tastaturen wie überreife Bananenschalen, die eins wurden und begannen, einen hauchzart- fruchtigen Geruch abzusondern. In dieser feuchten Nacht wichen selbst die milderen Gerüche kein bisschen.

Benedikt erinnerte sich daran, dass er jene Geruchskulisse mit einem frisch gebrühten Wintertee verglich. Einem Sbiten, den ihm seine Frau aufbrühte, wenn es ihm schlecht erging. Der fruchtig winterliche Duft versprach Geborgenheit und Wärme und erinnerte an die Traditionen ihrer Heimat. Auch, wenn er um diese Jahreszeit kaum her passte, kehrte in Benedikt Ruhe ein. In diesem Moment fühlte er sich leichter. Dort an seinem Schreibtisch sog er dieses Gefühl auf, um sich ein wenig vom Geschehen zu entfernen. Vielleicht sogar zu sehr.

So lange, bis ihn plötzlich ein Schulterklopfen aus seinem Dämmerzustand riss. Sein Kopf war bereits zur Seite genickt und er verspürte eine Verspannung in den Halswirbeln. Die Uhr stand nun genau auf Vier und allmählich erklang das morgendliche Vogelgezwitscher, obwohl es draußen noch immer stockduster war.

„Geh nach Hause Ben, ich übernehme den Rest der Schicht", sprach der zurückgekehrte Kollege.

Benedikt wischte sich eine leichte Speichelspur von der Wange und warf seinem Gegenüber ein wortloses Nicken zu. Er gab sich unwissend und erkundigte sich wortkarg und nur aus Höflichkeit, wie es der schwangeren Frau zu Hause ergangen war. Doch der nun in der Küchenzeile Stehende hielt sich in seiner Ausschmückung zurück. Und schlug die Stirn in runzlige Falten, als fragte er sich nach der Hysterie schwangerer Frauen.

„Ach, es war nur ein Fehlalarm. Schwangere Frauen eben."

Benedikt sortierte die Unterlagen des Professors zurück in den Universitätsordner. Schon dabei, sich auf den Heimweg einzurichten, doch eine Sache, die gab es noch zu beschließen. Er griff nach dem inzwischen wieder gefalzten Papierquader und drehte sich zu seinem Kollegen, der dabei war, Benedikts benutzen Kaffee-Pad in die Tonne zu entsorgen und einen spürbar genervten Gesichtsausdruck mit sich trug.

„Ich hab's vergessen, entschuldige bitte", fügte Benedikt tröstlich hinzu, doch jene Frustration schien nicht seiner Nachlässigkeit geschuldet zu sein.

Benedikt hätte sagen können, dass jemand an der Tür geklopft hatte und etwas hinterließ.

Oder dass er etwas vor der Tür vorgefunden hatte, während er den Zettel hinter den gehärteten Papphefter klemmte. Aber das tat er nicht, denn die eingetroffene Aufregung des Anwesenden hielt ihn davon ab. Stattdessen spürte er, wie sein Puls rasant anstieg und ihn innerlich aufscheuchte. Dröhnend atmend zog er seine Socken über die nackten Füße, ließ das gefaltete Zettelchen zusammen mit dem anderen Stapel in seine Umhängetasche gleiten, als wäre dieses niemals aufgetaucht und formulierte zum Abschied ein nüchternes *„es war sehr ruhig … hast nichts verpasst"*.Während er in Eile ausgebrochen schon halb gebücktmit einem Bein im Korridor stehend seine Schnürsenkel zusammenband. Dann verließ er geradewegs das Präsidium.

Noch immer sitzt Benedikt auf dem Rückweg von der Rechtsmedizin hinterm Steuer, als er aus seinen Erinnerungen zurückkehrt. Die Alleen sind übersät von Frühblühern. Er bemerkt, dass sein Geist die Fahrt über diesen Augenblick noch einmal Revue hatte passieren lassen. So eindringlich, dass er nun nicht mehr weiß, wie er ans Ziel gelangte. Vielleicht hatte er Umwege genommen, vielleicht war er über rote Ampeln gebrettert, doch er erinnert sich kaum ein einziges bisschen.

Nachdem er in den heimischen Carport einfährt, weiß er nur, dass der erste Gang der in sein Arbeitszimmer sein wird. Er weiß, dass er alles um sich herum zunächst ignorieren, stattdessen das Taschenfach öffnen und seine dort abgestellte Umhängetasche herausziehen wird. Denn seitdem er an jenem Morgen von der Schicht zurückgekehrt war, ruhte das gefaltete Papierquadrat noch immer genau dort. Er hatte am darauffolgenden Tag nicht mehr den Sinn darin gesehen, sich weiterhin dieser Merkwürdigkeit zu widmen. So nahmen die Dinge ihren Lauf und entzogen dem seltsamen Ereignis nach und nach die Intensität. Aber nun, da holte es ihn wieder ein, schon als der Anruf des Hauptkommissars in den frühen Morgenstunden auf seinem Diensttelefon eintraf.

Der Zettel hatte die Zeit über unbeschadet in der ledrigen Seitenschneise verbracht, unberührt und nun wieder faltenfrei. Benedikt zieht ihn heraus und schaltet das Licht über dem Schreibtisch ein. Er erkennt noch immer die Hinterlassenschaften aus der Nacht, den Regen, seine Fingerspuren, doch sie sind ein wenig verblasst.

Es ist ein Wirrwarr an Buchstaben, daran hat sich nichts geändert. Doch heute, empfindet er, erscheint sein Sehvermögen etwas klarer als inmitten dieser finsteren, fast mondlosen Nacht.

Er überschlägt die Reihen des Zettels, erst waagerecht, dann senkrecht und notiert Wörter mit einem Bleistift. „*EIN, DER*", liest er sich selbst laut vor. Er versucht es rückwärts und diagonal. Fährt in sanfter Geschwindigkeit mit der Fingerspitze über geschwungene Tintenkleckse. Es sind viele und kleine, ziemlich kleine Großbuchstaben und Benedikts Augen benötigen immer wieder Erholungsphasen. Er kramt im Fach des Schreibtisches nach einer Lupe. Dann klappt er seinen Laptop auf, recherchiert im Netz nach Vergleichbarem. Er erkennt, dass die Buchstaben zwardem modernen deutschen Alphabet angehören, doch es lassen sich kaum Wörter finden. Er versucht es mit Latein, mit Polnisch, mit Spanisch, Allerdings, es fehlt die Lautschrift.

Er reibt über seine geschlossenen Augenlider. Sie strengen ihn an, diese bedrückenden Fragen, das Gefühl, sich im Buchstabenwirrwarr zu verlieren.

Jetzt gerade wird Benedikt Ayari bewusst, er braucht dringend den Rat eines anderen.

Reiter

Der Kommissar schaut seinem Kollegen nach, dessen Worte ihm Bekümmernis bereiten.

Vertuschung, könnte man meinen, das war der richtige Begriff für das, was Dietmar Reiter an diesem Vormittag beabsichtigte.

Dem Kommissar war sehr bewusst, was er auslösen würde, sobald er auf die schmalspurige Autobahn gelangte. Dass eine Zeit endete, welche Frieden und Hoffnung beschert hatte. Ihm und allen Beteiligten. Dass sein Wort nur noch einem huschenden Windzug glich, denn nun konnte er diesen Frieden wahrhaftig nicht mehr schützen.

Dietmar Reiter hält noch einmal an der nächsten Gelegenheit, um Koffeintabletten mit billigem Filterkaffe zu vermengen, um seine Batterie zumindest vor dem Ausgehen zu bewahren, solange er nicht wieder auf dem Rückweg war.

Dann wird er erschlagen von einer schimmernden Fassade, von hunderttausend gläsernen Fensterscheiben.

Reichlich imposant gewährt das neue Präsidium Einblick in jeden aufgeführten Winkel. Glanzvoll und rein, majestätisch irgendwie.

Ein leibhaftiger Beweis dafür, dass Dietmar Reiter im gesamten letzten Jahr umsonst gebettelt und gebangt hatte, dass er sich zum wahrhaftigen „*Gespött*" gemacht und sie ihn für lächerlich befunden hatten. Er hatte es nicht begreifen wollen, doch nun erscheint es ihm so glasklar wie dieses wuchtige Exemplar vor seinen Augen.

Nebenan, da hat der Kommissar einst die Polizeischule besucht, wovon heute nur noch ein Pförtnerhäuschen übrig scheint. Der ehemals sowjetische Bau musste weichen für staubtrockene PKW-Stellflächen und eben das, was mit der Zeit immer größer wurde.

Wie er da so steht und am weißen Anstrich hinaufschaut, traut er sich kaum, einen Fuß hineinzusetzten. Es fühlt sich danach an, als hätten all die Forster Ersparnisse diesem Exemplar nach und nach zu mehr Prunk verholfen. Jetzt kann er nicht anders, als Vergleiche zu ziehen. Reiters hart erkämpfte Einsparungen, umgewandelt in unnütze Deckenlampenkonstruktionen, zum Treppenhaus hinaufragend.

Dietmar Reiter weiß nun um all die Lächerlichkeit, um seine eigene, darum, wie hoch sein Unterhaltungswert doch gewesen sein musste. Dass sie absichtlich Druck ausübten, vermutlich sogar darum Wetten abschlossen, wie lange der Kommissar seine Drähte noch zusammenlöten konnte. Ganz plötzlich sprach er sich nun auch selbst seinen hart erarbeiteten Titel ab. Denn die anderen hatten dies längst schon getan. Er war eine Witzfigur unter all den umkämpfenden Kleinstadtkom-

missaren gewesen, das war er! Aber keineswegs ein Oberkommissar, der einst vor etlichen Jahren als ansehnlich galt.

Wenn Dietmar Reiter nun also dort in dieses schillern-
de Gebäude eindringt, dann wird die Forster Leitstelle sehr
bald für weiteres Wachstum sorgen. Und er selbst, er wird
sich abkapseln können, fein säuberlich aus der Affäre ziehen,
während die Leittragenden weiterhin unwissend bleiben.

Doch eine Wahl, die hat er nicht mehr. Und in Wahrheit
war der Zeitpunkt längst überschritten. Der Kommissar hatte die Leitstelle zusammengehalten, beinahe mit den eigenen
Händen, doch der Einfluss von Oben hatte sich kaum noch ertragen lassen. Wöchentlich verdammt dazu, ellenlange An-
träge auszufüllen, welche ausführlichste Begründungen zur
weiteren Finanzierung verlangten. Warum ausgerechnet sein
Präsidium einen Erhalt Wert war, wo alle anderen Einrichtungen doch nicht weniger fungierten?

Immer wieder hatten sie ihm Aufschub gewährt. Doch als
Dietmar Reiter in der gestrigen Nacht zum Fundort gerufen
worden war, wurde ihm klar, dass es nun vorbei sein musste.

Endgültig vorbei.

Der Kommissar bewegt sich durchs Glas hindurch, als sei er
geistig schon kaum mehr anwesend. Wie in Trance schwebt
sein Körper über Granitbeton. So glatt und eben erscheint
der Untergrund, der den Kommissar zum anderen Ende geleitet. Schlängelnde Deckenlampenkonstruktionen weisen
ihm den Weg ins Obergeschoss. Sie erleuchten seine Spur im
seichten Licht, trotzdem es von draußen hell hineinscheint.

Er spürt, sich im vollkommenen Kontrast zu befinden, in
einer unbehaglichen Welt, die er versucht hatte aufzuhalten.

Bevor er das Amtszimmer des Oberhauptes betritt, beginnt es ihn zu jucken. Vom Rücken aufwärts, als krabbele
etwas über seine Haut. Doch es ist der Schlaf, der ihm fehlt,
die Müdigkeit, die Erschöpfung, von Kopf bis Fuß. Sobald ihn
seine schlaffen Füße über die Schwellebefördern, wird er da-

von nicht mehr geplagt sein. Denn Zeit zum Schlafen wird er haben, ob er tatsächlich zur Ruhe kommen wird, das weiß er nicht. Allein der Gedanke daran jedoch lässt ihn entschlossen eintreten, all seine Schuldgefühle muss er kurzzeitig verdrängen.

Er platziert sich gegenüber von drei Männern. Nur einer von ihnen erscheint ihm unbekannt. Es überfällt ihn, von jemand vollkommen Fremden beleuchtet zu werden. Der zwischen den anderen in der Mitte sitzt und jene Konversation beginnt.

„Guten Tag Herr Reiter.“

„Ja, Hallo“, hält sich Reiter zurück.

Warum überhaupt sind es drei, denkt er sich. Drei Beamte, die an diesem Nachmittag Zeit finden, sich zusammenzutun, während all die umliegenden Reviere Personalengpässe einbüßen müssen. Der Kommissar denkt dran, wie es wohl seinen Kollegen ergeht, in Forst. Wie sich nun deren Schichten in die Länge ziehen werden, künftig. Doch das hat hoffentlich bald ein Ende. Augenblicklich soll das Schicksal seines Reviers in den Händen dieser Männer liegen. Unaufhaltsam.

„Ich bitte Sie nur inständig darum, denken Sie an Herrn Ayari“, murmelt er noch vor sich hin, während Tinte *Ort und Datum* unleserlich aufs Papier befördern. Feixende Gesichtsausdrücke verfolgen Reiters Schritte. Er kann den Spott erkennen, zu dem er geworden war. Die drei Herren um ihn herum verbergen ihm nichts. Kurz geht der Oberkommissar noch einmal in sich, bevor er die alles entscheidende Signatur ausführt. Dann erhebt er sich. Denn eines gilt es noch zu retten.

„Nein!“, lässt er nun ausdrücklicher los.

Im Zuge des Koffeinrausches gelingt es ihm, einen letzten Draht zu halten.

„Dies ist keine Bitte“, sagt er. *„Das hat Priorität!“*

Er räuspert sich, bevor er fortfährt, als hätte sich nun etwas in ihm gelöst.

„Wenn ich die Leitstelle heute in Ihre Hände gebe, dann nur unter der Bedingung, dass Sie in Ihrem durchaus beachtlichen Präsidium einen Platz für meinen Kollegen Benedikt Ayari bereithalten. Und damit meine ich nicht, dass Sie ihn irgendwo in eine ihrer offenkundigen Schreibtischnischen setzen! Lassen Sie den Jungen nicht verkümmern, er ist es wert, mehr als wir alle zusammen!"

Dann beugt Dietmar Reiter sich wieder nach vorne, als hätte seine Ankündigung soeben nicht stattgefunden und vergräbt seinen Blick im Schriftstück.

„Reiter! Sie können das hier nicht mehr verhindern. Das ist Ihnen schon klar!?", erwidert eines der bekannten Gesichter. Und das ist es, es ist ihm sehr wohl bewusst.

Er weiß, dass er den Sympathiebonus bereits aufgebraucht hatte, da war an all das hier noch nicht zu denken. Dass ihn niemand verstand und sie ihm einen guten Job in der Verkehrsleitstelle angeboten hatten, welcher ihn in den letzten Jahren weitaus weniger Nerven gekostet hätte. Doch Reiter hielt etwas von Traditionen, von kollegialem Miteinander und Tugenden. Eben von Dingen, die sie in den Großstädten nicht mehr gebrauchten.

„Aber ja, wir werden uns ihren besten Mann ansehen, wir können jeden guten Polizisten gebrauchen", vernimmt der Oberkommissar noch, nachdem er das Schriftstück ins Kuvert zurückschiebt. Mehr kann er wahrlich nicht mehr bewirken.

KAPITEL 2

Benedikt

Während Benedikt nach dem Wochenende etwas mühevoll in eine Parktasche einfädelt, sichtet er aus dem Augenwinkel ein paar Sonnenbrillengläser, die sich kurzzeitig der vorherigen Aufmerksamkeit entreißen. Der Träger dieses opaken Brillengestells, ein kahlgeschorener Kerl, gestikuliert zwischen Einwegbecher und Telefongespräch. Er scheint etwas in Rage zu sein und verliert währenddessen ein paar Tropfen des Becherinhalts.

Benedikt belässt es dabei, nur halbgerade zu parken und bewegt sich zum Eingang des Präsidiums. Er versucht dem Unbekannten freundlich entgegenzublicken, schenkt ihm ein karges *„Hey …"*, während er sich die Frage nach der Wichtigkeit des Gespräches stellt und trifft auf eine einseitige Begrüßung. Wie sehr der Telefonierende seinen Hörer ans rechte Ohr drückt, erscheint lächerlich, doch es wird wohl eines der Telefonate von oberster Priorität sein, vermutet Benedikt und verlässt diese Begegnung ohne größere Wertung.

Über dem Präsidium lockert der Himmel seine Wolkendecke, als schenke er diesem Tag ausschließlich friedfertige Augenblicke. Benedikt schaut noch kurz hinauf ins klare Blau, saugt einen Funke Wärme in sich auf und öffnet die Eingangstür über den automatischen Öffner.

Von diesem Gefühl überzogen, ignoriert er gelassen den Gang zu seinem Spind, denn er hat sich darauf eingestellt, heute in Zivilkleidung an seinem Schreibtisch zu sitzen. Er möchte beweglich sein, wenn er mit dem Bürostuhl zwischen Telefon und PC umhergleitet. Ganz ungezwungen und frei von dieser eingeschnürten Kluft, die er seit Langem nicht mehr aus Überzeugung trägt. Genau diese Motivation braucht er heute.

Dann lässt er sich gemächlich in seinem inzwischen eingesessenen Drehstuhl nieder und betätigt den Startknopf des PCs.

Doch kurz darauf schon wird seine niedrigschwellige Rhythmik durchbrochen.

„Herr Ayari! Schön, dass Sie auch schon da sind."

Benedikt vernimmt eindeutig einen vorwurfsvollen Unterton in der Stimme seines Dienstleitenden. Dieser erweckt einen ähnlichen Eindruck wie der Fremde mit dem Thermobecher, aufgewühlt und von besonderer Wichtigkeit umzingelt.

„Ich bin ja jetzt da", gibt der angehende Kriminalbeamte seinem übergeordneten Kollegen deutlich zu verstehen. Und noch sieht er keinen Grund für sämtliche Aufregung. Er versucht sich von all dem nicht beeindrucken zu lassen und gießt sich, wie jedes Mal vor Dienstbeginn, eine Art Türkischen Kaffee auf, rührt mehrmals mit einem Teelöffel in dem Gefäß herum, bis der Kaffeesatz in der flüssigen Dunkelheit verschwindet. Dann setzt er sich mit persönlicher Kaffeetasse zwischen beiden Händen auf den einzigen freien Stuhl des Dienstzimmers. Alle anderen sind bereits anwesend, jedoch nicht tatsächlich alle geplanten Kollegen sind erschienen, wie er bemerkt. Der Platz des Oberkommissars wird von einer anderen Person besetzt.

Und überhaupt fragt er sich in diesem Moment, wo sich sein Kollege Reiter an diesem Vormittag aufhält. Reiter, der immer vor allen anderen seinen Dienst aufnahm. Manchmal, könnte man meinen, übernachtete er an seinem Schreibtisch.

Nachdem das erste Wort zur Begrüßung des Teams eingeleitet wird, unterbricht das energische Aufreißen der Bürozimmertür das Geschehen. Es ist der Glatzköpfige vom Eingangsbereich, der noch immer das Telefon dicht ans Ohr presst wie ein signalgestörtes Funkgerät.

„Jaja, alles klar. Wir kümmern uns …", tuschelt der mittlerweile gefasste, offensichtlich Dienstzugehörige, dann packt er einen Stapel geklammerter Papiere auf die seitliche Tischkante und lässt das Smartphone in die Hosentasche gleiten.

„Guten Tag, meine Herren", begrüßt er all die Anwesenden aus der Abteilung. Obwohl auch Damen unter ihnen sitzen, scheint er sich nicht daran zu stören, diese hinterwäldlerische Begrüßungsformel zu verwenden. Die meisten der Kollegen enthalten sich eines Kommentars falls es ihnen überhaupt zu Ohren kam. Benedikt jedoch wird in der Annahme bestätigt, einer unangenehmen Person begegnet zu sein, er schüttelt sichtbar den Kopf und lässt diese Prozedur über sich ergehen. Noch immer erhofft er sich, in der nächsten guten Stunde das Schreibprogramm öffnen und an der aufgetragenen Datei herumformulieren zu können.

Doch ziemlich rasant wird ihm diese Vorstellung genommen.

„Wie ihr bereits wisst, hat sich Herr Dietmar Reiter aus dem Verkehr gezogen. Er gönnt sich jetzt gerade ein Päuschen, allerdings zu ganz ungünstigen Zeiten, wie ich denke. Aber gut! Es hilft ja nichts! Nun haben Sie Verstärkung durch meine Wenigkeit. Ich werde die Abteilung nicht umkrempeln, die meisten von Ihnen werden wie gewohnt ihre Arbeit fortsetzten. Ach ja, mein Name ist Jörg Wilfried Heyer, ich bin Oberhauptkommissar aus der Cottbusser Leitstelle und ich werde den aktuellen Fall untersuchen, Wer weiß, ob es sich hier überhaupt um ein Verbrechen handelt. Wir sind ja bekanntlich etwas bewanderter in diesem Bereich."

Er beendet seine Ansprache mit einem schwerfällig arroganten Grinsen, das niemanden der Zuhörer ernsthaft zu beeindrucken scheint. Immerhin.

Eigentlich hätte er es nach Benedikts Ansicht auch einfach geradewegs herausposaunen können. Das, was er doch sehr offensichtlich von dem kleinstädtischen Bezirksrevier hielt. Denn Heyer hatte seine Nachricht soeben nicht sonderlich gekonnt verschlüsselt.

Benedikt spürt überschüssige Wärme, einen Impuls, der seine Hand zu einem Ballen formt. Zur Besänftigung legt Benedikt seine linke Hand über diesen und zerquetscht stattdessen mit dem Kaffeelöffel den übrig gebliebenen Satz im

Tassenboden. Und er versucht, sich daran zu erinnern, dass seine persönliche Meinung zu oft schon zu erfolglosen Auseinandersetzungen führte. Und daran, dass er sich geschworen hatte, hier alles anders zu machen. Hier in der neuen Heimat.

Nach ein paar Minuten und nachdem der Kaffeesatz noch immer seiner Abregung dient, schenkt er der Runde wieder Gehör. Jetzt spricht der Dienstleitende aus der eigenen Abteilung wieder. Er vergibt die Zuständigkeiten an die jeweiligen Außenstellen, fügt noch ein paar aktuelle Informationen hinzu, vergleicht ein paar Angelegenheiten aus der letzten Woche und den Wochenendschichten. Das Übliche eben. Aber das Übliche interessiert Benedikt Ayari nicht, denn er fühlt sich noch immer in seinem kürzlich erschaffenen Frieden gestört, von dieser einen unpassenden Person. Und diese hat nun den Sitzplatz des Stehenden am anderen Ende der zusammengeschobenen Tische eingenommen und bemustert den jungen Polizisten dabei, wie er nachdenklich in seinem Kaffeegefäß herumstochert.

Jörg Heyer erhebt noch einmal seine Stimme.

„Wir haben hier ein paar Vorinformationen, ein paar dokumentierte Niederschriften des Herrn Kollegen Reiter. Die allerdings nicht aussagekräftig sind. Aber einer von Ihnen war bereits mit Reiter auf Spurensuche. Das ist von äußerster Wichtigkeit."

Heyer kneift beide Augen zusammen, es scheint ihn längst die Altersweitsichtigkeit erreicht zu haben, trotzdem nutzt er offensichtlich keine Sehhilfe. Während er versucht, etwas abzulesen, wird seine Eitelkeit zum Kontrahenten. Er spricht etwas aus, wovon er selbst nicht überzeugt scheint, *„Ayiii?"*, und fährt mit den Fingerenden über seine Augenpartie. *„Haben wir hier einen Ayari?"*

Benedikt schaut auf. Er hat etwas vernommen, das ihn nun wieder aufmerksam werden lässt. Seinen Namen, in diesem Raum, transportiert von Lippen, die zuvor nicht sonderlich höfliche Formulierungen hervorbrachten.

Der etwa einen Meter und fünfundsechzig gewachsene Hauptkommissar blickt jagend zwischen den sitzenden Zuhörern hin und her. Wie ein Adler, witternd nach Beute. Offenbar steht ihm sein visueller Sinn wieder vollprozentig zur Verfügung, zumindest was die Entfernung betrifft.

„Herr Benedikt Ayari bitte", wiederholt er sich nun ausformuliert. Benedikt streckt zögerlich eine Hand in die Luft. Wie soll er dies auch umgehen? Er befindet sich längst mittendrin.

Reiter hatte ihn gerne mitgenommen, weil er in ihm etwas sah. Ein wahrhaftiges Potenzial, eine entscheidende Neugier und Gewissenhaftigkeit, die er selbst aus seinen Eintrittszeiten als Kommissar kannte, und er wollte daran beteiligt sein, ihn zu formen. Doch in diesem Moment verflucht Benedikt Ayari seinen gutmütigen Kollegen. Den Kollegen, der vermutlich so sehr erkrankte, dass für ihn nun dieser erbärmliche Ersatz aufkreuzte.

„Ja, bitte?", gibt Benedikt sich mit schwacher Stimme zu erkennen. Es ist eher ein heiseres Hauchen, über ihm hängt noch immer seine Hand in der Luft, als täte er eine Meldung.

„Sie sind also Herr Ayari? Natürlich, dachte ich's mir doch", vergewissert sich der Hauptkommissar noch einmal, eine unüberhörbare Enttäuschung ummantelt seine Aussage. Benedikt Ayari bestätigt seine Identität nochmals, er nickt. Dann spürt man, dass etwas im Raum liegt, ein kurzer Moment der Verschwiegenheit. Nur einen winzigen Augenblick bildet die Abneigung der beiden zueinander den Fokus des Montagvormittag-Meetings. Es scheint, als vernehme das Kollegium die Spannungen der beiden, wie sie von Mann zu Mann schwingen, sie sich einen Blickkampf bieten, der vom Dienstunerfahreneren der beiden schleunigst unterbrochen wird. Benedikt schaut hinab zu seinem Kaffeebecher, gedanklich verabschiedet er sich davon, mit einem weiteren Heißgetränk gemütlich vorm Bildschirm sitzen zu können. Es sieht sehr deutlich nach Gegenteilgem aus, nach einem überladenen Arbeitstag an der Seite eines Man-

nes, dessen Fähigkeit außerdem darin bestand, Vergangenes hervorzurufen.

Noch bevor der Polizeihauptkommissar beabsichtigt, sich aus dem Raum zu entfernen, wirft er seiner Enttäuschung noch etwas hinzu. *„Na los, Sie kommen mit, Ayari!"* Als sei dies ein Befehl.

Im Wagen befinden sich beide dicht beieinander. Zu dicht, so dass Benedikt die schwülwarme Hitze ins Innere des Fahrzeugs kehren lässt. Er fährt das Fensterglas hinunter, um seinen Ellenbogen auf den Rahmen zu lehnen.

„Lassen Sie das Fenster oben, das bringt nur Schweißperlen", belehrt der fahrende Hauptkommissar. Benedikt erhascht einen kräftigen Atemzug des Fahrtwindes, als versuche er, seine ablehnende Haltung zu neutralisieren. Nur für den Moment der Einengung. Wenn er aus dem Wagen steigt, wird sich seine Verachtung aushalten lassen.

Der Hauptkriminalkommissar wendet sich seinem Beifahrer zu. Er hat sich bestens vorbereitet, auf eine fahrende Analyse. Darauf, die Arbeitsschritte zu minimieren, auf das Notwendigste.

Der Cottbusser besitzt um diese frühe Uhrzeit jedoch Informationen, die Benedikt vollkommen unbekannt sind.

„Die Patientinnen sind laut Angaben vollständig. Aber die arbeiten hier in den Grenzregionen gerne mit schnell wechselndem Personal, die meisten von ihnen registrieren sie gar nicht erst."

„So so, sie haben bereits recherchiert?" Benedikt setzt auf Provokation. Irgendetwas erscheint ihm merkwürdig. Wird Dietmar Reiter bereits am Freitagmittag gewusst haben, dass er diesen Fall nicht fortführen würde? Nachdem er sich von ihm verabschiedete, sah er beinahe nach einem Zusammenbruch aus. Keinesfalls danach, die Ermittlungen weiter fortführen zu können. Er hatte ihn regelrecht dazu gedrängt, in den Feierabend zu gehen. Benedikt hätte bleiben können, trotz seines freien Tages. Warum hatte er nicht mit ihm gespro-

chen? Warum hatte er diese Entscheidung alleine getroffen und Benedikt nun mit diesem Hitzkopf zusammengeführt?

Benedikt versucht sich darin, nachzuhaken.

„Der Kommissar Reiter, war der am Freitag noch bei Ihnen?"

Doch Jörg Heyer schaut konzentriert auf die Fahrbahn, im Versuch seine Worte abzuwälzen. *„Warum?"*

Benedikt schüttelt den Kopf. *„Schon gut,"* winkt er seine Nachfrage in die Lüfte.

Er wird ihn lieber selbst fragen, denkt er sich und ahnt, dass der Oberkommissar seine Gründe hatte. Er versucht, Freundschaft nicht mit Dienstlichem zu vermischen. Er konzentriert sich, Wachsamkeit gegen Aufruhr auszuwechseln. Denn diese wird er jetzt brauchen.

„Ayari", spricht Heyer ihn wiederholt mit Nachnamen an. Noch immer fokussiert auf das Hier und Jetzt vor seinen Augen. Den Blick aufs vergangene Wochenende wird er nicht vertiefen. Lieber nach vorne schauen und die Dinge schnell zu Ende bringen, das ist das, was sein Körper verrät. Starr aufgerichtet, selten abseits des Zieles blickend.

„Sie können sich nützlich machen", schallt Heyer gegen die Windschutzscheibe.

„Schauen Sie mal ins Handschuhfach."

Benedikt betätigt den Knopf über seinen Knien und zieht ein gefülltes Kuvert heraus. Ordnungsgemäß nach Abteilungen sortiert, wurde Bildmaterial getrennt von den Schriften.

„Der Obduktionsbericht der Gerichtsmedizin", verweist Heyer.

„Zweite Seite, lesen Sie mal."

Doch Benedikt zögert. Er empfindet diese Umgebung als unangebracht, um sich dieser Schriften zu widmen. In einen vermeintlichen Mordfall einzutauchen, besonders in Anbetracht ihrer kurzzeitigen Fahrt.

„Warum hier, warum hatten wir die Zeit nicht im Präsidium?"

Jörg Heyer schmunzelt über Benedikts Anmerkung.

„Was für eine Ignoranz", stellt er fest. *„In diesen Zeiten hat niemand die Zeit für einen solchen Fall."*

„So so", verschlägt es Benedikts Sprache. Schockiert von erkenntnisreichen Worten. Und für Benedikt beginnen die Dinge allmählich einen Sinn zu ergeben. Er wird ihn lieber selbst fragen, denkt er sich. Wenn er diesen Tag überstanden hat, dann wird er Dietmar Reiter in seinem Anwesen aufsuchen und ihn zur Rede stellen, unausweichlich.

„Sehen Sie es als Teil Ihrer Ausbildung an. Und als Privileg, dass Sie mich an Ihrer Seite haben", bemerkt Heyer ausdrücklich und tritt ins Gaspedal.

Benedikt jedoch betrachtet diesen Fakt als zusätzlichen Schicksalsschlag, als Unglück, als Verrat. Denn all das passte nicht zu dem, was er geworden war. Nun etwas an seiner Seite zu haben, wovor er vor einem Jahr noch geflüchtet war. Wie ein Déjà-vu in wandelnder Gestalt.

Er sehnt sich nach Oberkommissar Reiter, nach Unaufgeregtheit, nach der Vertrautheit zwischen beiden, ihrem unbeschwerten Meinungsaustausch.

„Wissen Sie, wir brauchen Männer wie Sie, Ayari. Ihr Kollege hat eine bemerkenswerte Beurteilung für Sie hinterlegt. Auch in Cottbus müssen wir aufholen und Sie wollen doch nicht in dieser Kleinstadt hier verrecken!?"

Und jetzt versteht er, dass es vermutlich nicht nur darum ging, gemeinsam in diesem Fall zu ermitteln. Einen Fall, der offensichtlich nebensächlich war und scheinbar niemanden so recht interessierte.

Der Cottbusser Hauptkommissar lässt sich nicht aus der Ruhe bringen. Für ihn scheint es gelungenes Zeitmanagement zu sein, der Ermittlungsakte auf dem Schoss seines Kollegen Beachtung zu schenken. Mit halbem Ohr hinzuhören, während der Fuß dicht genug am Gaspedal hängt.

Wie ein Mann der alten Schule hatte Walther Fuszius den Obduktionbericht per Hand ausgefüllt. Gut leserlich, in fein geschwungener Schreibschrift, gekonnt zwischen den feinen Zeilen platziert. Kurz hält Benedikt inne, als er die erste Seite in seinen Händen hält. Da taucht er wieder auf. Dieser Zettel.

Dieses auf merkwürdige Weise zu ihm gelangte Papierquadrat. Gedanklich gleicht er beide Handschriften ab. Er stellt fest, sie ähneln sich. Leute seiner Generation benutzten weder Tinte noch Stift, um Dinge festzuhalten, ihre Handschriften waren verschmiert, gar krakelig. Entweder also entsprang diese einer Person ähnlichen Alters oder sie war genauso gewissenhaft wie Walther Fuszius. Mindestens genauso. Denn dieser war sich treu geblieben, denkt sich Benedikt. Vielleicht ist Walther Fuszius einer von denen, der seine Arbeit immer bis zum Ende ausführt, ganz konsequent und vollkommen bedingungslos. So, wie auch dieser Zettel vermutlich nicht des Übermittlers einziges Werk geblieben war.

Benedikt schaut nach links, direkt neben sich. Der Fuß am Gaspedal scheint wie festgeklebt zu sein. Schon gleich werden sie ankommen, an dem Ort, wo der Leichnam gelegen hatte.

Er blickt zurück auf gewelltes Papier, es ist ähnlich geschunden wie damals in der Nacht. Nur ist es nicht der Regen. Seine Hände sind schuld daran. Nein, Kommissar Heyer ist es. Er und seine Art zu delegieren.

„Na los! Lesen sie vor!", fordert Heyer. Und das Papier schlägt weitere Wellen.

Der Obduktionsbericht beinhaltet alle relevanten Fakten:

Wie etwa: Auffindungsort, Auffindungszeit, Auffindungsposition, physische Daten des Leichnams, wie etwa das Alter von circa dreißig Jahren, das Körpergewicht von 57 kg und die hierzulande verwendete Konfektionsgröße „M". Die Körpergröße von einem Meter vierundsechzig und die Schuhgröße siebenunddreißig.
Genetische Merkmale Herkunft: Osteuropa, Hauttyp: 3, Haarfarbe: Schwarz, Augenfarbe: Braun.
Medizinische Eingriffe vor dem Ableben: Zum Beispiel ist ein Kaiserschnitt nach Schwangerschaft vermerkt und eine Operation zwischen Elle und Handwurzel, die

aus Sicht des Rechtsmediziners unsauber vernäht wurde. Des Weiteren konnte der Todeszeitpunkt auf ca. 50 Stunden vor dem Fund festgestellt werden, irgendwann zwischen 18 und 20 Uhr.
Die Todesursache, eine intrazerebrale Hirnblutung, lässt darauf schließen, dass eine starke Fremdeinwirkung zustande kam.
Neben all diesen Auskünften befinden sich exakte Abbildungen einzelner Verletzungen und Veränderungen des Körpers aus aktueller Sicht:
Der Schädel zeigt sich nun deutlich verformt. Schlieren und Schürfwunden ziehen sich über sämtliche Körperregionen. Ebenso wurden Rückstande von anderen Umwelteinflüssen entdeckt, wie etwa Erde, Laub und Nadelgrün. Auch Rückstande von Baumwollfasern, Polyester sowie Plastikteilchen wurden der Haut entnommen.
Eindeutig steht dort noch einmal, dass die Frau nicht vom Gebäude gesprungen sein kann. Weitere Verletzungen am Korpus sind oberflächlich,.
Nachgewiesene Toxinesind zu gering, so dass ein Ableben durch Intoxikation ebenfalls ausgeschlossen wurde.
Die DNA-Analyse lässt noch auf sich warten.

„Ich hoffe Ihnen ist nun klar, dass ihr Kollege Donnerstagnacht nicht bei Verstand gewesen sein kann?", bemerkt Heyer demonstrativ, als beide die letzte Seite erreichen.
Benedikt Ayari begutachtet das leblose Dasein. Weißbläuliche durchzogene Hautschichten dominieren von Kopf bis Fuß, dem Gesicht wurde Sämtliches genommen. So betont hatte Benedikt den Anblick der Toten noch am Freitag nicht wahrgenommen. Als er sich voll von Adrenalin befand, gab es kaum Zugang zum leblosen Geschöpf. Eher hatte er die Situation realitätsfern erlebt. Nun aber ist Befangenheit eingekehrt und der Polizist hält die Wahrheit zwischen den Fingern.

Sein Magen zieht sich zusammen, schnell legt er die Bilder zurück in die Folie.

„Ist ihnen nicht gut?", bemerkt der Hauptkommissar.

„Wir können uns alle nicht erlauben, in diesen Zeiten zimperlich zu sein."

Doch Benedikt nimmt sich fest vor, sich nichts anmerken zu lassen. Er würgt hochkommenden Magensaft im selbigen Atemzug wieder hinunter und sagt, *„es ist alles in Ordnung"*.

Die Psychiatrie befindet sich etwas abgelegen vom Ortskern und zurückversetzt von der Forster Hauptstraße. Hinter einer parkähnlichen Anlage gelegen wurde das Bauwerk aus den Zwanzigerjahren lange Zeit sich selbst überlassen. Meterlange Risse sprenkeln die ziegelroten Hausmauern, zwischen denen der gemeine Efeu sein Unwesen treibt. Abgebröckelte Dachdeckung bietet Nistplätze für Eierleger und insgesamt bildet sich dadurch ein fast eigener Stil. Einer, um den die Leute in der Dunkelheit eigentlich einen großen Bogen machen.

Vor dem L-förmigen Gebäude führt ein Pfad entlang des ehemaligen Haupteingangs, der in den dunklen Abendstunden von einem Laternenkegel erleuchtet wird. Hier muss die Mitarbeiterin den Leichnam vorgefunden haben.

Doch ins Gebäude selbst führt eine Art Seiteneingang. Etwas versteckt, dennoch erweckt er einen lebendigen Eindruck. Das tägliche Ein- und Auslaufen der Mitarbeitenden ist fast spürbar, randvolle Mülleimer gesellen sich zwischen Parkplatz und Eingangsbereich. Frisch mit Anstrich versehene Sitzbänke bieten Möglichkeiten zum Verweilen in dieser recht saftig grünen Umgebung.

Es ist ein Haus für Frauen, eines, das den leergewordenen Seelen Obdach gewährt. Das nicht unterscheidet zwischen Richtig oder Falsch,. Es existiert, wie eines von inzwischen vielen, um die ausgestoßenen Frauen aufzufangen und sie untereinander zu stärken. Denn dort draußen wären all diese Frauen verloren. Vielleicht aber nicht weniger als dort drinnen selbst.

Die beiden Ermittler betreten den halb renovierten Trakt. Der Faden scheint sich hindurchzuziehen. Offensichtlich wird die Dringlichkeit der Erneuerung, noch bevor sie auf der Station angekommen sind. Der Treppenaufgang wurde in einem kräftig deckenden Grauton lackiert, um weitere noch halbwegs erhaltene Stufen in Ursprünglichkeit zu belassen. Nicht sonderlich einladend, denkt sich Benedikt. Und spürt sich von sofort auftretender Melancholie umgeben. Hier könnte er nicht bleiben, denkt er sich und versucht, seine Gefühlslage zu vertuschen. Denn neben diesem Kommissar empfiehlt es sich nicht, etwas wie Anteilnahme oder gar Menschlichkeit zu versprühen. Wenn er nicht weiterem Spott ausgesetzt werden wollte, dann sollte er neutral bleiben und weiterhin in der Rolle des gemütsneutralen Polizeibeamten, rein ohne Angriffsfläche.

Auf der Station angekommen, ist niemand der Mitarbeitenden zu sehen. Es schreit noch immer nach Düsternis, gerade einmal kann die Sonne durch die Flügeltüren hindurchdringen. Heyer lässt es sich nicht nehmen, auf sich aufmerksam zu machen. Er schaltet das viel zu grelle Leuchtmittel über ihnen ein und läuft zügigen Schrittes durch die Weiten des Flures. Beinahe stampfend, sodass ihn niemand überhören kann. Und er klopft links und rechts an die verschlossenen Türen mit energischer Faust. Benedikt trottet hinterher, unweigerlich. Dann versucht er sich selbst, lässt ein paar freundliche Hallos durch den Flur sausen. Und siehe da. Es öffnet sich eine bereits angelehnte Tür, aus der ein blonder Schopf herausragt.

Die Mitarbeiterin verfängt sich in Benedikt Ayaris Augen, obwohl sie noch an ihrem Mittagsbrot herumkaut und schreitet auf ihn zu, als sei er alleine gekommen.

„Wie kann ich Ihnen helfen?", fragt sie, den letzten Bissen herunterschluckend, noch immer fest blickend.

„Oh, Guten Tag, Sie arbeiten hier?" Benedikt erfreut sich am Strahlen ihrer Augen, sie verleihen diesem doch sehr tristen Ort immerhin etwas Glanz.

„Hier drüben!" Hauptkommissar Heyer vernimmt die Konversation zwischen beiden wie ein Adler. Er hetzt vom bereits anderen Ende des Ganges zu ihnen, als fürchte er sich davor, nicht wahrgenommen zu sein.

„Ich möchte den Doktor sprechen", drängt er sich dazwischen. Blendet jegliche Zusammenarbeit vollkommen aus. Schroff und unförmlich, wie es kaum passt, zu seinem doch sehr konventionellen Stil.

„Herr Dr. Wielandt ist heute leider nicht zu sprechen", sagt die junge Assistenzärztin, deren Namensschild falsch herum angebracht auf Busenhöhe sitzt.

„Aber am Mittwoch, da sollte er wieder bei uns sein", vertröstet sie die Herren und streckt ihnen stattdessen ein Visitenkärtchen entgegen, welches Heyer mit seinen Augen überfliegt und es noch mit der ersten Berührung in der Luft wieder zurückschiebt. Er strahlt eindeutig aus, keine Zurückweisung zu akzeptieren. Schon gar nicht, so verrät es sein Blick, von einer jungen, blondhaarigen weiblichen Person. Widerspenstig rollen seine Augen von Kopf bis Fuß, zu Boden gespuckter Speichel würde seine Feindseligkeit vollenden. Benedikt entfernt sich einen seichten Schritt von ihm. Er bemerkt, dass er sich wieder fühlt wie damals, umgeben von Anmaßung und Ächtung. Dass er nicht nur ihn missbrauchte, zur Kompensation eigener Minderwerte.

„Junge Frau!", ergreift der Hauptkommissar bestimmend das Wort.

„Wir ermitteln in einem tatsächlich sehr dringenden Fall. Meinen Sie, dass wir unsere Ermittlungen so lange auf Eis legen werden, bis Ihr werter Kollege erholt aus seinem Urlaub zurückkehrt?" Und gibt der hübsch anzusehenden, recht großgewachsenen Dame klar und deutlich zu verstehen,

dass sie diejenige sein wird, die dringend den Part des fehlenden Oberarztes übernehmen sollte.

„Wir haben ganz sicher nichts dagegen einzuwenden, wenn Sie uns ein paar Fragen beantworten." Dabei deutet er auf den leerstehenden Sitzbereich unmittelbar neben ihnen.

„Ich denke wir gehen dafür besser in mein Büro," vermittelt sie, als verstünde sie nun den Ernst der Situation.Dann begeben sie sich zum Ende des Ganges in einen schmalen Büroabschnitt.

Beide Herren bekommen ein Glas grünen Tee, bevor die blonde Große hinter einem gestapelten Sammelsurium Pappkartons verschwindet. Sie schaufelt sich eine Lücke frei und beugt sich ein wenig nach vorne.

„Ist gut gegen die Aufregung," sagt sie, etwas verschämt, aber nachdrücklich. Als bräuchte sie selbst auch etwas Besänftigung.

Beide nippen von dem braungrünen, bitter riechenden Teegetränk. Dann übernimmt Heyer das Wort, noch bevor Benedikt seinen Becher abstellen kann. Der Oberkommissar verabschiedet sich davon, auch nur einen einzigen Hauch Einfühlsamkeit zu versprühen.

„Wir wollen ganz ehrlich sein, Frau ..."

Er beugt sich nun ebenso nach vorne, um die über Kopf angebrachte Beschilderung an der Bluse entziffern zu können.

„Beate Kellermann ..."

Kurz darauf beugt er sich zurück, noch immer dominierend und unvorsichtig.

„Frau Kellermann! Wir müssen davon ausgehen, dass unsere Leiche Opfer eines Gewaltverbrechens wurde."

„Eines Verbrechens?", wiederholt sie.

Frau Kellermann reißt ihre ozeanblauen Augen auf, eine leicht gefettete Haarsträhne fällt in das runde Gesicht.

„Ganz genau, höchst wahrscheinlich wurde hier jemand ermordet."

Die junge Frau schweigt. Dann kehrt etwas Farbe zurück über die Blässe ihrer Haut. Ihre Stimme haucht ein paar Töne hervor. *„Sie meinen bei uns im Haus?"*

Benedikt erkennt ihre Gefühlslage, sie scheint verschreckt und ängstlich zu sein, kaum mehr erkennbar ist sie zwischen all diesen Kartons. Hinter dem Schreibtisch erscheint ihr Körper nun sehr viel gedrungener. Auch wenn Benedikt selbst nicht danach zumute ist, sieht er sich gezwungen, einzugreifen.

„Frau Kellermann, haben Sie verstanden, was mein Kollege Ihnen mitgeteilt hat? Es ist sehr wichtig, dass Sie mit uns zusammenarbeiten. Wir brauchen Ihre Hilfe jetzt ganz dringend."

Er hat sich erhoben, um seinen Becher aufzufüllen. Vorgeblich. Denn eigentlich sucht er direkten Augenkontakt zu der jungen Blonden und sie erwidert diesen kurzzeitig, so wie vorhin schon und erlangt ein wenig Klarheit zurück.

„Meinen Sie, dass Sie das schaffen?"

Doch Hauptkommissar Heyer scheint sich übergangen zu fühlen und holt sich sein Amt zurück, indem er den Dienstuntergeordneten aus der Konversation drängt.

„Frau Kellermann," wiederholt Heyer noch einmal den Namen der Frau, als höre er dessen Klang zu gerne.

„Nur mit Ihrer Hilfe werden wir Ergebnisse liefern können."

Sie schluckt mehrfachin langsamen Zügen. Frau Kellermann wendet sich ab.

Der Hauptkommissar jedoch schöpft nun aus seiner Erfahrung und wählt plötzlich einen anderen Pfad zur Übermittlung der Tatsachen. Als wolle er sich selbst und seinem uniformierten Kollegen etwas beweisen.

„Am besten gehen Sie erst einmal einen kurzen Moment vor die Tür und holen tief Luft … Aber sie dürfen sich jetzt noch Nichts anmerken lassen. Kein Wort zu niemandem!" Langsam und deutlich ausgeführt, nimmt seine Stimmfarbe beinahe etwas Wohlklingendes an. Die junge Assistenzärztin reagiert mit wiederholendem Nicken. Und es gelingt

es ihr, ihren Körper wieder aufzurichten und dem Rat des Polizeihauptkommissars zu folgen.

Benedikt ahnt, welcher der nächste Schritt sein wird. Er ahnt, dass im nächsten Moment ein Tonfall auf ihn einprasselt, dem er nicht standhalten kann und der seine heilenden Wunden gefährden könnte. Wunden, die er nicht mehr spüren will, die er ausblenden muss, um stark genug bleiben zu können. Die sich verschließen sollen, so narbenfrei wie nur möglich. Sollte Kommissar Heyer sich alleine an der jungen Frau zu schaffen machen. Für Benedikt Ayari war dieses Kapitel beendet.

„Ich muss mich dringend umsehen. Sie wissen ja, wie das mit den Räumlichkeiten ist. Ich denke, Sie schaffen das auch ohne mich", springt der Polizist auf. Dann wendet er sich ab von den in Falten gelegten Augenbrauen, die sich bereits zum Angriff aufplustern.

Als Beate Kellermann gerade in den Raum zurückkehrt, wird ihr die Türklinke von Benedikt Ayari aus der Hand genommen. Er wird es nicht aushalten können, diesen Triumph, den Heyer jetzt schon mit sich herumträgt. Denn er ist kaum überhörbar, als er die etwa einen Meter und achtzig hoch Gewachsene bittet, wieder hereinzutreten.

„Kommen Sie, junge Dame", spricht er, während er mit der Hand auf den nun unbesetzten Stuhl klopft. Dann fährt er über seinen frisch geschorenen Schädel, legt den Handballen unters Kinn und erlangt einen haftenden Blick.

„Wir werden uns in den nächsten Tagen aneinander gewöhnen müssen."

Benedikt dreht sich noch einmal um, er ringt mit sich, spürt, wie beide Fäuste sich versteifen.

„Frau Kellermann", beginnt Heyer, nun wieder voller Kontrolle, zur Ansprache auszuholen.

„Wir müssen jetzt intensiv zusammenarbeiten. Wir müssen jede einzelne ihrer Patientinnen befragen, ich brauche dafür Ihre Mithilfe, Sie kennen die Frauen. Sie und ihr Team."

Doch Benedikt kann sich kaum halten, er spürt das dringende Verlangen, gegen Manipulation und Missachtung vorzugehen. Beinahe hat er sie soweit, denkt er sich. Wenn Heyer noch etwas dran herumfeilt, dann hat er die junge Frau verkleinert und ist selbst zwei Köpfe über sie gewachsen.

„Ich gehe nicht weit", verweist Benedikt zur eigenen Beruhigung.

Sofern der Hauptkommissar ihn überhaupt noch vernimmt. Eine Etage höher, da erscheint ihm der Abstand erst einmal weit genug zu sein und dennoch nicht zu weit entfernt, um der jungen Frau schnell genug zur Hilfe eilen zu können.

Doch höchstwahrscheinlich war Jörg Wilfried Heyer nur ein bellender Hund irgendeiner kleingewachsenen Rasse und stellte wohl kaum eine ernsthafte Gefahr dar.

Während Benedikt Ayari die Stufen des Treppenhauses auf dem Weg ins obere Geschoss besteigt, löst er die Kordel seines Atemschutzes. Es ist ihm wichtig, ebenso wie Frau Kellermann, einmal tief durchzuatmen. Auch heute spürt er den Frühsommer, bereits wie in der vergangenen Woche. Dennoch lässt er die Hitze über das Fenster auf dem Treppenabsatz einkehren. Das Gefühl, etwas Luft hereinzulassen, reicht ihm aus und der Wind sendet heute eine kräftige Brise. Er sehnt sich schon jetzt nach einem kollegialen Miteinander. Kann sich kaum vorstellen, die kommende Zeit ohne seinen geachteten Kollegen durchzustehen. Dietmar Reiter hatte nicht auf seine Nachrichten reagiert und auch auf mehrfache Anrufversuche hatte Benedikt keine Rückmeldung erhalten. Doch er hält sich zurück, so wie er es zumeist tat. Denn die nächste Zeit, weiß Benedikt, verlangt es, bei Verstand zu bleiben.

Bevor der angehende Kommissar die Tür nun zum Obergeschoss öffnet, bindet er seinen Schutz lückenlos zurück über die Atemwege. So als betrete er einen streng kontrollierten klinischen Bereich. Dann schlüpft er aus den Schuhen und krempelt die Hinterkappe nach innen, sodass seine Hacken ein Stückchen hinausragen. Er erträgt es nicht, bei

diesen Temperaturen in schweißgebadeten Socken umher-
zulaufen und löst sich auch von diesen. Umgeben von einer
aufkommenden Windbrise tritt er durch die Schwingtür des
dritten Obergeschosses.

Der angehende Kommissar kann es nicht ertragen, seinen Tag
wieder unter gleichen Bedingungen zu beginnen. Denn der
gestrige Vormittag hatte ihm die Fassung genommen. Nachdem er wie mit Scheuklappen versehen an mir und Frau Kellermann vorbeigezogen war.

Er hatte ihn genauestens beobachtet, diesen Cottbusser
Hauptkommissar, der ihm kurz nach seiner Erkundungstour
ins obere Geschoss gefolgt sein musste. Als Benedikt von der
Herrentoilette zurückkam, sah er, wie sich Heyer zu schaffen machte an der Schwäche weiblicher Insassinnen. An mir.
Und dies passte keineswegs zu demjenigen, den er sich vorgenommen hatte zu werden.

Und so entzog er sich den Rest des Tages der Angelegenheit, so gut es ihm gelang. Er stellte sich unwissend, wenn er
nach der Meinung gefragt wurde und demonstrierte zunehmende Ermüdungserscheinungen. Zu sehr hatte sich die Abneigung gegenüber Jörg Heyer verstärkt. Doch Heyer sprang
keineswegs auf seine Taktik an. Stattdessen hatte er ihn zur
Seite genommen und ihm geraten, sich zusammenzuhalten,
denn er wäre doch derjenige, den er am meisten brauche, um
dort im gläsernen Prasidium einen Platz zu erhalten.

*„Wachen Sie auf, Ayari, Sie sollten sich entscheiden, ob sie
den Platz in Cottbus wirklich antreten wollen!"*, waren seine
Worte, des Scheines trügende Motivation. Tatsächlich aber,
verstand Benedikt längst, füllte es Heyers Hochgefühl, seinen ausländischen dunkelhäutigen Kollegen zu malträtieren.

Nun besaß der angehende Kriminalbeamte schon auch einen gewissen Anteil, der sich für diesen besonderen Fall interessierte, und dieser galt nicht im Geringsten seinen angeblichen Karrierechancen. Vollkommen gegenteilig. Benedikt

würde es in Kauf nehmen, sich weiterhin irgendwelchen kleinstädtischen Verordnungen zu widmen und stundenlang Berichte abzutippen. Unnütze Berichte. Ihm wurde übel bei dem
Gedanken daran, wie sie die Dinge verschleierten. Wie Heyer
daraus Benedikts Lehrpfad legte. Tyrannisch und vollkommen
selbstbezogen. Ganz ähnlich vergangener Zeiten. So dicht an
Heyers Seite zu sein, fühlte sich immer mehr nach damals an.

Wenn da nicht noch dieser eine nächtliche Vorfall existierte. Und dieses eine winzige, aus Faserstoffen bestehen-
de Papierquadrat, dann würde Benedikt diesen Fall einfach
weiterreichen an irgendjemanden, der sich von Heyer beeindrucken ließe.

Doch das war eben noch da. Es war *wieder* da! Dieses leise Klopfen, dem es nun galt auf den Grund zu gehen. Ihm Gehör zu schenken. Der zaghaften Stimme einer gottverlasse-
nen Seele, welche er einfach überhört hatte.

Dank gestriger Taktik konnte Benedikt sich an diesem Morgen vor dem Weg in die psychiatrische Institution etwas Zeit
verschaffen. Zeit, um in den frühen Morgenstunden Kontakt
aufzunehmen. Zu seinem einstig dienstübergeordneten und
besten Freund. Zeit, die er ansonsten nicht hatte.

Benedikt war allmählich bewusst geworden, dass mit Jemandem ins Gespräch zu gehen unvermeidbar schien. Er begriff die Dringlichkeit nach der Offenbarung seines Fundes.
Spürte, wie ihn Schuldgefühle plagten. Seit dem Fund dieser toten Frau.

Es hatten sich Fragen aufgetan, all diese Fragen, warum
er einfach so verschwand, sein Kollege, nach diesem einen
Freitagnachmittag. Warum die Dinge seit gestern allmählich auseinanderbrachen?

Also begibt er sich an diesem Morgen auf den Umweg, um
eine der parkähnlichen Grundstücksanlagen am Stadtrand
aufzusuchen.

Eine gute Stunde steht Benedikt zur Verfügung, in diesem Augenblick, es eilt ihn. Sein Daumen presst energisch die

Türklingel der Familie Reiter, während der Motor des Dienstwagens im Hintergrund rauscht. Doch es dauert eine Weile, bis sich etwas regt und eine Stimme über den Fernsprecher ertönt. Erst dann öffnet das automatische Eingangstor zum großzügigen Grundstück, sodass Benedikt hinauffahren und das Fahrzeug etwas versteckt zwischen den hochragenden Thujen an der Grundstücksgrenze abstellen kann. Er möchte unbedingt vermeiden, gesichtet zu werden, denn er hat Heyer erklärt, sich aufgrund einer erfundenen Dringlichkeit ins dreißig Kilometer entfernte Cottbus begeben zu müssen. Wie unangemessen wäre es da, wenn ihn nun jemand auf dem Grundstück des Kriminaloberkommissars sah.

„Ben … was machst du denn hier?", schaut Kommissar Reiter etwas erschrocken aus der Tür heraus.

Noch ummantelt von seinem Morgenkleid, stützt er sichtlich geschwächt am Türrahmen. Er liest seinem Gegenüber dessen Unbeholfenheit ab und reagiert ohne zu zögern.

„Na los, komm rein, bevor dich noch einer sieht."

Benedikt schleicht sich an Reiter vorbei, als mache er sich unsichtbar und dringt in die unvorbereitete Morgenstimmung des Esszimmers.

Der Kommissar begann soeben die örtliche Zeitung auf dem Frühstückstisch auszubreiten. Er schiebt das Lesestück jetzt wieder in sich zusammen und lässt sich anschließend mit Hilfe gezielter Bewegungen auf einem gepolsterten Ohrensessel nieder.

„Ich schätze du bist nicht wegen eines Krankenbesuches gekommen", bemerkt er.

Benedikts Hände flattern auf Hüfthöhe, seine halbgeschlossenen Lider versetzen dem Gesichtsausdruck etwas Konfuses. Fremde drängt sich zwischen sonstige Vertrautheit. Der Polizist ist auch gekommen, um nachzuhaken. Nachzuhaken, weshalb sich Reiter hinter seinem Rücken mit dem Cottbusser Polizeipräsidium in Verbindung setzte. Warum er ihn nicht in Kenntnis gesetzt hatte, über das Austauschmodell Jörg Wilfried Heyer. Warum er einfach so gegangen war. Wortlos, trotzdem er scheinbar doch von allem wusste.

Sie waren Freunde, wahre Freunde. Zwei Männer, die das Berufliche vom Privaten trennen konnten, voneinander profitieren, sich Dinge anvertrauten, wie keinem anderen.

Benedikt verharrt in sich, kaum kann er einen Ausweg finden, sich zwischen Scham und Nervosität zu bewegen. Daraus, vergangene Muster zum Leben zu erwecken.

Kurz steht er noch da. Jetzt sieht er aus, wie ein hilfloser Junge, grämend und der weiteren Vorgehensweise sich unsicher fühlend. Bis Reiter ihn aus dieser kurzzeitigen Irritation herausleitet.

„Ben! Setz dich!", fordert er mit gediegener sachlicher Stimme und verweist auf den Platz gegenüber.

„In Ordnung", bestätigt Benedikt etwas verzögert, die längst witternde Physiognomie des Kommissars, als sei dies ein Friedensangebot.

„In Ordnung", wiederholt er sich, als sei es ihm selbst erst jetzt bewusst geworden.

Es kehrt nun wieder etwas mehr Aufmerksamkeit ein. Dann kippt Benedikt einen winzigen Schluck Kaffee in ein Wasserglas, welcher seinen Zeitmangel signalisieren soll. Im Zuge seiner Anspannung, denkt er sich noch, wäre ein gefülltes Glas allerdings auch nicht sonderlich förderlich.

Benedikt schiebt einen Klarsichtbeutel vor sich und zieht ein gefaltetes Stück Papier heraus. Er legt Einweghandschuhe an, dann faltet er zittrig das Zettelchen aus seiner zusammengestauchten Form. Zieht es mit der flachen Hand etwas faltenfreier und blickt hinüber zu seinem diensterfahrenen Kollegen. Jetzt gerade sind sie nur dies. Nur Kollegen und Benedikt möchte, dass es in diesem Augenblick auch so bleibt.

Reiter zieht den Papierquader behutsam zu sich heran.

„Was ist das?" Etwas vorsichtig, doch skeptisch, verfällt er sofort in die Rolle des Oberkommissars, obwohl Schonhaltung und Morgenkleidung etwas Gegenteiliges behaupten. Bene-

dikt schiebt den Ärmel seines Leinenhemdes nach oben, um die Uhrzeit auf der Armbanduhr erfassen zu können.

„Nichts, im Prinzip ist es nichts", grummelt er beinahe unmissverständlich.

„Ich habe nur das Gefühl, mich zu verfangen."

Auch Reiters Finger tragen nun Spurlosigkeit. Sie fahren ebenfalls übers geknickte Papier, untersuchend, als gäbe es raue Strukturen über den vielen, kleinen, filigranen Buchstaben.

„Was willst du?", fragt er.

Benedikt bleibt distanziert. Seine Worte sollen sich aufs Wesentliche beschränken. Es bleibt nicht viel Zeit und wenig dafür, subjektiv zu werden.

„Einen Vergleich zur DNA und eine Schriftanalyse."

Reiter schaut auf.

„Mehr brauche ich nicht", sagt er noch. Dann entzieht er sich den haftenden Blicken des Kommissars. Denn er möchte vor allem bei Fassung bleiben, so kurz vor den Vernehmungen in der Psychiatrie.

Er leert das halbvolle Glas, bis ihn seine Arme bereits stützend zum Aufrichten bewegen. Doch die Aussage seines Kollegen beschert Zweifel. *„Das ist … beinahe unmöglich. Das weißt du!"*

Und Benedikt war unwissend, wenn es darum ging, die aktuelle Position seines Freundes zu begreifen.

Dass der Kommissar nun eigentlich bereits alle Karten ausgespielt hatte. Dass er, wenn er eines Tages zurückkehren würde, ein Niemand mehr war und diese Zeit hatte bereits begonnen. Seit letztem Freitag, als er dem gläsernen Präsidium den Rücken kehrte.

„Ich bitte dich. Dieses Mal bitte ich dich als Freund."

Und Benedikts Verstand klart nun wieder auf, sobald das Wort über seine Lippen gekehrt ist. Er erinnert sich sehr gut daran, dass Dietmar Reiter ein Freund ist, kein Feind, niemand, der ihn absichtlich hintergehen würde. Ihm wird begreiflich, dass Reiter für ihn selbst noch immer als Lehrender zu betrachten war, ein Lehrender, der in seinem Lehrling weitaus mehr sah als in sich selbst.

„Ich werde sehen, was sich machen lässt", stimmt Dietmar Reiter der angekommenen Botschaft zu. Er hatte sich schon immer für ihn eingesetzt, damals, als er seinen Freund hier hergeholt hatte. Warum sollte dies nun anders sein? Ohne ihn wäre Benedikt nicht hier und vermutlich würde auch er zeitlebens in einem solchen Haus am Rande der Stadt verbringen.

„Sei vorsichtig! Dieser Mann scheint mir unberechenbar zu sein."

„Das ist mir nicht entgangen", löst Benedikt lächelnd seine eigene Spannung und jene wechselseitige löst sich ebenso auf. Er kann es sich nicht leisten, zu misstrauen. Irgendwann, da wird er Reiter fragen, was er über ihn geschrieben habe. Was denn das „Bemerkenswerte" an ihm sei, von dem der Cottbusser Kommissar gesprochen hatte. Vielleicht auch schon sehr bald, doch jetzt, da möchte er sich nur auf eines fokussieren, ohne den Blick noch einmal abzuwenden.

In der Psychiatrie angelangt, eilt Benedikt Stufe für Stufe durchs Treppenhaus. Er kontrolliert die Nachrichten auf seinem Diensttelefon, welches bereits drei verpasste Anrufe unter Heyers Telefonnummer verzeichnet. Benedikt ahnt, die gestrige Absprache geriet in Vergessenheit. Denn er hat seinen zeitlichen Puffer kaum überschritten. Als er durch die gläserne Beschaffenheit des Türrahmens hindurchschaut, nimmt er die Umrisse des Oberkommissars auf. Heyers Rücken lehnt an der Wand. Beide Hände befinden sich auf dem glatten Spiegel seiner Haarlosigkeit. Benedikt öffnet die Schwingtür zum länglichen Korridor. Das Gesicht des Hauptkommissars sieht müde aus, geschafft, nach nur wenigen Stunden schon. Noch bevor Benedikts Füße auf dem Boden absetzen können, erreicht ihn eine aufgeladene Sprechblase. Von Weitem, doch er versteht jedes Wort.

„*Wo bleiben Sie? Ayari! Ich dachte, Sie wollten …*“ Der angehende Kriminalkommissar hat nicht vor, sich zu erklären. Er rauscht dem fahrigen Hauptkommissar stattdessen ins Wort und versetzt dieser Konversation somit schnellstens ein Ende.

„*Alles erledigt!*“, erwidert er von aufgesetzter Selbstsicherheit umlagert, was Jörg Wilfried Heyer zunächst zufrieden stellt. Er fährt seinen geladenen Körper wieder herunter und nuschelt abschließend noch etwas Unverständliches in seinen frisch rasierten Bart, um für sich selbst scheinbar immerhin das letzte Wort zu behalten.

KAPITEL 3

Ich

Als ich den Luftzug von draußen auf der Haut meiner Fesseln spüre, sitze ich zwischen den beiden Birkenfeigen, deren karge Blättchen sich vor dem nächsten Windhauch fürchten. Mit angewinkelten Beinen verliert das Hosenende enorm an Länge. Ich streife über den trockenen Hautabschnitt, um ihn zu wärmen. Es schüttelt mich, obwohl die Luft von draußen angenehm warm hereinzieht.

Heute verließ ich vorzeitig die wöchentliche Gesprächsrunde, flüchtete vor der Verteilung funktioneller Tätigkeiten, deren Erwartungen ich sowieso nicht gerecht werden kann. Ich fühle mich hier nützlicher. Nützlicher, als in meinem Bett die Decke mit den immer größer werdenden Spinnweben anzustarren und zu warten, bis sie wieder einen Nachmittag für mich freischaufeln kann. Seit einigen Tagen fühle ich mich beinahe zerstörter, als ich mich vor der Begegnung mit ihr fühlte. Seit einigen Tagen nun werde ich von ihr vertröstet. Ich kann nicht sagen, wie viele Tage es genau sind, doch ich habe die Sonne nur ein paar Mal untergehen sehen. Anfühlen tut es sich jedoch eher nach einer nie endenden Wartezeit. Deshalb sitze ich hier. Hier kann ich sinnvoller starren, versuchen, aus den Menschen zu lesen, die an mir vorbeiziehen. Mal in Windeseile, mal schleifenden Schrittes mit herunterhängendem Atemschutz über den Ohren. Ich nehme die Umwelt um mich herum wahr, hier auf diesem Flur nehme ich endlich mal wieder etwas wahr, dass sich außerhalb von ihr befindet, und die Vorbeiziehenden verscheuchen mich nicht, wenn ich auf dem Boden meine Tabakkrümel verteile.

Als die Schwingtür in den Rahmen zurückfällt, bemerke ich sofort, dass der Hereinkommende ein Fremder sein muss.

Schlendernde Schritte rollen auf dem Linoleumboden ab, der Gang, etwas bedenklich und umsehend. Er erweckt keinen Eindruck der Gewohnheit, trägt nicht die Fassung in sich, die alle anderen haben. Seine nackigen Füße befinden sich etwas herausragend in einem Paar abgelatschter Turnschuhe, über denen der Rest des Körpers von einer abgestimmten Uniform gekleidet wird. Offensichtlich ist der Mann ein Polizist.

Der Uniformierte wird von Schwermut überlagert, je länger er seine Füße bewegt. Er hat den Mundschutz fest ans Gesicht geschnürt, damit von außen kein Fünkchen in seine Atmung eindringen kann. Seine Fingerkuppen begegnen sich abwechselnd in den halbgeschlossenen Ballen. Zwischen einem Arm klemmt ein umhüllter Stapel Papier, an dem er sich festhält. Sein von rechts nach links wippender Kopf begutachtet die Unstimmigkeit des Flures. Denn in der Mitte dessen scheint ihn irgendetwas deutlich zu beunruhigen. Irgendetwas reißt seine Finger aus dem Rhythmus. Ich höre beinahe die sich verändernde Melodie. Er überholt mich im Gleichschritt, ohne einen Blick nach unten zu riskieren, als sei ich nicht existent, und zieht den Aktenstapel zurecht, obwohl er noch immer tief unter seiner festgehakten Armbeuge sitzt. Sein ernstes Gesicht kämpft damit, den Blick nicht zu fokussieren. Seine Beine lassen die Füße noch langsamer abrollen, sodass er nicht mehr hörbar wird. Dann bleibt er stehen, der gesamte Körper. Auf dem letzten Drittel des Weges, als befände sich ein imaginäres Hindernis vor ihm. Doch tatsächlich befindet er sich noch ungefähr drei Meter vor dem offensichtlichen Objekt der Verunsicherung.

Sie ist es. Sie ist plötzlich aufgetaucht und scheint den uniformierten Herren zu beunruhigen. Sie wischt ihr Haar aus dem Gesicht und steht einfach nur so da. Kerzengerade. Inmitten des Ganges, mit aufgerichteter Brust. Wie vereist starrt sie dem gerade hereingekommenen zartbraun schimmernden jungen Mann entgegen. Und was auch immer sie in ihm sieht. Sie gibt keinen Mucks von sich, sie starrt. Ein paar Meter von ihm entfernt. So wie ich es tat, als ich ihr zum ersten Mal begegnete. Doch sie starrt noch ein wenig konsequenter, noch offensichtlicher. Wie eine Spinne, die ihr Netz um ihre Beute zu spinnen beginnt. Vermutlich dauert dieser Moment kaum länger als wenige Sekunden, doch ich verfange mich in ihm und verharre darin. So habe ich Carla noch nicht zuvor erlebt. Solch ein Auftreten kenne ich nicht. Ich frage mich, was sie in diesem Fremden sieht, was er in ihr auslöst. Ob sie voller Hass steckt oder voller Wut.

„*Guten Tag*", spricht die dünne Stimme des Mannes mit ihr. „*Darf ich weiterlaufen?*", fragt er reserviert. Kurz darauf tritt Carla zur Seite. Als hätte sie in diesem Moment aufgegeben, ihn festzuhalten, wird ihr Gesicht allmählich von Anspannung verlassen. Er dreht sich noch einmal um und sieht ihr nach. Doch auch Carla bewegt sich nun aus ihrer Starre und entfernt sich.

Ich lasse meine Beine zu Boden, beide fühlen sich wie eingeschlafen an. Im Stand wippe ich, um meine Glieder wiederzubeleben. Ich habe den Flur nun wieder für mich alleine. Heute bin ich einen Schritt mutiger. Wenn sie nochmals auftaucht, bin ich vorbereitet. Gedanklich lege ich mir zurecht, wie ich auf sie eingehen werde. Vielleicht ist es sinnvoll, auch etwas Körperwärme abzusondern. Ein vertrautes Gefühl herzustellen, bevor sie sich fallen lassen kann. Ich stelle mir vor, ihre zartweichen Handflächen zu überfahren. In kreisenden Bewegungen, so wie sie mich zum ersten Mal für ihre Absichten gewinnen konnte. Ich stelle mir vor, dass es auch sie erotisiert und ihre hellblonden Armhärchen dann zu stehen beginnen. Noch ein wenig verweile ich darin, es beruhigt mich.

„*Junge Dame, Hallo, junge Frau!*", unterbricht mich jemand.

Noch immer befinde ich mich im Stand, die Kniekehlen ruhen am Sitzflächenende des metallenen Stuhles.

„*Hallo?? Sagen Sie, ich rede mit Ihnen!*"

Eine energische Stimme reißt mich aus meiner Illusion. Dann nehme ich wahr, dass ein weiterer Beamter von der Polizeibehörde anwesend ist. Es ist nicht der Selbige wie zuvor. Dieser sieht vollkommen anders aus. Wie ein menschlicher Antagonist des anderen. Klein, glatzköpfig und wohlgeformter. Er tippt ununterbrochen auf meinem Armabschnitt herum und winkt mit der geöffneten Hand über sein oberes Gesichtsdrittel.

„Sind Sie denn überhaupt ansprechbar?"

Der Polizist nimmt eine Unruhe an, die mich beängstigt. Ich rege mich kaum, wische seinen Finger von meinem Körper und lasse mich auf der Bestuhlung hinter mir nieder. Dann kreuze ich beide Arme über den Busen und krümme meinen Rücken so tief es mir möglich ist.

„Na super!", gibt er noch von sich, während vom anderen Ende des Ganges eine Mitarbeiterin zügigen Laufschrittes auf uns zusteuert.

„Was machen Sie denn da?", ermahnt sie. *„Ich hatte Ihnen doch klar und deutlich gesagt, dass wir einen Vorlauf brauchen."*

„Psss ..." Der Mann pustet seine Arroganz in die Lüfte.

Er bewegt sich an die Mitarbeitende heran, ungefähr einen Kopf tiefer schaut er hinauf in die himmelblaue Umrandung ihrer Pupillen.

„Frau Kellermann", tippt sein Finger nun auf das über ihrer Brust gelegene Namensschild. *„Ich hatte Ihnen doch deutlich zu verstehen gegeben, dass wir in einem Mordfall ermitteln, da gibt es so etwas wie Vorläufe nicht!"*

Trotz des Größenunterschiedes kann Frau Kellermann ihre anfängliche Haltung nicht wahren. Sie setzt sich zu mir, als wollte sie immerhin meine Sicherheit hüten. Nun muss der Glatzköpfige seinen Kopf nicht mehr zu ihr hinauf in die Luft strecken Doch die Rolle des Überlegenen hatte er auch zuvor schon ergattert.

Ich schaue noch einmal auf, als der andere Polizist wieder auf den Flur zurückkehrt. Seine Füße befinden sich nun im gesamten Schuh, dadurch bewegt sich sein Körper fließender.

„Auf Wiedersehen, Frau Kellermann", sagt er förmlich zu der neben mir sitzenden Ärztin.

„Ayari, da stecken sie ja. Ich habe die ganze Arbeit alleine gemacht", wirft der Glatzköpfige spöttisch in unsere Richtung.

Ich bemerke eine Uneinigkeit, irgendeine größere Distanz zwischen beiden Polizeibeamten.

Ayari zischt an seinem Kollegen vorbei, als ignoriere er ihn.

„Morgen, wir kommen morgen, mein Kollege und ich", höre ich seine Stimme noch zu uns dringen, bevor die Schwingtür beide Herren verschluckt.

Einen Tag nach dieser seltsamen Begegnung tummeln sich die anderen Frauen vor dem Schwesternzimmer, während ich nach draußen zum Terrassenbereich schlurfe. Ich vernehme die Unruhe ihrer Stimmen, ihre Bewegungen lösen Aufregung aus, vermutlich wurden sie über den gestrigen Vorfall in Kenntnis gesetzt.

Gestern kam die junge Ärztin vorbei. Sehr spät am Abend, um sich noch einmal nach mir zu erkundigen und um mir außerdem eine Nachricht zu übermitteln. Ich hatte längst den Vorhang zugezogen und mich aus meinem Zweiteiler befreit, als sie sich auf den Hocker setzte und einen ernsten Tonfall annahm. Wir standen uns nicht näher, ich hatte sie nur in den Gruppen wahrgenommen, als Gesprächsleitende, sie war scheinbar angehende Ärztin.

Sie hatte mir den Grund genannt für das ganze Prozedere, das heute beginnen sollte. Ich denke, das hätte sie nicht gedurft. Doch scheinbar empfand sie es als besonders wichtig, mich auf die kommende Zeit vorzubereiten. Vielleicht aber tat sie das auch bei allen anderen.

„Seien sie stark, wir werden da sein und auf sie alle Acht geben", hatte sie gemeint und dabei eine Rolle angenommen, die ihr eigentlich nicht stand und die sie gezwungenermaßen nun fortführen musste.

Jetzt versuche ich, diesem angekündigten Tumult zu entkommen und meine Beteiligung hinauszuzögern. Doch im

Terrassenbereich erreicht mich ebenso etwas, dem ich in diesem Augenblick nicht gewachsen bin. Es ist Carla.

Carla wendet sich vom Gedränge der Frauen ab, als kümmere sie dies nicht.

„Geht nur vor, ich habe genügend Zeit", sagt sie, ein wenig von Ironie umgeben, während sie eine nach der anderen vorbeiziehen lässt. Unbeeindruckt bleibt sie am Rande stehen, die Hände in den Hosentaschen, bewahrt sie standhaft Gleichgültigkeit, bewahrt sie noch immer das, was sie zuvor in sich aufgesaugt hatte. Versucht sie das zu bleiben, was nötig war. Doch nur in ihren Augen.

Es herrscht eine starke Distanz zwischen uns. Seitdem sie mein Zimmer verlassen hatte, schaffte sie es kaum, einen Blick zu mir rüber zu wagen. Und obwohl wir nebeneinanderstehen, fühlt es sich an, als stehe zwischen uns eine Mauer und nur der Schall ihrer Stimme kann zu mir hinüberdringen.

Es ist, als verwandle ich mich zurück, in das gleiche abgestumpfte Wesen, welches sie einfach nur so anstarrt und sich insgeheim erhofft, von ihr vernommen zu werden. Doch da ist nichts. Keine Reaktion von ihr und plötzlich sacke ich innerlich in die Tiefe, sehr viel tiefer, als ich mich zuvor gefühlt habe, und im Vergleich zu den anderen Frauen bin ich nun die, die erlöst werden sollte. Wie könnte ich nur jämmerlicher sein.

Ich verlasse unsere Begegnung und werfe meinen heruntergebrannten Stummel schnipsend über das Geländer. Ganz gleich, wie sie es nach dem Rauchen vermochte, um ihr bewusst zu machen, wie sehr wir doch einander zugehörig geworden sind. Doch ihr Blick in die Baumkronen und der einheitliche Klang ihres Atems widmen sich keiner Veränderung. Keine zusätzlichen Sympathien werden mir zugetragen, keine Bemerkung auf meinen zaghaften Abschied.

Ich lasse sie stehen und sie lässt mich gehen, ohne mir nachzuschauen.

Als wir uns das letzte Mal hier oben trafen, da war sie noch diejenige, von der ich nachts träumte. Es ist, als hätte es niemals auch nur einen innigen Moment zwischen uns gegeben. All diese Begegnungen mit ihr, wie erloschen. Als trafen wir uns genau hier heute wieder, nach unserer allerersten Begegnung vor ungefähr vier Wochen und als wären wir noch immer zwei Fremde. Dabei hatte alles ganz anders begonnen, alles zwischen uns, das so besonders geworden war.

Ungefähr vier Wochen zuvor

Ich sehe sie vor meinem inneren Auge inmitten dieses Ganges stehen, der mein persönlicher Rastplatz geworden war. Es ist genau der gleiche Ort, an dem ich sie ein paar Tage zuvor entdeckt hatte. Ich spüre noch genau die Lebhaftigkeit des Ganges durch meine Knochen ziehen, wie eine Vibration durchfährt sie meinen Körper und löst unaufhaltsames Zittern aus.

Als ich nach wöchentlicher Kontrolluntersuchung aus dem Behandlungszimmer trete, fühle ich mich erschöpft, etwas übermüdet, da ich seit Kurzem ein zusätzliches Beruhigungsmittel einnehme. Doch ich ahne, dass es heute etwas zu erleben geben wird, etwas, das ich nicht verpassen möchte. Darum bleibe ich.

Die Stimmung hinter dem Schwesternzimmer erscheint sehr viel aufgebrachter. Gegenteilig von der sonst so unbetonten ausgestorbenen Stimmung, die sich nur selten heraustreiben lässt. An diesem Vormittag bewegt sich pausenlos etwas um mich herum. Die Türen öffnen und schließen sich im Zwei-Minuten-Takt, ein- und ausgehende Beine zischen an mir vorbei. Ich erhasche ein paar lächelnde Augen, die mich aufmuntern, die meisten jedoch ignorieren mich, völlig konzentriert auf irgendeine rätselhafte Dringlichkeit.

Doch als sie den Gang betritt, scheint plötzlich alles ganz starr. Es ist Carla, die ihre enganliegende Jeans aus dem Gesäß zieht. Lieblos liegt ihr gelblich schimmerndes Haar streng nach hinten gebunden, dessen leblose Enden an kleine Klümpchen Stroh erinnern. Wie Überbleibsel, die nicht abgeschnitten wurden, weil nur sie es ermöglichen, einen Zopf zu binden. Als hätten ihre Haare einen langen und mühseligen Weg hinter sich gelassen.

Sie bewegt sich vollkommen ruhelos durch die gassenähnliche Enge. Hoch explosiv bringt sie ihren Körper in Schwung, wodurch ihre Bewegungen wie eine Sirene aufleuchtend Signale über den Flur senden. Die Blicke schweifen zwischen den Wänden hin und her.

Zwischen gelblichem Raucherweiß und ungeschickten Malereien. Dazwischen zeigen Fotostrecken aus alten Tagen Momente des einfachen Glücks. Lächelnde Visagen, die in der Situation fotografiert wurden und sich schon seit geraumer Zeit zum Raucherweiß dazu gesellt hatten. Das Gesicht der jungen Frau gleicht nicht annähernd einem dieser eingerahmten Grinsebacken. Und sowieso passt so ziemlich niemand von diesen hierher.

Am Ende des fahrigen Flures bleibt sie stehen, verschränkt beide Arme und lehnt sich gegen eine Tür. Ich kann die Aufschrift neben dem Türrahmen kaum entziffern, doch ich ahne, woher ihre Wut kommt. Ich habe das Gefühl, unsichtbar zu sein, so sehr starre ich in ihre Richtung, habe keine Furcht, plötzlich ertappt zu werden. Aber sie erweckt eben auch nicht gerade den Eindruck, als störe sie sich an irgendwelchen gaffenden Blicken. Sie scheint einfach nur bei sich zu sein und trägt ihre provokante Hülle spazieren.

Als sie sich umdreht, begibt sie ihren Körper in eine aufrechte Position. Ihr Kopf beginnt leicht im Takt zu schwingen, unter der Blässe ihrer Arme drängen kräftige Adern hervor, sowie andere sichtbare Blautöne.

„Dr. Wielandt, sie müssen mich wieder hereinlassen!", höre ich ihre Aufregung durch den Gang schweifen und sehe ihre Hand sich zu einer gefestigten Faust formen.

Ich kann mich gut in ihre Situation hineinversetzen. Immerhin hatte ich vor wenigen Wochen eine ähnliche innere

Hürde bezwingen müssen. Ich fühlte mich noch immer, als sei ich von einem ununterbrochenen Regen in den Ozean übergesiedelt. Angekommen in der *Endstation*.

Ich begebe mich vorsichtig aus meinem Beobachtungsposten, wie ein Jäger, der sich nach erfolgreichem Treffer hinter dem Geäst hervorschleicht, um sich der Versorgung seines Wildbrets zu widmen. Nur dass ich eben einfach ganz direkt vor Carla stehe und mich aus meiner eigenen Geistesabwesenheit begebe. Gerade mal ein karges Ästchen eines Benjamin Ficus befindet sich zwischen uns, hinter dem ich mich soeben lächerlich tarnte. Ich schreite auf sie zu und strecke ihr, noch unter Hüfthöhe hängend, meine zittrigen Finger entgegen. Nachdem sie mich mit allem Möglichen vollgepumpt haben, scheint mein organischer Kreislauf nicht mehr zu funktionieren. Ich habe beinahe das Kaffeetrinken satt, weil es nicht besonders viel zu beeinflussen scheint.

Carla wirft mir ein leichtes Fauchen zu, ein kratzbürstiges Nasenrümpfen, das mich keineswegs aus meiner Position herausreißt. Ich verharre ihr direkt gegenüberstehend. Aber ziehe die Hand wieder zurück in den mehrfach umgeschlagenen Ärmel meiner Joggingjacke. Schnell wendet sie ihren sekündlich andauernden Blick wieder von mir, als sei sie soeben einem entsetzlichen Ungeziefer begegnet, das sie anhand ihres angewiderten Gesichtsausdrucks zu verscheuchen versuchte. Mein angebahnter Körperkontakt war vermutlich doch etwas zu aufdringlich. Obwohl ich eigentlich nicht weiß, wozu ich diesem befremdlichen Wesen eine mitfühlende Geste entgegenbringe. Aber ich lasse mich davon leiten, vollkommen gedankenlos. Einen Moment bleibt sie auf der anderen Seite der Wand noch stehen. Etwa ein Meter und achtzig befinden sich zwischen uns. Sie kramt in ihrer Hosentasche und zieht ein angebrochenes Stückchen Kaugummi heraus, wirft es sich in den halbgeöffneten Mund und kaut lauthals los, sodass ihr Schmatzen am anderen Ende des Ganges noch hörbar scheint. Mit regen Kaubewegungen verlässt sie ihren Standort. Als sie an mir vorbeiläuft, meine ich zu spüren, wie sie mich absichtlich aus ihrem Visier nimmt. Sie ignoriert meine Lächerlichkeit und ich fühle mich so ausdruckslos wie alles um mich herum. Habe dieses Umfeld schon zu sehr angenommen, dass ich diese Nüchternheit nun mit mir herumtrage. Einen nichtssagenden emotionslosen Gesichtsausdruck, in den es sich nicht lohnt, hineinzuschauen. Vielleicht sehe ich nicht besser aus als all die anderen hier drinnen. Stecke in diesem Jogginganzug, der seit über einer Woche nicht in der Reinigung gesichtet wurde, und befinde mich auf dem Weg, irgendwann in dieser Tristheit zu verschwinden.

Ich streife meine Kapuze von der Stirn, um ihr besser nachsehen zu können. Carla bewegt sich schwebend davon, dreht sich weder nach rechts noch nach links. Übersehen von unschönen bläulichen Ergüssen, die man nun an dem kleinen unruhigen Körper betrachten kann, wie ein Kunstwerk, das in der Ferne verschwindet. So, als würden all ihre Sünden nach außen kehren, die Schandtaten, die sie mit sich selbst angestellt hatte. Der bläuliche Ton, der sich an den Oberarmen mit Hinterlassenschaften akuter Borderline-Phasen vermischt und dessen Hintergrund womöglich eher einem reinen Weiß als dieser gelbstichigen Wandfarbe des Flures gleicht.

Vielleicht möchte sie niemanden absichtlich ausblenden, vielleicht ist sie einfach ganz und gar nicht wie all die anderen. Frei von Absichten, sondern nur bei sich, einfach nur in ihrer eigenen und vielleicht sogar wunderbaren Welt.

Mir vorzustellen, dass sie sich keineswegs daran stört, ob sich jemand gaffend an ihrer normabweichenden Art und Weise ergötzt, erweckt eine gewisse Begeisterung. Für mich stellt sie eine Faszination dar und damit das komplette Gegenteil von meiner neurotischen Einfältigkeit.

Ihre Begegnung belebt mich noch am nächsten Tag, sodass ich mich davon leiten lasse, vorbeiziehenden Röstaromen zu folgen und mich in gesellschaftliche Zusammenkünfte auf der anderen Seite des Traktes zu begeben.

Ein quadratischer Raum lädt mit seinem in der Mitte stehenden Tischchen dazu ein, sich zu Kaffee und Kuchen zusammenzufinden und in Gemütlichkeit zu verweilen. Eine Atmosphäre, die hier so überhaupt nicht her passt. Es ist der gleiche vergilbte Anstrich wie auf den Fluren, ebenso bedrückend, umgeben vom Umsetzungsversuch, etwas Leben in diese Leblosigkeit zu bringen. Es erscheint, als wollten sie Rituale vergangener Zeiten aufgreifen, um unsere innere Unruhe zu mildern, um uns etwas Sicherheit zu verschaffen. Heute erlebe ich einen der seltenen Tage, einen Tag, an dem ich mich dazu aufraffen kann, menschliche Nähe zu ertragen.

Ich setze mich auf den einzigen noch freien Stuhl mit Armlehnen, um mich langsam in diesen hineinsacken zu lassen. Dann gieße ich mir einen Schluck Kaffee ein, der, vermutlich vom Vortag übrig, wieder zum Leben erweckt wurde. Daran zumindest erinnert sein säuerlich abgestandener Geschmack.

Die anderen sich am Tisch befindenden scheinen schon im Austausch zu sein. Ich nehme besonders hervorstechende Stimmen auf und bemerke einen Schauer auf den Schultern, der meinen Graus zum Ausdruck bringt. Ich schüttele mich, sodass mir Kaffee über den Schoß tropft. Mein Teelöffel versenkt anschließend ein halbes Stück Zucker in dem hartplastischen Trinkgefäß und rührt so kräftig, dass ich mir einbilde, die Stimmen zu übertönen. Es sind mehrere und sie klagen. Kaum löst sich das süße Stückchen darin auf, der Kaffee ist zu lauwarm. Ich versuche mich darin, die leblosen Dinge aufzunehmen, begutachte den lieblos bestückten Tisch. Eine Box mit Kuchenbestecken, darum zwei Kaffeekannen und kleingeschnittene Zuckerkuchenstücke kreieren spärlich dessen Dekorierung. Ich denke daran, wie oft Frauen schon am Versuch scheiterten, sich mit einem der Bestecke das Leben zu nehmen. Die Arme einiger von ihnen sind voll mit großflächigen Narben. Es wäre wohl besser, auf Kunststoffe und Baumwollfasern auszuweichen und diesem Tisch zumindest einen Hauch Farbe zu bescheren.

Unmittelbar neben mir, sitzt eine mit wildem Haar, die mit den Fingern demonstrierend aufs Tischende klopft. Im Takt und wenig schwungvoll. Es scheint keine Form der Anspannung zu sein, viel mehr strahlt sie etwas Gelangweiltes aus. Ihr Kopf ist weder nach den Gesprächen der anderen gerichtet noch zu mir. Sie blickt stattdessen schnurstracks geradeaus, komplett vertieft in irgendeinen undurchschaubaren Kosmos. Ich schlürfe von meinem lauwarmen Kaffeegetränk und versuche noch immer, sämtliche Geräusche auszublenden. Weil das Kännchen Milch am anderen Ende des Tischchens in Beschlag genommen wurde, trinke ich die Kaffeeplörre in Schwarz. Ungern möchte ich mit dem aufgeschlossen erscheinenden Viertel in Kontakt geraten. Bloß nicht auffallen und von ihnen wahrgenommen werden. Und ihnen damit die Idee einräumen, mich in ihre Gesprächsthemen aufzunehmen.

„Sie müssen Ihr Zimmer verlassen, treten Sie in Kontakt, besuchen Sie die Gruppen", hatte der schnauzbärtige ältere Herr geraten, dessen Kittel enganliegend unter seinen Achseln straffte. Doch was halfen seine Empfehlungen, hatte er den anderen Frauen denn nicht zugehört? Während ich mir den Dreck unter den Fingernägeln herausgepult und mit herabgelassenem Kopf eine Zornesfalte zog, nickte ich Wörter aus seinem Mund ab und dennoch ahnte ich schon gleich, dass sich nach Verlassen dieser Konversation nichts verändern würde.

Und nun bin ich hier und irgendwie fühlt es sich nicht danach an, als verändere solch eine Zusammenkunft irgendetwas. Die Stimmung der anderen beteiligten Frauen, sie plätschert geradeswegs an mir herab. Und das halbwarme Getränk in meinen Händen löst nicht einmal den Zucker auf.

Plötzlich nehme ich wahr, dass eine mit mir zu reden versucht. Eine Stimme, tief und rau, sie dringt zu mir herüber.

„Die Wand braucht einen neuen Anstrich." Es ist die Brünette mit den ungebändigten Haaren. Sie hält einen offenen

Blick. Beide Hände sind nun in ihrem Schoß abgelegt, ganz sanftmütig übereinander. Als bräuchten ihre Hände nun eine Pause, nach diesem ununterbrochenen Geklopfe. Es sind gegerbte Hände, sehen nach langen mühevollen Taten aus. Nach der Arbeit im Garten oder nach Holzarbeit.

Ich nicke ihre Feststellung ab, denn sie hat Recht. Vielleicht möchte sie diejenige sein, die Farbe mit dem Pinsel aufträgt, vielleicht sind ihre Taten auch einmal solche gewesen. Vermutlich stünde sie alleine da und niemand würde ihr zu Hilfe kommen. Denn der Rest des zusammengekauerten Haufens, der sich gegenseitig ins Gerede fällt, scheint nichts außerhalb von sich selbst zu bemerken. Zumindest nichts tiefgreifenderes als unsinniges Gejaule.

Am liebsten würde ich eine Gabel oder ein Messer zu ihnen rüber werfen, um ihrem Fluss ein Stopp zu bereiten. Doch nun werde auch ich in ein solches Gespräch verwickelt und ich bin kaum in der Lage mich dagegen zu wehren.

„Wissen Sie, ich möchte mich nicht aufdringen, aber ich schlafe nachts so schlecht."

Ich wende mich weg, sehe halbschräg zu den gebrechlichen Tischbeinen, versuche mich darin zu verfestigen, weitere Sachmängel aufzunehmen. Doch diese Frau bemerkt meinen versuchten Ausstieg nicht.

„Ich wälze mich hin und her, trotz des Zolpidems. Eines Tages nehme ich so viele, bis ich gar nicht mehr aufwache."

Solch Atmosphäre kann mich kaum dazu anregen, des Öfteren nach draußen zu kehren. Sie ermutigt mich darin, Konfrontationen aus dem Weg zu gehen und dort zu bleiben, wo ich gestern und zumeist verblieb. Denn ich bin lieber nichts und ohne Verstand, als zu beklagen, was sich nicht beklagen lässt.

„Sagen Sie, junge Dame, geht es Ihnen auch so?"

Es ist wie ein Geschwür, das von allen Seiten heranwächst, bis es noch der Letzten unter uns Weilenden den Atem nimmt. Aber nicht mir. Ich werde noch lange wachsam genug sein, um ihm auszuweichen. Vielleicht auch nicht mehr, aber noch lange genug.

Meine Tasse ist halb voll, noch ein paar Schlucke habe ich, bevor ich gehe. Aus dem Seitenwinkel schaue ich der Frau noch einmal zu. Ich hatte mich geirrt, ihre Hände beginnen nun wieder zu zappeln und dies scheint, wie bereits geahnt, eine Form der Unruhe zu sein, irgendeine Strategie zur Stressbewältigung, die sich nun noch mehr verstärkt.

Ich erkenne, dass sie im mittleren Alter ist, vielleicht sogar ein bisschen älter. Etwa um die Ende fünfzig. Unter dem wilden braunen Haar verbirgt sich ein Ansatz. Ihre Tränensäcke vereinnahmen ihr eigentlich friedliches Gesicht, vermutlich wegen des schlechten Schlafrhythmus sind sie kaum zu kaschieren. Sie sieht traurig aus, äußerst traurig. Ich ringe ein wenig mit mir, denn ich ahne, dass eine verbale Antwort auf ihre Frage auf eines dieser unerträglichen Gespräche hinausführen wird. Also fasse ich mich so kurz wie möglich, ziehe meine Schultern ein wenig zum Hals hinauf und sage: *„Nein!"* Nein ich will es nicht. Ich möchte mich nicht mit dieser Frau unterhalten. Denn es ist auch nicht meine Aufgabe, ihr die Illusion zu rauben, dass es einmal besser werden würde.

Ich schenke ihr noch gezwungen so etwas ähnliches wie ein Lächeln, bei dem lediglich meine Mundwinkel zu Formen bereit sind. Und vermute, sie etwas mit dieser Geste befriedigen zu können.

Fehlalarm. *„Seien Sie froh, es ist fruchtbar! Ich hatte früher immer einen gesunden ..."*

Dann muss ich reagieren.

„Wissen Sie ...", beuge ich mich nach vorne zu ihr herüber, *„Lassen Sie mich bitte einfach in Frieden!"* Ich versenke meinen abgelutschten Kaffeelöffel im Zucker und kehre der Kaffeerunde den Rücken.

Ich habe es versucht, für diesen Moment alle Kräfte aufgebracht, die ich aufbringen konnte, aber es reichte nicht aus, in Abwehrhaltung auf dem Stuhl zu verweilen. Für die anderen war ich einfach noch zu sichtbar.

Noch bevor ich die Türklinke mit meiner Hand berühre, bemerke ich lautes Gelächter von der anderen Seite des Tisches. Ich bin nicht sicher, weshalb sie auflachen, weshalb sie noch ein Stück näher zusammengerückt sind und scheinbar fantasieren. Doch es löst etwas aus. In mir. Ganz unangekündigt. Ein einschnürendes Gefühl in meiner Kehle. Es ist der Brocken, der sich zwischen Luft- und Speiseröhre niedergelassen hat und mir soeben zu verstehen gibt, dass er noch da ist. Ein altes Laster, welches ich seit Wochen mit mir herumschleppe. Im Wechselmodus zwischen Kommen und Gehen. Doch zumeist kommt er. Und er bleibt. Zunächst noch sanft,klopft er nun wieder an und richtet sich nach und nach auf, bis er mir beim Einatmen kleine Löchlein in die Knorpelspangen schneidet. Ich fühle mich in die Zeit versetzt, in der dieser unendlich bedrückende Muskel zu wachsen begann. Doch ich erinnere mich nicht bewusst an dessen Auslöser. Seit geraumer Zeit nun ist er wieder eins mit mir geworden. Die Bewegungen in meinem Körper sind allmählich abgestumpft, aber manchmal da sind sie einschneidend, ziemlich einschneidend.

Um mein inneres Aufleben nicht vor ihnen loszulassen, graben sich meine Fingernägel durch die Hosentaschen nach innen und landen ausgefahren im Oberschenkel, so tief es mit den abgeknabberten Hornenden gelingt. Dann versuche ich mich in gleichmäßigen Bewegungen aus der Tür zu schleichen. Bloß kein Aufsehen erregen, denke ich mir. Erst nachdem das Türbrett im Rahmen einrastet, kann ich mich wieder beruhigen. Der Brocken jedoch, er bleibt für heute. Und der Versuch für heute, ein verdammter Misserfolg. Ich hätte mir diese Prozedur ersparen sollen. Viel zu viel auf einmal für jemanden, der gerade erst wieder zu laufen beginnt. Doch ich frage mich, ob es jemals anders sein wird. So wie der Schlafrhythmus dieser traurigen Frau.

Am Abend schlürfe ich in Sommerlatschen über den betongrauen Linoleumboden.

Mein Körper war nach dem Überfall des Brockens in einem Erschöpfungsmoment geendet und hatte sich zur Ruhe gelegt. Nun ist es still geworden und die Flure sind leer. Ich höre weder jammernde Stimmen, noch sehe ich in klagende Gesichter. Es erscheint still und friedlich, fast wie ausgestorben zu sein. Etwas verschlafen laufe ich die sich endlos anfühlende Weite hinab und stecke mir eine Zigarette zwischen die Lippen. Lediglich drei Glimmstängel befinden sich noch im Päckchen und gedanklich werde ich jetzt doch wieder unruhiger, weil ich ahne, dass meine Wochenration sich dem Ende neigt und ich den morgigen Tag wohl unter Entzugserscheinungen verbringen werde. Das habe ich hier schon ein paar Mal zu spüren bekommen und doch habe ich ja nicht daraus gelernt. Denn dann hätte ich mir zuvor wohl ein paar Beziehungen aufgebaut und könnte das Schnorren in Erwägung ziehen.

Mit angesteckter Zigarette im Mund öffne ich die Tür zum Hof hinaus, um mir ein trockenes Plätzchen in diesem gießenden Frühjahrsregen zu suchen.

Ein spärlich eingerichtetes Fleckchen, das etwas nach Sperrmüllablage ruft. Es heißt mich wie immer in seiner Nüchternheit willkommen. Seitlich stehen noch immer die abgeranzten Sofas, eines etwas zu sehr von der Wand entfernt, doch niemand scheint sich für die Hofgarnitur verantwortlich zu fühlen. Beide Sofas stammen aus unterschiedlichen Haushalten und sind mit ähnlich wilder Bemusterung in zart ausgeblichenen Grün- und Blautönen bezogen. Vermutlich Modelle aus einer Zeit, in der man sich nicht an einer Auswahl bedienen konnte. Dennoch befinden sich beide Sitzgelegenheiten gerade ausreichend unter der Überdachung, um somit das letzte bisschen zusammenhängendes Material nicht komplett aufdröseln zu lassen.

Ich lasse mich in einem der überdachten Sofas nieder und lehne mich zurück. Es herrscht ein seltener Mairegen, der in den letzten Frühjahrsmonaten spärlich geworden war. Dennoch trägt der sommerlich warme Regen einen blühenden Duft von den unmittelbar gelegenen Wiesen und Wäldern zu uns. Eine angenehme Wärme durchfährt meinen Körper. Ich streife die geöffnete Sweatjacke von meinen Armen und fühle den leichten Windzug durch meine Haare fahren. Im Zuge meines dauererschöpften Zustandes begeben sich meine Augen in Dunkelheit. Ich versuche, meine noch vorhandenen Sinne abzuschalten, und stelle mir kurzzeitig vor, wie es ist, nicht mehr zu sein. Frage mich, ob es jemanden gäbe, dem ich fehlen würde? Dem es überhaupt auffallen würde, dass ich gegangen bin?

Eingeschlossen in diesen Moment der Stille und des Nichtseins, vernehme ich kurz darauf eine plötzliche Unterbrechung. Ein unnatürliches Geräusch. Das Geräusch eines Feuerzeuges. Noch immer befinde ich mich in der Dunkelheit, doch nun presse ich beide Augen aufeinander, denn meine Neugier überwiegt, nachzusehen, wessen Zigarettenrauch in meine Nasenflügel dringt.

Es ist Carla. Sie bewegt sich auf das Geländer zu und legt ihre Arme über Kreuz auf dem oberen Ende ab. Der Zigarettenrauch steigt über ihrem Kopf hinauf und bildet eine Wolke. Sie schaut über die umgebende Landschaft geradewegs hinweg, umgeben von einer viel zu großen Sweatjacke, welche genau wie meine vom Logo des Klinikträgers mit der Aufschrift „Hygieia" besetzt ist. Warum auch immer die griechische Mythologie in der Lausitzer Heide Einkehr gefunden hat.

Nachdem sie das Rauchen beendet hat, drückt sie den Kippenstummel auf dem Geländer aus und schnipst ihn in die grünen Weiten. Ihr schmaler Körper unter der Kapuzenjacke wendet sich in meine Richtung, läuft ein paar Meter auf mich zu und setzt sich neben mich. Mit Abstand. Aber nah genug, sodass ich ihre Dynamik spüren kann. Ihr Körper offenbart etwas Vertrautes, voller Entschlossenheit Steckendes. In diesem kurzweiligen Moment schwingt etwas davon zu mir herüber und ich inhaliere es tief über den nächsten Zigarettenzug. Es fühlt sich an wie neben einer Ladestation zu sitzen, um wieder zu Kräften zu kommen. Ihr Kopf ragt aus dem aufgeplusterten graumelierten Baumwollstoff und wendet sich zu meinem. Sie sitzt ebenso nah genug, um ihren gutgemeinten Hinweis übermitteln zu können.

„Meinst du, dass die Leute nicht sehen, wenn du sie anstarrst?"
Ich selbst bin nun starr und einen Augenblick setze ich nicht einmal einen Atemzug aus, mich zu sehr schämend, ertappt worden zu sein.

Dann antworte ich ratlos
„Was soll ich sagen ...?"
Carla nickt wohlwollend mit dem Kopf und steht anschließend wieder auf, kurz davor loszugehen. Streckt sich einmal, indem sie beide Arme nach oben nimmt, lässt sie fallen und greift dann in eine Sweatjackentasche, um ein ungeöffnetes Päckchen Zigaretten herauszukramen. Sie wirft es neben mein Gesäß.

„Mich interessiert es eigentlich nicht, von mir aus starre ruhig. Aber die anderen haben getuschelt. War ein gut gemeinter Hinweis."
Ihr Augenzwinkern erreicht mich seitlich und beendet somit unsere eher einseitig geführte Konversation. Ich traue mich noch immer nicht, mich wieder wie gewohnt zu bewegen, einfangen möchte ich diesen Moment. Ihn festhalten und ich ahne bereits, dass er mit der nächsten Bewegung erlischt. So ein Gefühl, vollkommen befremdlich, sodass aus der Starre allmählich ein Zittern wird. Ich verspüre Aufregung, ganz positiv, ganz frei und lebhaft fühlt es sich an. Was ist nur los mit mir? Von mir selbst überrascht stehe ich auf und sehe ihr nach. Doch sie befindet sich nicht mehr in Sichtweite.

Heute

Ich schaue noch einmal durchs Fensterglas hindurch. Noch immer steht sie dort, hat sich kaum mehr geregt und mein Gehen scheinbar nicht einmal bemerkt. Nachdem ich Carlas gebeugte Silhouette aus den Augenwinkeln verliere, begebe ich mich ins untere Geschoss. Dann schlendere ich mit einem Kaffeegetränk durch die leeren Reihen des Speisesaals.

Sie haben fein alles desinfiziert und scheinbar jeden Krümel einzeln zu den anderen getragen. Eine Sterilität, die mir jetzt besonders deutlich wird. Ich habe nicht mehr viel gesehen, außerhalb von ihr und sowieso nie besonders viel von dem, außerhalb von mir. Doch auch hier erinnert mich nun alles an sie. Als wäre sie soeben wieder in mich eingedrungen.

Ich sehe sie dort sitzen, an dem Tag, als sie mir ein Lächeln geschenkt hatte, welches Ausdruck dafür war, mich zu erkunden, und greife nach einem angewinkelten Stuhl, um mich genau auf dieser Stelle zu platzieren. Vielleicht kann ich noch etwas mehr von ihr aufnehmen als nur ihr Lächeln. Und vielleicht kann ich den soeben erlebten Moment verschwinden lassen.

Doch sobald ich sitze, bekommen meine anfänglichen Illusionen einen Ruck. Eine Stimme rüttelt mich zurück ins Hier und Jetzt.

„Es tut mir leid, aber Sie wissen doch, dass Sie den Raum um diese Zeit nicht betreten dürfen", werde ich von der jungen Assistenzärztin behutsam angesprochen.

Ich weiß es natürlich und doch hat es mich nicht gehindert. Immerhin sind die Thermoskannen an der Essenausgabe mit warmem Kaffee gefüllt und auch Tassen stehen aufbereitet zwischen Kaffeesahne und Zuckerdöschen. Was für ein Widerspruch also.

„Na kommen Sie. Ich habe gerade schon an Ihrer Zimmertür geklopft. Die Beamten warten bereits." Ich erhebe mich von meinem Platz und folge der jungen Ärztin ins untere Geschoss.

Bereits im Treppenhaus angekommen, wendet Frau Kellermann sich nach vorne gebeugt noch einmal an mich.

„Hören Sie mir zu! Sie müssen nichts sagen, was Sie nicht wollen. Geben Sie auf sich Acht, wenn Sie sich bedrängt fühlen, dann können Sie diesen Raum jederzeit verlassen. Haben Sie das verstanden?"

Ich nicke und ich denke, Frau Kellermann hat alleine meiner Körperhaltung wegen diese Ansprache an mich gerichtet. Ich scheine die Außenwirkung eines Allwissenden zu tragen. Aufgrund des Schlotterns meiner Beine und der zusammengesackten Becken- und Rückenmuskulatur könnten die Befragenden annehmen, dass ich etwas verberge. Oder aber laufe ich Gefahr, zum Opfer dieser Vernehmung zu werden.

Ich weiß es nicht. Das Einzige, was ich weiß, ist, dass ich etwas beinahe Vergessenes verspüre. Etwas, das sich einst vollkommen aufgelöst hatte, vor ungefähr vier Wochen. Meinen Brocken. Zwar entwickelt er sich sehr schleichend, wie ich vermute, dennoch scheint er sich bereits langsam, ganz langsam durch die Magenwand ins Innere zu bohren. Ungefähr so fühlt es sich jedenfalls an. Und da er ein guter alter Bekannter ist, ahne ich schon, dass er mich nicht so schnell wieder verlassen wird.

Gefestigte Blicke der jungen Ärztin schieben mich durch die Tür. Jetzt kann ich nicht mehr zurück. Sie hält die Daumen zusammen, dann höre ich noch ihre Worte, bevor ich durch den Türrahmen verschwinde. *„Sie schaffen das schon."*

Doch ich fühle mich ausgeliefert. Fremdbestimmt, völlig hilflos, in der Situation mit diesem Mann alleine sein zu müssen. Der Brocken streift mich innerlich, mir wird flau im Magen, dann bewege ich mich von der Stelle.

Der Mann ohne Haupthaar posiert bereits mit verschränkten Armen über einem Stapel handbeschriebener Notizen. Noch ignorieren mich seine Augen. Sie beschäftigen sich damit, etwas auszufüllen. Ich setzte mich dazu. Was anderes bleibt mir wohl auch nicht übrig. Daraufhin versuche ich, mich abzulenken und wahrzunehmen, was mich umgibt.

Die Verantwortlichen haben einen warmen Raum ausgewählt, anders als in diesen Kriminalfilmen. Irgendwie sogar recht unpassend. Im Hintergrund befinden sich aufgereiht Tonfiguren, mit Farbklecksen versehene Zeichnungen hängen falsch herum zum Trocknen an Bindfäden. Auf der Tischplatte kleben Hinterlassenschaften unzählig werkelnder Hände. Wir befinden uns im Atelier.

Von draußen scheint die Sonne herein, zu sehr, sodass sie die Vorhänge zugezogen haben. Der Mann von der Kriminalpolizei stellt sich vor. Nun einmal richtig, nicht ganz so herablassend, wie am gestrigen Vormittag. Zumindest nicht offensichtlich herablassend.

„Guten Tag! Ich bin Hauptkriminalkommissar Heyer aus Cottbus. Mein Team und ich ermitteln in einem Mordfall, falls Ihnen das nicht bereits zu Ohren gekommen ist." Er scheint in Eile zu sein. Während er mit seinem Kugelschreiber das Herausfahren der Mine demonstriert, wackelt im gleichen Takt einer seiner Füße unter der Tischplatte. Ziemlich aufgewühlt, denke ich mir, genauso in Hektik verfallen wie gestern.

„Ich werde Ihnen jetzt ein paar Fragen stellen. Sie brauchen nichts weiter zu tun, als zu antworten", sagt er noch und schaut auf den vor ihm liegenden Vordruck.

Doch ich habe nicht das Gefühl, dass es mir in diesem Augenblick gelingt, mit diesem Menschen eine Kommunikation zu führen. Definitiv keine verbal geführte. Ich kommuniziere ihm lieber deutlich, dass ich es nicht aushalten werde, noch sehr viel länger in diesem Raum zu sein.

Noch ist er mit seiner Ansprache allerdings nicht am Ende angelangt.

„Sie haben natürlich die Möglichkeit, Ihre Aussage zu verweigern. Aber ich denke, es besteht in unser aller Interesse, unsere Zusammenkunft so gering wie nötig zu halten."

Inzwischen hat sich der Brocken etwa zu einem Viertel durch die Magenwand hindurchgearbeitet. Ein bisschen muss ich mich nun krümmen. Es sticht und ich kann es nicht abwehren. Keinesfalls werde ich dieser unangenehmen Person in die Augen schauen. Denn ich besitze die Erkenntnis, dass seine Anwesenheit meine Krümmung verstärkt. Also verdränge ich sie lieber, indem ich mich damit ablenke, mit den Fingernägeln ein Muster in meine Haut zu stanzen.

Doch der vor mir Sitzende nimmt meine Abwehrhaltung keineswegs auf. Er bemerkt nicht, einem bekannten Gesicht gegenüber zu sitzen, das dabei ist, nach einem Fluchtweg im Erdboden Ausschau zu halten. Er hält sich weiterhin daran, seinen zeitlichen Rahmen einzuhalten, und fährt in maschinell angepasster Rhythmik fort.

„Ihren Namen bitte!?", setzt er den Schreiber aufs vorgedruckte Blatt. Die von mir eingenommene Position belasse ich. Und auch die Lippen kann ich keinen Spalt öffnen. Ein paar Sekunden wartet er ab, dann unterbricht er meine Stummheit.

„Wissen Sie denn nicht, wie Sie heißen?", nimmt seine runzlige Stirn aufgrund der Haarlosigkeit das obere Gesichtsdrittel in Beschlag.

Er schaut nun auf, plötzlich erkunden mich seine Blicke und die gestrige Begegnung gerät in sein Bewusstsein zurück.

„Sagen Sie, wir sind uns doch schon mal begegnet, gestern, dort mitten im Gang. Na, da haben Sie ja auch nicht reagiert."

Auch in dieser Begegnung stellt der Kommissar unter Beweis, dass er keinerlei Geduld besitzt. Nein, dass er diesem Moment nicht mächtig ist. Nein, er ist einfach nur frei von Empathie. Nur wenige Sekunden später erhebt er sich und stützt seine Hände vor mir ab. Um dem Ganzen Nachdruck zu verleihen oder weil er dadurch besser zur Geltung kommt. Ich spüre seinen Atem, trotzdem er nicht zu mir durchdringt, in den Nasenhaaren kitzeln. Die weiblich geformten Fingerspitzen verdecken einen Aufruf, eingeritzt ins Plattenfurnier, von irgendjemandem, der sich ungestört mit einem scharfen Gegenstand zu schaffen machen konnte. *„Be quiet!"*, steht dort. *Wie passend*, denke ich.

Und dann bemustere ich die makellos gekürzten vor mir positionierten Nägel. Als diese gestern auf mir herumstocherten, fühlten sie sich nach ellenlangen Krallen an. Doch sie passen zum tadellos gebügelten Oberhemd. Und zur farbig abgestimmten Krawatte des Kriminalbeamten *„Jörg-Wilfried Heyer"*, wie ich es in Druckbuchstaben geschrieben, dem Besucherpass über seiner Brusttasche entnehmen kann.

Eigentlich passt seine Erscheinung besser in eine Verkehrsbehörde. Hinter einen großzügigen mit Plexiglas versehenen Bürotisch, an jenem seine Fingerchen nichts weiter als Signaturen ausführen müssen. Ich kann mir kaum vorstellen, dass er sich jemals die Finger schmutzig gemacht hat, geschweige denn, dass jemals eine Waffe in seinen Händen lag.

Dicht an meinem Kopf platzierte Lippen lassen nun Anweisungen in meine Ohrmuschel schallen. Scheinbar hält Oberkommissar Heyer es nicht mehr aus, mit einem reglosen Körper zu kommunizieren. Und irgendwie scheint meine abwehrende Haltung, die seine aufleben zu lassen. Denn er bittet mich plötzlich, zu gehen.

„Na los!", sagt er. Laut und deutlich. *„Stehen sie schon auf."* Und dann entlässt er mich mit fegenden Handbewegungen.

Jetzt zum Abschied wage ich, seine Anwesenheit auszuhalten, für einen kurzen Moment. Ich schaue dem Kommissar in seine noch immer dicht neben mir weilende Augenpartie, doch ich spüre nichts, keinen einzigen Funken Wärme. Hinter graublauen Augäpfeln hält sich scheinbar kaum etwas Menschlichkeit auf. Ich spüre höchstens eine Leere, die mich wie triebgesteuert aus seinem Sichtfeld jagt und es verunsichert mich so sehr, dass ich die Stiche im Magentrakt vergesse. Ich richte meinen Körper gerade und warte darauf, dass Kommissar Heyer irgendetwas zum Abschied sagt. Doch seine Handbewegungen nehmen erst wieder ab, als ich mich davonbewege.

Am selbigen Tag werde ich ein paar Stunden später noch einmal im Kreativraum erwartet. Ich habe nicht damit gerechnet, so schnell wieder dort vernommen zu werden, habe stark gehofft, etwas Zeit zu gewinnen. Ich muss meinen Körper erholen, ihn wieder etwas zu Kräften bringen, statt an der Seite der jungen Ärztin noch einmal den gleichen Weg auf mich zu nehmen wie heute Morgen.

Frau Kellermann begleitet mich. Ich gehe davon aus, dass sie zu mir das Gespräch suchen wird. Vielleicht will sie ihre bisherigen Denkmuster nun brechen und steht den Beamten bereits als helfende Hand zur Seite.

Wir biegen vor dem Ziel ab, um uns auf befestigten Sitzbänken niederzulassen. Doch ich irre mich. Frau Kellermann besitzt einen ruhigen Tonus, der mir zunächst Entlastung verspricht. Es lässt sich aushalten, neben ihr zu sein. Schaut sie doch des Öfteren freundlich zu mir herüber, als wolle sie mir sagen, dass alles gut werden wird. Und ich gewöhne mich daran, ihre Augen anzusehen. Ihre kugelrunden himmelblauen Augen. Irgendwie ähnlich wie Carlas, doch etwas gekugelter und freier, sie sieht nicht danach aus, als verberge sie etwas. Eher nach Unschuld, nach Neugier und nach Unschuld.

Doch dann wird auch sie davon verlassen, mir das Gefühl zu vermitteln im Überblick zu sein. Es regt sich nichts. Wir sitzen dort und wir warten einfach nur. Etwa fünf Minuten. Dann zehn. Und sie hört auf damit, zu mir zu schauen. Ich nehme mir eine Zeitschrift vom Stapel und blättere darin herum. Aber die bunten, unstrukturiert aufbereiteten Artikel ziehen an mir vorbei. Ich versuche lediglich, nicht daran zu denken, diesem Herrn noch einmal gegenübersitzen zu müssen. Versuche, eine mir aufkommende Angst abzuwenden und meinen Brocken nicht mit weiterer Nahrung zu versorgen. Ich muss ihn aushungern lassen, doch wie soll mir das gelingen? Denn hinter uns auf der anderen Seite, da verbirgt sich genug von dem, was ihm für lange Zeit ausreichen wird.

Frau Kellermann überschlägt beide Beine im minütigen Wechselmodus. Vielleicht habe ich sie angesteckt mit meinem orientierungslosen Herumblättern, vielleicht ist sie zu schwach und mein Übertragungsweg zu stark.

Plötzlich springt sie von ihrem Platz, wirkt vollkommen erleichtert, als jemand winkend auf uns zukommt. Es ist der jüngere Polizeibeamte, der gestern auf dem Gang an uns vorbeigezogen war. Die hochgekrempelten Ärmel des weißen Leinenhemdes verstärken das Strahlen seines Teints. Seine Haut ist braun, nicht zu stark, sondern geradezu perfekt zwischen Schwarz und Weiß. Eine Farbe, die sich genau zwischen den Gegensätzen trifft.

Der Beamte wirkt ein wenig schwächlich, seine Atemfrequenz hat sich nach anscheinendem Fußmarsch ins obere Stockwerk noch nicht wieder gesenkt.

„Hallo ... Herr Ayari", begrüßt ihn Frau Kellermann, unterdessen sie nun vor ihm steht. Ich erkenne den Größenunterschied zwischen beiden, es sind mindestens zehn Zentimeter.

Frau Kellermanns Blick senkt sich leicht zu Benedikts hinab. Heute trägt er die Schuhe geschlossen, es sind nicht die gleichen ausgelatschten Treter von gestern, doch es sind scheinbar bequeme, in denen sich seine Füße auf der gleichen Ebene mit der des Fußbodens befinden. Die junge Ärztin gibt mir die Empfehlung, bis zu ihrer Rückkehr sitzen zu bleiben. Dann verschwindet sie zusammen mit Herrn Ayari aus der Sitznische und ich kann nur erahnen wohin.

Doch sie nimmt auch einen winzigen Bruchteil meines Brockens mit, als hätte sie etwa dort etwas abgebrochen, wo er zuvor noch auf die Atemwege drückte.

Ich hole einmal kräftig Luft. Dann höre ich die Tür des Ateliers im Rahmen einrasten. Kurz darauf kann ich Geräusche wahrnehmen und auch wieder andere Dinge um mich herum.

Eine tropfende Mischbatterie, die in der Toilettenkabine nicht ausgedreht wurde. Oder das viel zu grelle Licht, das mich trotz einkehrender Sonnenstrahlen von morgens bis abends begleitet, als hätte jemand den Lichtschalter abgeschraubt. Gerade hier in der Sitznische ist seine Präsenz beherrschend.

Nach einer Viertelstunde etwa sitze ich noch immer dort und warte, bis mich ein äußerer Impuls zur Veränderung bringt. Dann nehme ich noch etwas wahr. Einen Gang, der mir vertraut ist. Der Gang zweier Beine, die seinen Korpus unregelmäßig über den abgetragenen Fußboden schleifen. Die dazugehörige Stimme aber klingt wie zumeist kontrolliert. Ich vernehme einen Austausch zwischen Carla und einem anderen. Doch kann ich beide kaum verstehen. Zu leise ertönen Laute über ihre Lippen.

Ich bewege mich schleichend mit dem Rücken zum Wandende der Nische hin, die Wand ist angenehm kühl. Etwas näher dringen nun ihre Laute zu mir hindurch. Jetzt erkenne ich, die andere Stimme der Unterhaltung gehört eindeutig einem Mann. Auch seine ist klar und wenig zaghaft. Ein leichter Dialekt, jedoch kaum herauszuhören, unterstreicht seinen Tonfall. Jetzt brauche ich Gewissheit.

Ich hatte recht. Carlas Haarknäuel ist kaum zu übersehen. Zusammengeknotet zu einem flauschigen Ball wackelt er herum, während sie mit dieser Stimme spricht. Dann läuft sie fort. Und lässt Kommissar Heyer zurück.

Kurz schaut er zur Armbanduhr, dann ertappt er mich. Ich entwische. Setzte mich zurück auf den Platz, ganz aufrecht. Versuche, nicht eine Sekunde zu zucken. Noch einmal will ich ihn nicht spüren. Nicht so nah bei mir. Hier hätte ich keine Chance zu entwischen. Er könnte mich einkreisen und am Nacken packend herausbefördern.

Es erreichen mich tausend Einfälle, tausende Ideen, die mich überfluten und mich nach Luft ringen lassen. Pfeifenden Tones ringe ich danach, all diese Vorstellungen abzuschmettern. Dass beide miteinander kooperieren, dass sie sich näherstehen und sich kennen, dass sie gekommen sind, um mich zu zerstören. Der Brocken kehrt in den Vordergrund zurück und klettert im Inneren der Luftröhre die Knorpelspangen hinauf, als sich Schritte in meine Richtung begeben. Ich halte die Luft an, das bisschen, das ich noch spüre. Doch mein Verdacht löst sich auf, denn seine Schritte laufen weiter und verschwinden ebenso wie Carla im Vernehmungszimmer.

KAPITEL 4

Ungefähr dreieinhalb Wochen zuvor

Als ich Carla wieder zufällig beim Rauchen begegne, sind drei Tage vergangen. Obwohl ich eigentlich nicht unbedingt von einem Zufall sprechen kann. Seit der letzten Begegnung habe ich sehr viel öfter auf der Terrasse gesessen und geraucht, obwohl ich überhaupt kein Verlangen danach verspürte. Zu Zeiten, in denen ich zuvor nicht dort war und unter Witterungseinflüssen, die meine Schuhe zum Quietschen brachten.

Beinahe habe ich ihr zugeworfenes Zigarettenpäckchen nun durchgequalmt und mich wieder einmal nicht um Nachschub bemüht. Insgeheim erhoffte ich mir seit vergangenem Samstag, Carla nun wieder hier draußen anzutreffen. Ich kann noch immer nicht genau deuten, weshalb. Doch es ist vor allem dieses eine unbeschreibliche Gefühl und es scheint etwas in mir zu bewirken. Es lässt meine Gliedmaßen aufatmen und füllt sie mit Leichtigkeit.

Heute setzt sie sich direkt neben mich, obwohl all die anderen Sitzgelegenheiten von niemandem sonst besetzt sind. Einen Abstand hält sie nicht ein. Sie trägt einen schnell gebundenen Zopf im Nacken, dem es kaum gelingt, bei Bewegung in Form zu bleiben. Mit zusammengebundenem Haar kommt ihr Gesicht besser zur Geltung. Es sind typisch europäische, blaugraue Augen. Nicht besonders hervorstechend, aber auch nicht unscheinbar, mit denen sie mich bemustert und währenddessen frisch gebildeten Schorf von der Innenseite ihrer Wade abzieht. Ich verhalte mich unauffällig ruhig und beobachte diesen Schritt. Ich kann mir vorstellen, dass es guttut, sich von diesen Wölbungen zu befreien. Es ist ein Moment, der so wortlos beinahe unangenehm erscheint. Doch irgendwie sind wir uns einig. Wir schweigen. Ein paar Züge lang. Bis die Zigarette heruntergebrannt ist. Dann hat sie die Wunde von den letzten Überresten des abgestorbenen Hautgewebes befreit und gibt ein erleichterndes Seufzen von sich, nachdem sie sich zurücklehnt.

Carla fordert mit einer zeigenden Geste ihr Feuerzeug zurück und unterbricht dieses Schweigen.

„Na, wie war dein Tag bisher?"

Als würden wir uns jeden Nachmittag hier draußen verabreden, um über unsere Erlebnisse zu berichten. Aber welche Erlebnisse überhaupt? Sie erreicht mich mit dieser Floskel und verursacht, dass ich in mich hineinkichere. Ich stelle fest, dass ich gar nicht mehr weiß, wie es sich anfühlt zu lachen

Carlas Gesichtsausdruck sieht nach Erwartung aus. Und ich frage mich, ob ich jemals in meinem Leben einen solchen Ausdruck zufriedenstellen konnte. Doch es zu versuchen, kostet mich kaum Überwindung, nichts habe ich zu verlieren.

„Oh, heute war er großartig", gebe ich gekünstelt von mir, so gut es mir gelingt. Und es kostet mich ebenso wenig Überwindung, diese oberflächliche Konversation aufrechtzuerhalten, und deshalb schiebe ich eine gleiche Frage hinterher. *„Und war dein Tag auch so grandios?"*

Mehr habe ich in diesem Moment allerdings nicht zu bieten. Denn ich war nie ein Mensch der besonders originellen Schlagfertigkeit, dafür bildet sich innerhalb meines Geistes vielleicht nicht genügend Fantasie. Aber es scheint Carla auszureichen. Ihre Mundwinkel heben sich ansatzweise in Richtung Wangenknochen.

Es ist der Beginn eines Gespräches mit allem, was dazugehört.

Zum Aufwärmen müssen die belanglosen Themen herhalten. Wie etwa die Auswertung des Kantinenessens oder allgemeine funktionelle Ansichten zur derzeitigen Unterbringung. Wir stellen beide fest, dass sämtliche Mängel niemals beseitigt wurden. Dass es manchmal so still und leer auf den Gängen war, als wären wir hier alleine. Die Auftritte der Mitarbeitenden waren doch sehr gelegentlich, vor allem gegenüber Beanstandungen.

Carla erzählt über ihre seltsame Toilettenspülung, die mindestens einmal in der Nacht nachläuft und im Anschluss immer ein lautes Zischen von sich gibt. Sodass sie dann mit dieser spricht und sie bittet, um diese Zeit doch ebenso wie alle anderen zu schlafen.

Sie erzählt es so detailliert, setzt dabei ihre Hände und Füße ein, stellt pantomimisch dar, wie sie sich aus ihrem Bett hinausbequemt und auf den alten Spülkasten klopft und *„Sei endlich ruhig!"* sagt, während ihre Stimme dabei einen Tonfall tiefer fällt.

Es gelingt ihr, mit ihrer Mimik und Gestik zu spielen, dass ich ihr alles abnehmen würde. Nachdem sie sich wieder neben mich begibt, schaut sie mich an und sagt entsetzt.

„Glaubst du mir das? Glaubst du, ich würde mich mit meiner Toilettenspüle unterhalten?" Und beginnt zu kichern.

Ich glaubte ihr, ich hätte ihr alles geglaubt.

„Warum bist du hier?", fragt sie mich inständig, sodass ich nicht im Geringsten die Chance bekomme, in eine starre Haltung zurückzukehren.

„Ich weiß nicht, vielleicht bin ich unfreiwillig hier. Vielleicht muss ich hier sein", gebe ich zur Antwort, denn ich bin mir selbst nicht sicher, welcher der eigentliche Grund ist. Ich bin innerlich fern von Erinnerungen, wie ein Wesen, das keine Vergangenheit besitzt.

Noch immer befinden wir uns dicht nebeneinander. Carla trägt Ernsthaftigkeit in dieses unbekümmerte Gespräch. Einer meiner Schwachpunkte, doch ich kann ihn aushalten. Jetzt beugt sie sich wieder nach vorne zur fein säuberlich abgetragenen Wunde und pult weiterhin daran herum. Unter den letzten zarten Hautfetzen dringt Blut hervor. Nun schmerzt es, denke ich mir. Spätestens jetzt würde ich aufhören.

Sie streift langsam über meinen Arm. Nur mit den aufgestellten Fingerenden.

„*Es ist schon okay*", haucht sie und ich spüre, dass sie etwas in sich trägt, was es mich aushalten lässt, Berührungen zu erleben.

Innerlich brennt es in meinen Stimmbändern. Ich möchte ihr die gleiche Frage stellen. Möchte wissen, ob sie aus freien Stücken hierherkam oder, ob sie genauso wie ich sich nicht mehr erinnern kann. Wie es ihr gelingt, zwischen vergilbtem Farbanstrich und Eintönigkeit zu existieren. Wie sie es schafft, so gelassen und beherrscht zugleich zu sein. All solche Fragen tauchen auf, ganz plötzliche Fragen, die ich mir selbst nicht einmal zu stellen wagte. Doch diese Fragen loszulassen, gelingt mir nicht.

Ich wage mich nicht, sie irgendetwas zu fragen,weil inzwischen eine ihrer Hände auf meinem Knie ruht, ganz selbstverständlich.

Sie formt ihre Fingerenden zu einem Halbkreis und führt rotierende Bewegungen aus. Ich weiß nicht, wann ich das letzte Mal so viel Körperkontakt erlebte. Wie auch schon zuvor, kann ich auch diese Berührung zulassen und ihr sogar noch mehr abgewinnen.

Der Mond kreuzt über der anbahnenden Dunkelheit auf und nimmt die gleiche Form an wie Carlas Handballen. Ich bin mir nicht sicher, diese Bewegungen einzusortieren, sie sind angenehm und durchdringen meine unterste Hautschicht. Ich vermute, es erotisiert mich.

Sie streicht noch ein paar Mal mit der Hand übers Knie, dann steckt sie sich eine Zigarette zwischen Mittel- und Zeigefinger, als erschöpfe sie diese Prozedur.

„*Ich habe gehört, dass Lebewesen sich durch Kreisbewegungen beruhigen. Säuglingen fährt man dabei über die Stirn. Über ihre winzig kleine Stirn. Ganz zaghaft.*" Sie grinst, lehnt sich wieder zurück, während diese Erkenntnis über ihre Lippen kehrt, doch irgendwie sieht sie traurig aus. Traurig, aber auch irgendwie befreit. Kurz schließt Carla die Augen, dann zieht sie besonders kräftig vom bereits glühenden Tabakstäbchen, dessen Asche dabei einen halben Zentimeter wächst.

Eine Träne wäre in dieser Situation angemessen. Denke ich mir. Eine Träne von ihr oder von mir. Ich bemerke, dass Traurigkeit überwiegt, in dieser kurzzeitig andauernden Stille. Und ich bin erstaunt, wie deutlich ich dieses Gefühl verspüren kann, auch wenn es sich nicht sehr gut ertragen lässt. Doch keine von uns beiden scheint jene Schwermut so tief aufnehmen zu wollen, dass sie an Beherrschung verliert.

Ihre Handfläche verwischt das frische Blut, ein paar Tropfen schaffen es noch an ihrer Wade entlang. *„Wir sind nichts",* sagt sie. Und schaut zum Himmel hinauf.

„Wir sind so furchtbar unbedeutend. Die Sterne jedoch, sie sind frei, doch wir, wir sind gefangen in dem, was wir sind. Wir leuchten nicht einmal in der Helligkeit, für niemanden da draußen", presst sie Zigarettenglut in frühlingswarmen Beton. Vielleicht das Einzige an uns, was kurzzeitig aufleuchtet.

„Diese Welt ist eine traurige Welt, das war sie schon immer. Wie gerne wäre ich weit weg, auf einem dieser Sterne und würde einfach so mit ihm forttreiben."

„Würdest du mitkommen?", streckt sie mir ihre blutversehene Hand entgegen.

„Alleine würde ich es nicht nach oben schaffen." Carla schenkt mir ein Lächeln, dahinter jedoch verbirgt sich etwas anderes. Ich weiß nicht was, ich kann es nicht deuten. Doch ist es nicht klar, nicht gelöst, so wie die anderen Lachen zuvor. Dennoch versuche ich mich darin, es zu erwidern, und lege meine Hand in ihre. Sie ist zart und rau zugleich, fühlt sich nach Taten an und nach Vernachlässigung.

Jetzt kullert doch einer von uns beiden leicht salzige Flüssigkeit über die Wangen. Es sind mehrere. Ich habe scheinbar meine Beherrschung verloren, es sind Tränen.

Es ist früh und dennoch bin ich spät dran. Am nächsten Morgen, als ich wieder den Weg durchs Grellerleuchtete nehme, um in der Mitte des Flures zu verschwinden. Gefüllt ist der Raum schon mit all diesen Frauen. Die sich tuschelnd austauschen, die an mir vorbeischauen, als wäre ich nicht existent. Alles wie gewohnt und dennoch soll es heute anders sein.

Denn dieses Mal bin ich vorsätzlich darin, wach und aufmerksam zu folgen, die Ohren zu spitzen, wenn sie hineintreten wird. Dieses Mal bin ich freiwillig hier und nicht, um meine in Form gepresste Besänftigung zu erhalten.

„Sie sollten nicht hoffen, dass Ihnen die Medikamente alles abnehmen, Sie müssen sich selbst auch um sich selbst bemühen. Sie müssen sich selbst wichtig sein." Sich selbst wichtig sein? Gerät es mir in Erinnerung. Welch Unsinnigkeit! Als ich mich nach allen Anwesenden umschaue, erkenne ich nicht eine einzelne Frau, die diesen Satz ernsthaft verstanden hätte. Standen sie doch, nicht anders, als ich es tat, nach jeder Gesprächsrunde Schlange, an Doktor Wielandts Sprechzimmertür. Und nahmen die Erscheinung des gleitsichtbrillentragenden Herren in Kauf, dessen Blicke sich hoch und runter schoben, während er Unsinnigkeiten verbreitete.

Die Gesprächsleitende ist jünger. Vielleicht gerade noch frisch und engagiert, vielleicht noch einen Hauch zu durstig für ihr Publikum. Ihr Haar wurde offenbar chemisch gebleicht, wie das von Carla. Jedoch liegen ihre Enden zart über den Schultern und runden ihren sanften Gesichtsausdruck ab. Sie ist gepflegter als Carla, sogar ein bisschen hübscher.

Mit überschlagenen Beinen sitzt sie aufrecht und wendet sich der Runde zu. Im Vergleich zu allen anderen sticht sie heraus wie eine Kerze. So gerade und akkurat hat sie sich aufgerichtet. Ihr Kittel berührt den Boden, so lang ist er und zwischen all diesen grauen und braunen Kluften, strahlend weiß.

Heute fällt mir auf, dass wir anders sind. Heute fällt es mir deutlich auf. Dass sie eine derjenigen ist, die dieses Haus am Abend verlassen und erst am nächsten oder übernächsten Tag zu uns zurückkehren wird. Und mir fällt auf, dass ich über solche Abläufe nachdenke. Dass ich meiner Leere im Kopf einige Pausen gönne. Dass mein Vorhaben schon jetzt zu wirken beginnt. Vielleicht liegt es am Magengrummeln, das mich der Aufregung wegen seit dem Aufstehen begleitet und diesem unbekannten lebendigen Gefühl, darauf zu warten, dass sie noch hinzustoßen wird. Heute muss ich sie wiedersehen, denn dieser Ort hier gilt als letzte Hoffnung.

Nachdem ich mich im Platz eingefunden habe, ist es die Ärztin, der noch eine Weile meine Aufmerksamkeit gilt. Zur Besprechung organisatorischer Angelegenheiten legt sie Ellenbogen auf Knie und schaut zu uns in die Runde. Um eine von uns auszuwählen, um sicherzugehen, dass sie unsere Signale wahrnimmt. Selbst ein leichtes Atmen oder Räuspern wurde als Zustimmung gedeutet, sodass ich nun meinen Atem leicht unterbinde. Selten zuvor habe ich erlebt, dass sich Hände erheben, wenn es um die Verteilung der Verantwortlichkeiten geht. Selbst die Lauten sind leise und schauen tief zum Boden hinab. Ihre tuschelnden Münder sind rationalisiert, sie können sich scheinbar nur darauf konzentrieren. Auf andere Dinge aber kaum. Das Wässern der Blumenkübel oder Abräumen des Tischgeschirrs soll jede von uns dazu anregen, am gesellschaftlichen Leben teilzuhaben. Am gesellschaftlichen Leben ohne Gesellschaft. Und all die leeren Gesichter kurzzeitig ausspannen und ihren Tonus anregen. Das Tuscheln ersetzen gegen Tellergeklapper oder gegen das Klappern des Silberbestecks. Selbstwirksamkeit, Erfolgserleben und das jede Woche aufs Neue.

Es wird ermahnt, dass sich einige der Frauen seit längerem nicht beteiligten, obwohl es doch so wichtig sei, dazuzugehören. Kontakte zu halten, ein Teil dieser Gemeinschaft zu sein, in der doch alle die gleichen Sorgen teilen würden. Die gleichen Sorgen. Niemals.

Kurz darauf landen einige Augenpaare auf mir und ich bemerke, wie sich meine Beine abwärts zur Ruhelosigkeit ausfahren. Ich teile nicht eine dieser Intentionen, denke ich mir, und verspüre sogleich Abneigung bei dem Gedanken daran, ein Teil dieser Gemeinschaft zu sein. Denn das bin ich nicht. Ich bin vermutlich unfreiwillig und gezwungener maßen Bewohnerin dieses Hauses geworden. Ich bin hier, weil ich da draußen keinen Überlebenskampf zu führen bräuchte. Weil es hier einen Herrn Dr. Wielandt gibt und die Möglichkeit einer warmen Mahlzeit. Weil sie mich hier drinnen als belanglos erklären, statt mich draußen auseinanderzupflücken. Ich bin hier, weil ich anders bin. Genauso anders wie wir alle hier drinnen, trotzdem ich mich nicht zugehörig fühle. Ich würde mich niemals diesen geschundenen Gesichtsausdrücken zuordnen lassen. Diesem angesammelten Haufen untröstlicher Tratschmäuler. Diesem andauernden Klagen mangels fehlender Einsicht unserer Ausweglosigkeit. Nicht viele verharren im Schweigen und geben sich dieser erdrückenden Atmosphäre hin. Die meisten von ihnen verschwenden Energie, tagaus, tagein, und versprechen sich Veränderung innerhalb solcher Zusammenkünfte wie dieser. Sie belügen sich selbst und werden belogen. Denn Veränderung ist irreal. Zumindest in unserer Welt.

Die Uhr über dem Türbalken hängt etwas schräg, sie tickt so laut, dass ich sie noch am anderen Ende des Raumes höre. Angestrengt versuche ich sekündlich, zu folgen. Ein gleichbleibender Takt entspannt mich. Jetzt überquert der große Zeiger die römische Zwölf. Sie ist nicht gekommen. Das Aufstehen am Morgen war also umsonst. Mich hierherzuschleppen und anzunehmen, aufgeweckter und munterer als an anderen Morgen zu sein. Vollkommener Irrtum.

Das Gruppengespräch beginnt und ich bin nun gefangen, mittendrin. Ich blicke aufs Ziffernblatt, wieder und wieder. Der Zeiger erscheint mir wie stehengeblieben, als bewege er sich langsamer fort als sonst.

Ich pule am Nagelbett herum, beiße überschüssige Haut herunter, begutachte die Finger der anderen. Dreck kann ich erkennen, manche Finger besitzen tiefschwarze, ungeformte Fingernägel. Meine sind heller, nur brüchig sind sie, was es mir erschwert, die Nägel in Ruhe zu lassen.

„Sie sind etwas zu spät", schrecke ich auf. Als die Tür unter dem großen Zeiger ins Schloss einrastet. Die Blicke der Frauen landen nun dort. Unverhofft stößt doch noch eine hinzu. Eine, die noch später hineinplatzt und sich förmlich und höflich und ganz gekonnt zu erklären weiß. Sie trägt wieder diese überdimensionale Sweatjacke und entknotet ihre zerfressenen Haarenden, während sie kurzzeitig vor dem Türbrett stehen bleibt.

„Kommen sie ruhig in unsere Runde, wir haben noch Platz."

Und nun entscheide ich mich sehr spontan, meine ausgefahrenen Beine wieder aufzurichten und den Zeiger über der Tür für nebensächlich zu erklären. Denn soeben hat Carla diesen Raum betreten. Sie ist noch gekommen.

Weil sie mir gewissermaßen die Erlaubnis dafür gab, starre ich. Und es ist mir auch ganz gleich, ob ringsherum getuschelt wird.

Ich habe Carla seit der letzten Begegnung nicht mehr gesehen. Ich war noch mehrmals im Terrassenbereich gewesen. Manchmal hatte ich abends einfach nur so dagesessen und in die Baumkronen gestarrt, doch sie tauchte nie auf. Noch nach Tagen fühlte ich unserem gemeinsamen Moment nach, bis ich ihn schließlich als irrtümlich abgetan und ihn in mein inneres Fantasiebildnis aufgenommen hatte. Es war geworden, als sei sie nicht real. Als hätte ich mit einem imaginären Geschöpf kommuniziert oder mit dem Schatten meines Selbst.

Doch nun tritt sie wieder auf. So wie ich es mir erhofft hatte, die letzte Chance des Wiedersehens hier in dieser Gruppe. Und dennoch fühle ich mich unbedacht. Doch wie hätte ich mich darauf auch vorbereiten sollen? Auf jemanden, der im Prinzip nicht reell ist.

Kurz kneife ich in meine Ellenbeuge. Scheinbar bin ich wach. Ich schaue auf und sehe ihr nach, so lange, bis sie sich platziert. Irgendwie elegant, trotzdem die Sweatjacke nun alles andere als Eleganz verbreitet. Noch immer versucht sie beinahe heimlich, die unteren Haarenden mit dem kleinen

Finger zu entfransen. Dann wirft sie den vielen Augenpaaren einen wachen Blick zu. Erst dann wird die gedanklich entstandene Unruhe wieder leiser. Nur meine nicht. Mein innerer Aufruhr tobt. Denn ihr Anblick begeistert mich noch immer genauso, wie schonzuvor. Ich stelle fest, ich wurde nicht illusioniert. Sie existiert und sie schafft es, wahrhaftiges Lächeln über meine Lippen zu zaubern. Ja, meine Mundwinkel erheben sich und sie sind nicht zu kontrollieren.

Die Gesprächsrunde knüpft nun wieder an und der Raum füllt sich plötzlich mit Aufmerksamkeit. Merkwürdig, denn auch die anderen Frauen um mich herum erscheinen mir nun lebhafter. Und fokussierter auf nur eine, statt auf etliche Botschaften zugleich. Es ist, als habe mit ihrem Eintritt ein Gong geschlagen, nachdem sie sich nun richten.

Eine Frau mittleren Alters verschafft uns Einstieg und berichtet über Vergangenes der Woche. Ich erinnere mich an eine kurze Kontaktaufnahme zu der Endfünfzigerin. Vor einer Weile hatte sie in der *„Kaffeerunde"* mit ihren Fingerenden ununterbrochen auf den Tisch geklopft. Auch heute ist ihr Schlafrhythmus sehr präsent, doch das Thema verursacht kaum gähnende Stimmung. Eindeutig versuchen die Anwesenden von den Tipps und Ritualen der Mitarbeiterin zum besseren Einschlafen zu profitieren, welche ausgiebig durchgekaut werden. Doch ich bin mir ziemlich sicher, dass ich nicht hier sitzen würde, wenn sich der gegenüberliegende Stuhl zur rechten Seite nicht von der Zuspätkommenden besetzt hätte. Das Thema füllt eine halbe Stunde und würde vermutlich auch noch weitere unendlich anfühlende Minuten andauern, sofern die Gesprächsführende es nicht in diesem Moment gekonnt beenden würde. Sie lässt ein Buch zu Boden fallen. Es schallt über den kargen Linoleumboden.

„Und nun ist es wichtig, die Dinge an Ort und Stelle zu belassen, und wir ziehen einen Schlussstrich", spricht die große Blonde, noch immer mit beiden Beinen übereinadergeschlagen sitzend, während sie mit ausgestrecktem Arm

einen Halbkreis in der Luft zieht. Der Aufprall des Wochenbuches hat die Anwesenden erschreckt, sodass nun alle ein wenig aufrechter sitzen.

Alle bis auf Carla. Sie lässt sich kaum aus der Ruhe bringen und ist als Nächste an der Reihe. Kurz befeuchtet sie beide Lippen, presst sie aufeinander und fängt die unzähligen Augenpaare ein. Alle sind still um uns herum, alle schauen nun auf sie.

„Sind Sie bereit?", bleibt Carla selbstbeherrscht. Positioniert ihre Beine seitwärts ineinander und beugt sich nach vorne.

„Nun, zunächst einmal ist es sehr schön, Sie bei uns zu sehen." Auch dem stimmt Carla zu und ich beuge mich nach vorne, um den Namen der Gesprächsleitenden auf dem angesteckten Schildchen zu entziffern. *„Beate Kellermann, Psychiaterin in Ausbildung"*, lese ich mir gedanklich vor. Bisher hatte ich keinem dieser Gespräche tatsächlich meine Anteilnahme geschenkt, nun aber wollte ich jeden Augenaufschlag in mich aufsaugen. Etwa so wie an dem Tag, als ich sie dort draußen im Gang vorgefunden hatte.

Dieser Moment scheint beinahe einstudiert, so gekonnt antwortet das zierliche blonde Wesen auf all diese Fragen und dennoch gelingt es ihm, so gut wie nichts von sich preiszugeben. Es gelingt ihm, Spannung entstehen zu lassen, obwohl wir doch nichts Konkretes erfahren.

Lange unterwegs gewesen sei Carla, in einem Fahrzeug ohne Fenster. Sie hätte nicht sagen können, wo sie sich befand, nicht sagen können, in welchem Fahrzeug sie fuhr oder ob jemand neben ihr saß. Ob es Schläge waren oder Tritte. Wären die Blutergüsse nicht der lebendige Beweis dafür, wäre sie nicht sicher, ob sie all dies jemals erlebt habe. Wäre sie nicht hier, wäre sie sich nicht sicher, wo sie wäre. Sie sei so dankbar und erwähnt immer wieder, dass sie nun hier ihren Frieden finden möchte. Ich schaue in die Runde. Ausgerechnet hier. Aber den Frieden, den sehe ich nicht. Ich sehe nichts Schauderhaftes, nichts Boshaftes, keine Gefahr, aber ich sehe auch nichts Gegenteiliges. Ich sehe ein Dutzend fragender leerer Münder, ich sehe einen Haufen verlorener Seelen. Hier gibt es keinen Frieden zu finden. Hier kann man einfach nur sein. Und wie ich in der Masse untergehen oder eben wie die meisten von ihnen mit ihr schwingen, bis der eigene Ausdruck eines Tages genauso aussieht wie der ihre.

Carlas Anblick erscheint gediegen. Sie verliert sich nicht darin, den mysteriösen Faden aufzudröseln. *„Ich bin sehr froh und sehr dankbar, dass ich hier sein darf. Ich weiß nur, es war mir sehr schlecht ergangen in der letzten Zeit."*

Und trotzdem sie noch immer in Rätselhaftigkeit verweilt, kleben die Blicke an ihr. Doch das wird es sein. Bei keiner anderen Teilnehmerin haben sich so viele Frauenkörper nach vorne gebeugt. Keine andere hat die Aufmerksamkeit jeder einzelnen auch nur einen Bruchteil so lange halten können. Es ist ihre Art, sich zu artikulieren, sie ist stark und präsent und dennoch zerbrechlich. Carla ist ein Geheimnis.

Lautstark dringt Seufzen durch alle Münder. Dann lehnt sie sich zurück und versucht, mit den anderen Körpern im Hintergrund zu verschwimmen. Kurz darauf schon gerät sie in Vergessenheit. Für mich aber bleibt sie so sichtbar wie zuvor und sie leuchtet strahlend hell.

Den nächsten Tag schon beginne ich damit, mich zum Mittagessen in den Speisesaal zu begeben, noch bevor alle anderen bereits fertig sind.

„Wie geht es Ihnen?" „Schön Sie hier zu sehen", bemerke ich an mir vorbeiziehende Stimmen, welche sich meiner physischen Anwesenheit erfreuen.

Seitdem ich hierherkam, hatte ich die Mahlzeiten erst am Nachmittag eingenommen. Nicht etwa meines Schlafrhythmus wegen, nein, ich hasste den Lärm, die Gespräche und schon gar das gemeinsame Essen mit all diesen fremden Frauen, die kauend an den Tischen saßen und ihren Speichelfluss mit den Inhalten ihrer Teller vermengten.

Doch heute wollte ich alles um mich herum ignorieren, meine Gewohnheiten für einen Moment vergessen. So gut es mir gelingen konnte. Denn ich wusste, dass Carla im Vergleich zu mir ihre Mittagsmahlzeiten regelmäßig und vor allem unter all diesen störenden Bedingungen einnahm.

Der Saal hat sich zum heutigen Mittag nicht besonders gefüllt, was es mir möglich macht, einen Teller Spaghetti durch die Gegend zu transportieren. Ich steuere geradewegs auf den blonden Haarschopf hinzu, der seitabwärts versucht, seine Nudeln auf eine Gabel zu drehen. Ich ziehe schleppend an ihr vorbei, in der Hoffnung, entdeckt zu werden, und nehme einen gegenüberliegenden Tisch in Beschlag. Ich sehe, dass meine Hoffnung bereits erhört wird und fühle, wie sich meine Wangen erröten. Ich bin verunsichert. Einerseits dieser ungewohnten Situation wegen, andererseits ihrer hochgezogenen Mundwinkel wegen und lasse meine Nudeln erkalten. Mein Puls raubt mir den Appetit und außerdem verzehre ich um diese Uhrzeit höchstens die Krümel meines Tassenbodens. Carla erhebt sich von ihrem Stuhl und rückt zu mir heran.

„Es sind die Medikamente, erst rauben sie uns unseren Verstand, dann rauben sie uns das Menschsein. Die Appetitlosigkeit ist wohl das geringste Übel."

Sie verspeist ihre restlichen Spaghetti wie ein ausgehungertes Tier. Dann zieht sie meinen Teller an sich heran und deckt ihn mit ihrem leeren Teller ab.

„Wenn du keinen Hunger hast, kannst du sie auch auf deinem Zimmer aufbewahren. Daran stört sich hier niemand", lässt sie mich wissen. Wieder schenkt sie mir ein Lächeln. Eines, das nach Zuversicht aussieht. Als wollte sie nun endlich all ihre schrecklichen Erfahrungen hinter sich lassen und darin aufgehen, ein guter Mensch zu sein. Und dieses Lächeln deutet ebenso darauf hin, in großer Freude zu sein, mir gegenüber zu sitzen. Dieses Mal bin ich mir sicher.

Ich weiß mich nicht sehr gekonnt zu äußern. Ich schwächle und habe plötzlich Angst zu versagen. Ich fürchte mich davor, ihr nicht gerecht werden zu können. Dieses Gefühl beherrscht meine Gedanken. Mein Gesicht verliert an Regungen und erstarrt. Ich stehe auf und entziehe mich dieser Begegnung. Jene Stärke, mit der ich in diese Situation hereingetreten bin, schwindet. Ich nehme meine Ursprungsform zurück und verlasse schlagartig den Speisesaal. Den Teller habe ich mitgenommen und stelle ihn im Treppenhaus auf den Absatz unters Flügelfenster. Dann steige ich weiter hinab und hinab und weiter hinab. Und plötzlich befinde ich mich vor dem Ausgang des Hauses. Ganz plötzlich bin ich kurz davor, nach draußen zu gehen, dorthin, wo ich seit meiner Ankunft nicht mehr gewesen war. Ich hocke mich an der Wand entlang zu Boden und schließe die Augen vor der hereinscheinenden Helligkeit. Meine Ohren hören Schritte, Stufe für Stufe sich nähernd, parallel eine Hand, die am Treppengeländer hinuntergleitet, und einen rasenden Atem. Sie ist mir gefolgt. Sie hockt sich neben mich und sucht nach einer unbekleideten Hautfläche auf meinen Körper, die sie ohne Vorwarnung zu streicheln beginnt. Flüstert mir währenddessen ins Ohr *„Es geht vorüber."* Und stellt mir etwas vor den geöffneten Schoss. Einen kühlen Pfefferminztee. Und tatsächlich, ihre Berührungen besänftigen mich.

„Wenn du das ausgetrunken hast, gehen wir vor die Tür", sagt sie.

„Na gut", sage ich.

Zusammen mit ihr scheint es mir möglich, mich nach draußen zu begeben. Zusammen mit ihr scheint mir vieles möglich. Denke ich, während ich den gekühlten Becher leere.

Heute

Nachdem Carlas und Heyers Präsenz vergangen ist, laufe ich Kreise, inmitten des kleinen quadratischen Sitznischentraktes und versuche noch immer, den Brocken zu überwinden. Ich weiß, dass er nicht allein durch diese Bewegungen schwinden wird, aber ich weiß, dass ich somit immerhin nach Luft ringen kann, zwischendurch. Und zwischendurch aushalten kann, dass er in meinen Brustkorb sticht. Es sind vergangene Muster, alte überwundene, welche sich nur im Hintergrund aufgehalten hatten und in diesem Moment zurückkehren. Ich erkenne meine Naivität, meine Unwissenheit, denn ich spüre ganz deutlich, dass sich der Brocken nur zum Wachsen und Gedeihen zurückgezogen hatte und mir lediglich die Chance gab, etwas zu Kräften zu gelangen. Um einen immerhin halbwegs gleichberechtigten Kampf gegen mich zu führen, bevor er mich am Ende dann doch noch besiegt.

Ich versuche, das soeben Gesehene zu neutralisieren. Versuche, mir einzureden, dass auch Carla eine Bewohnerin dieses Hauses ist und auch sie sich einer angeordneten Vernehmung zu unterziehen hat, wie auch all die anderen Frauen hier. Ich versuche, nicht daran zu glauben, dass sich all die von mir Umgebenen zusammengeschlossen haben, um mich sanft, aber präzise zu zerstören. Dass sie nicht auf der Seite des Brockens stehen. Und dabei sind, diesen Prozess zu beschleunigen. *Denn eigentlich war ich doch schon zerstört und sie hätten dem nichts mehr hinzufügen können.*

Während ich gemächlichen Tempos meine Kreise ziehe, sehe ich zu meinen Füßen ein ausgedientes Turnschuhpaar. Es ruht dort und ich berühre es kurz. Ich trete zurück und blicke hinauf. Ich erkenne Hosenbeine, die mir vor wenigen Minuten schon begegneten. Es sind die des karamellfarbenen Kriminalbeamten. Er steht vor mir und sein Gesicht sieht nach Besorgnis aus. *„Ist Ihnen nicht gut?"*, poltert er geradewegs heraus, als hätte er vergessen, sich in einer psychiatrischen Einrichtung aufzuhalten. Denn wem sollte es hier schon gut gehen? Doch seine Frage trägt ernsthafte Besorgnis. Und sein ehrliches Mitgefühl lässt mich in dem Glauben, dass dieser Mann annimmt, ich sei vollkommen ungeschoren. Ich stoppe, als er beginnt sich zu nähern und schaue zu seinen Lippen hinauf. Sie sind voll und weich und umgeben von seinem hellbraunen Teint, der unterm Bartnachwuchs hervorsticht. Ich trete der Situation bei und zwinge den Brocken mit mehrmaligen Schlucken zurück in meine Bauchregion.

„*Mein Name ist Benedikt Ayari*", streckt der Polizist mir eine Hand entgegen, offen und freundlich, als kennen wir uns bereits. Als seien wir uns schon öfter begegnet, öfter und in positivem Zusammenhang.

Er tritt noch einen Schritt näher heran, versucht aber dennoch, die übliche Distanz zu wahren, sofern es diese Nische überhaupt zulassen kann.

„*Wissen Sie …, mein Kollege und ich, wir sind hier, um ein paar wichtige Dinge herauszufinden*", spricht er beschaulichen Tones.

„*Ich wäre Ihnen wirklich sehr dankbar, wenn Sie mir dabei behilflich sind.*"

Wir stehen uns gegenüber, etwa einen Meter voneinander entfernt. Ich stelle mir die Frage, wie sehr mich diese Ansprache tangiert. Ich denke, er meint es gutherzig, ehrlich, und er möchte seine Arbeit zur Zufriedenheit aller Beteiligten durchführen. Doch gelingt es mir nicht, ihm dies zu vereinfachen, selbst wenn ich es wollte. Meine Verständigung beschränkt sich auf Mimik und Gestik und fällt auch dabei recht konturlos aus. Ich folge dem jungen Beamten aus der Nische heraus. Dann stößt Frau Kellermann hinzu. Sie greift nach meiner Hand und legt etwas hinein.

„*Ich habe es vergessen …*", sagt sie, unterdessen ihr Gesicht von Selbstanklage befallen ein „*Es tut mir leid*" an mich richtet.

Und jetzt kann ich meinen Kopf etwas klarer zum Nicken bewegen, denn ich möchte keinesfalls, dass sie sich meinetwegen schuldig fühlt. Ich werfe die geteilten Tablettenstückchen ein und jage sie durch meine staubtrockene Kehle. Ich bin mir nun sicher, gleich wird der Brocken minutenlang zu Ruhen beginnen.

Benedikt Ayari lässt mich noch einen kurzen Moment vor der Tür warten, bevor er mich hereinbittet. Als ich eintrete, schließt er das Fenster. Es ist nicht das Atelier, in dem wir uns befinden, er hat einen anderen Ort ausgewählt. Anders als sein Kollege scheint er die Leere zu bevorzugen. Außer dem Tisch und ein paar Stühlen befinden sich lediglich zwei ausgedünnte Grünpflanzen unter den Fensterbänken und ein unübersehbarer Stapel Akten vor ihm.

Es ist das erste Mal, dass wir uns direkt gegenübersitzen. Nur wir zwei, in einer so intensiven Zusammenkunft und eigentlich sind wir doch zwei völlig Fremde. Ich bemerke die Anspannung, die ihn umgibt, doch viel mehr aber bemerke ich, dass er mir in die Augen schaut, ziemlich eindringlich, für einen sekundenlangen Moment. Er vermittelt, dass er sich meiner Person annehmen wird. Ganz gleich, wie viel Atem ich ihm raube. Es wird nicht so sein, dass ich ihm gleich all mein Wissen preisgeben kann, aber ich kann bereits jetzt abschätzen, dass es nicht ewig gelingen wird, zu schweigen.

Die Lärmfreiheit um uns herum kommt mir entgegen. Sie sorgt dafür, dass der Brocken sich dieser anpasst und sich auf Ruhemodus geschaltet weiterhin im Hintergrund aufhält. Ich denke an den Spruch im Kreativraum, wie passend jetzt auch hier dieser wäre.

„Be quiet." Ziemlich passend sogar, denn genau diesem Rat leiste ich Folge.

Benedikt beginnt sich vorgefertigtem Material zu widmen. Einsortiert in Klarsichthüllen. Breitet er deren Inhalte vor sich aus, ich fürchte um die Länge dieser Zusammenkunft. Vermutlich länger, als ich Luft zum Atmen haben werde. Einen Moment noch scheint er sich gedanklich zu sortieren, bevor seine etwas Finger aufnehmen.

„Donnerstagnacht haben wird diese Frau vorgefunden", hält er mir eine Fotografie vors Gesicht.

„Da war sie bereits verstorben."

Kaum kann ich aufschauen. Es ist das Bild einer toten Frau. Der Moment als sie bereits kreidebleich ist und eine bläuliche Note auf ihren Lippen liegt, wie festgesetzte Rotweinpigmente. Ich erkenne keine Menschlichkeit, noch so sehr ich diese Abbildung verinnerlichen würde. Alles, was mich an einen Menschen erinnern könnte, wurde ihm längst genommen.

Der Polizist schaut mir zu. Er gibt mir Zeit, die ich brauche. Er bedrängt mich nicht, wie sein Kollege es tat, stattdessen lässt er es zu, mich minutenlang in Starre zu begeben, bevor ich eine Reaktion erzeugen kann. So lange, bis sein Arm mit dem Foto in der Hand zu wackeln beginnt und er ihn aus der Luft nimmt. Ich senke meinen Blick hinab, in Richtung meines Schoßes. Ich fühle mich schlapp. Ganz ermüdet, als wäre ich die ganze Nacht über auf den Beinen gewesen. Unten, am Ende des linken Beines, direkt überm Knöchel, sind die Färbungen im Ton ihrer Lippen. Bläulich, blutergossen, dort unter meiner Haut.

„Sind Sie noch anwesend?"

Ich sammle meine Kräfte und setzte zum Nicken an.

Dann greift Benedikt Ayari eine dieser klassischen Fragen auf, welche scheinbar nach Priorität angeordnet in einem Leitfaden festgehalten wurden.

„Ist Ihnen diese Frau bekannt?"

Und ich frage mich, warum er sie noch immer als Frau bezeichnet. Warum er ihr etwas Menschliches zuweist, wo sie doch ganz und gar unmenschlich erscheint. Jetzt liegt das Bild auf dem Tisch und ich kann es noch gut aus der Entfernung erkennen.

Ich höre kramende Finger zwischen hauchdünnen Folienwänden. Benedikt Ayari zieht ein letztes Schriftstück heraus, positioniert es vor sich und beginnt, Ansammlungen von Sputum in mehrfachen Zügen herunterzuschlucken. Jeder Versuch lässt sich Kehlkopf abwärts verfolgen. Ich bemerke, er ist deutlich nervös. Geräuschlosigkeit entsteht, bevor über seine Lippen folgende Zeilen kehren:

„Diese Frau, sie wurde Opfer eines Gewaltverbrechens. Sehen Sie?", fährt sein Finger über den fotografierten Kopf.

„Der Schädel dieser Frau wurde eingeschlagen, so massiv, dass die Frau an den Folgen gestorben ist. Dazu braucht es wirklich Krafteinwirkung. Das kann sich niemand selbst zufügen, zumal sie nach den letzten Schlägen bereits verstorben war."

Und schon jetzt beginnen die Worte in meinem Gehörgang zu verschwimmen.

„Wir gehen davon aus, dass es zu einer gewalttätigen Auseinandersetzung kam. Gar zu einer hasserfüllten, wenn man bedenkt, dass die Verstorbene auch nach ihrem Ableben weiteren Schlägen ausgesetzt wurde."

Hör auf, denke ich mir! *Hör auf,* schreit es innerlich. Und in meinen Ohren beginnt es zu rauschen. Ich kann ihm nicht mehr zuhören, seine Worte lassen sich nicht ertragen. Ich möchte an etwas anders denken, an ein gutes Gefühl. An Gegenteiliges. Er soll gehen, soll seine Bilder mitnehmen und einfach verschwinden. Vor und zurück wippe ich im Stuhl. Halte beide Hände zum Kopf. Ich brauche etwas Gegenteiliges.

Ich weiß, wie es sich anfühlt. Das Gute. Ich möchte daran glauben, dass es wie vorher wird, schon bald, wenn ich diese Begegnungen überwunden habe. Noch gibt vielleicht eine Chance. Ich möchte dort sein, wo ich mich fühlte wie eine Seifenblase, so luftig leicht und unbeschwert und Kraft schöpfte aus der Saftigkeit zarter Blättchen und Triebe.

Ich möchte mich in Luft auflösen und dort weitermachen, wo alles zwischen uns begonnen hatte, dort wo wir anfangs noch waren. Genau diese Person möchte ich noch einmal sein.

Ungefähr dreieinhalb Wochen zuvor

Ich weiß nicht, wie lange ich das Haus nicht mehr verlassen hatte, doch es fühlte sich gut an. Tatsächlich einfach nur gut und viel erträglicher, als ich es vermutete. Es war nicht so, dass ich mich gefürchtet hatte, hinauszugehen. Ich hatte meinen gewohnten Umkreis einfach nicht verlassen, es einfach nicht in Erwägung gezogen, die Tür in den Garten zu öffnen, und damit war es irgendwann unzugängliches Territorium geworden. Wie ausgeschlossen aus meiner eigenen Welt, etwas, das ich eben nicht betreten konnte. Nun hatte sich meine Welt ein Stückchen vergrößert, schlagartig, mit nur einem Schritt, mit Hilfe ihrer Begleitung und Durchsetzungskraft.

Doch als ich am darauffolgenden Nachmittag wieder in den Garten gehen möchte, kann ich kaum ein Bein vor das andere setzen. Es kostet mich Überwindung, die Schwelle nach draußen zu überschreiten. Alleine. Carla ist noch nicht da und ich bemerke, wie stark ihr Zug doch war, denn nun strahlt sämtliche Erregung tief bis in meine Knochen, sodass ich einen Moment brauche, um ans Ziel zu gelangen.

Gestern ging Carla in Planung mit dem heutigen Tag. Sie sprach darüber, was sie alles noch zu erledigen habe, und dann bezog sie mich in ihre Planung mit ein, indem sie mich fragte *„Was unternimmst du am morgigen Nachmittag?"*

Wir hatten vereinbart, uns heute auf dieser grüngelackten Parkbank vor dem Eingang niederzulassen, heute hier um sechzehn Uhr. Vielleicht hatte es auch nur sie allein vereinbart, doch ich konnte mich ihrer Idee nur so fügen. Denn mein Herz hatte sich ganz wohltuend bewegt, wie ich es kaum kannte. Nein, ich bemerkte, ich hatte ein Herz. Das nicht nur bloß vor sich her schlägt, nicht nur eintönig unter meinem Brustbein sitzt.

Ich setzte einen wohltuenden Seufzer von mir. Ringsherum bemerke ich, wie saftig grün es doch ist, wie der Frühling im vollen Gange erscheint. Friedlichkeit über mir, ganz anders als hinter den Mauern dort drinnen. Die Sonne beschert nun Grelle. Ich rieche kein Linoleum, keine Seife, keine Künstlichkeit. Stattdessen Düfte umliegender Sträucher. Hier draußen ist alles echt, alles wächst und gedeiht. Welch seltsames Gefühl.

Singvögel in den Baumkronen tummeln sich über mir. Ich vernehme ihr Zwitschern, ich höre ein Lied. Und dann öffnet sich der Ausgang unter dem bröckeligen Stuck. Carla steuert auf mich zu. Zum Glück. Ihr Gesicht geformt zu fotoreifem Grinsen, bei dem die Zähne nur gerade so stark zu sehen sind, dass sie zwischen den Lippen sanft hervorblitzen.

Carla hat einen Beutel mitgebracht, gefüllt mit frischem Obst und Gemüse.

„Ich habe mich heimlich in den Speisesaal gewagt, fast haben sie mich erwischt, aber nur fast", lacht sie währenddessen jugendlich, wie eine Schelmin nach erfolgreichem Diebstahl.

Sie breitet ihre Errungenschaften auf dem buttergeblümten Rasen aus und kontrolliert sie. Dann schaut sie zu mir hoch, aus der Hocke hinaus und besitzt dabei noch immer ein wenig Schelmenhaftigkeit.

„Los Komm! Wir sollten von hier verschwinden, wer weiß, ob wir für diese Straftat nicht eingesperrt werden." Carla springt auf, noch bevor sie ihren Beutelinhalt vollständig zurückverlagert hat.

„Ich weiß, wohin wir gehen können, komm mit", greift sie nach meinem Arm und nun spüre ich, dass auch über meine Lippen ein Gefühl von jugendlichem Leichtsinn gleitet. Jedenfalls fühle ich mich so, irgendwie frei und unbesorgt. So wie die frohjauchzende Frühlingslandschaft um uns herum.

Wir begeben uns immer mehr hinein ins Grün. Carla schleift mich durch Geäst und Unebenheiten, ich lasse mich von ihr führen. Immer wieder dreht sie sich zu mir, als erkundige sie sich nach meiner Anwesenheit, obwohl meine Hand in ihrer liegt. Vielleicht möchte sie einfach nur wissen, ob ich noch bei Verfassung bin, um einer Tragödie vorzubeugen. Vielleicht aber schaut sie einfach nur gerne zu mir. Trotzdem ich es nicht nachvollziehen kann. Dennoch ist es ein gutes Gefühl, nein, viel größer als das. Es beschert mir Hoffnung und Vertrauen, etwas längst fremd Gewordenes. Und es durchdringt meine Kleidung, sodass meine Armhärchen trotz des warmen Frühlingswindes zu stehen beginnen. Wir gelangen an einen Fluss und ziehen unsere Schuhe aus. Strecken die nackten Füße in einen Arm der Neiße. Das Wasser sticht zwischen den Zehen, doch ich möchte durchhalten, so lange wie Carla. Wir stampfen mit den frierenden Füßen im Wasser herum und verscheuchen die kleinen Flussbewohner. Die Kommunikation zwischen uns beschränkt sich ausschließlich auf unsere Körpersprache, doch diese spricht für mich genug. Beinahe vergesse ich, dass ich in den letzten Monaten von rauer Tristheit umgeben nur noch in Sinnlosigkeit existierte, so gegensätzlich erscheint mir dieser Augenblick. So bunt erscheint er mir, nach all dieser Farblosigkeit. Eines, das vergesse ich auch beinahe, doch dann fällt es mir wieder ein, als Carla sich an Land zu Boden fallen lässt, rauchend, den Qualm in kleine Kringel versetzt. Wir werden wieder zurückkehren müssen. Schon bald. Doch ich werde diesen Moment nicht zerstören und lege mich ebenso ins hohe Gras. Einen Moment lang treffen sich unsere Blicke, es erscheint tiefgründig zu sein, innig, dennoch trägt der ihre etwas Geheimnisvolles. Ich bin verunsichert, aber zugleich so sehr angezogen, dass ich nicht von ihren Augen lassen kann. Trotz unscheinbarer Iris erhalten ihre Augen endlosen Glanz, so sehr, dass ich mich darin spiegele. Doch dann steigt wallende Hitze in meinen Schädel. Ich bemerke, dass meine Haut errötet. Ich bin verschämt und weiß mich nicht zu regen. Ich weiß nicht, was mit mir geschieht, doch ich denke, dies ist die Folge tiefer Zuneigung.

Ich wende meinen Blick von ihr und schaffe es, mich aufzurichten. Denn ich bin nicht sicher, ob ich dieses Gefühl noch länger aufnehmen kann. Es wurde mit jeder Sekunde stärker und trotzdem es so unbeschreiblich schön ist, ist es gleichzeitig kaum aushaltbar in seiner Gesamtheit und beängstigt mich zutiefst. Carla aber weiß meine plötzliche Abwesenheit zu deuten. Sie folgt meiner Erhebung nicht und raucht genüsslich weiter. Doch ich spüre, wie sie in mein Gesicht schaut, mich beobachtet und nur darauf wartet, den perfekten Moment zu erwischen.

„Ich weiß, was du fühlst", sagt sie, nachdem ich mit langsamen, aber anhaltenden Zügen etwas Anspannung von mir atme, und dann erhebt sie sich doch.

„Du brauchst dich vor mir nicht zu fürchten."

Ich stehe auf und laufe noch einmal in den Fluss hinein. Der stechende Schmerz soll nun stechen. Ich möchte Realität spüren, meinen Herzschlag beruhigen. Möchte, dass sie sich nicht abwendet. Meine Füße werden von winzigen Fischen umgeben, ich stehe still und lasse sie kreisen. Nachdem mich die Kälte zutiefst durchdrungen hat, schaue ich wieder auf. Zu ihr, sie ist mir nachgestiegen und berührt meine Lippen mit ihrem Zeigefinger.

„Lass mich zu", sagt sie in diesem perfekten Moment.

„Du darfst mich zulassen." So als könne sie jeden einzelnen Gedanken von mir greifen.

Und ich denke, dies war der Moment, in dem ich begann, ihr alles zu erlauben.

Nach unserem ersten gemeinsamen Ausflug schon bemerke ich eine innere Wandlung.

Es beginnt eine Zeit, die sich Tag für Tag intensiviert. Wir verbringen von nun an die Nachmittage gemeinsam, die oft bis in die späteren Abendstunden andauern. Mal laufen wir zwischen Gärten entlang, in Richtung Stadtrand. Mal schlängeln wir uns zwischen Böschungen zur polnischen Grenze heran. Ein bisschen abenteuerlich zeigt mir Carla die Welt, die sich verändert hatte.

Wir sind wie eine Einheit, ein Gespann, das Unsinn treibt, um sich von Lasten zu befreien. All das bedeutet, atmen zu können, sein zu können, zu existieren und trotzdem ich mich dabei fern meiner festgefahrenen Sicherheiten befinde, geben mir unsere Begegnungen ausreichend von dem, was ich brauche. Es ist ihr Geruch, der mich mitreißt, eine Mischung aus Zimt und Tabak, ein bisschen Schweiß, doch sie riecht süßlich, nicht unangenehm. Ihre Art, in mich hineinzuschauen, als besitze sie ein inneres Arrangement, aus dem sie mich schöpfen lässt. Als sagten ihre Blicke, *Nimm das, was dir fehlt.* Wenn ich Ängstlichkeit ausstrahle.

Die Leute schauen uns an, wenn wir mit unseren Jogginganzügen durch den Ort spazieren, wohlwissend, wo wir herkommen. Sie beginnen zu tuscheln, wenn sie zu zweit stehen. Doch sie sind es nur, die uns Nahrung bieten, tatsächlich bewegen uns ihre Blicke nicht.

Carla erzählt mir von ihren Visionen, von ihrer Vorstellung einer besseren Welt. Davon, wie es einmal war und von dem, was sie am meisten vermisse.

Die unbedeutenden Dinge, spinnwebendünne Fäden, die sich zu einem Zuckerwattebausch zusammensetzen, den Krach und das Leuchten von Fahrgeschäften einer Kirmes. Das Kunterbunte miteinander. Für sie war es zu still geworden, für mich noch immer zu laut. Doch was mir fehlte, das wusste ich nicht. Denn in ihrer Anwesenheit brauchte ich mir diese Frage nicht zu stellen.

Heute, da haben wir eine erste gemeinsame Woche hinter uns und ich stelle fest, dass sie es ist, an die ich nach dem Aufwachen denke. Und alles spielt sich bereits in meinen Gedanken ab, noch bevor der Tag überhaupt beginnt. Es kommt seit Langem mal wieder vor, dass ich mir Dinge vorstellen kann, die sich außerhalb meiner Sicherheiten bewegen. Es sind Abläufe, fortgeführt in ungewohnten Reihenfolgen. Ich muss nichts hinunterschlucken und mir die Dinge vorher zurechtlegen. Ich kann einfach atmen, ohne befürchten zu müssen, nicht genügend Atem zu besitzen.

Wir laufen an begrünten Anlagen vorbei und beobachten schaffende Hände unzähliger Kleingärtner. Aus allen Ecken gelangen dröhnende Geräusche zu uns hindurch. Geräusche, die ich nicht zuordnen kann. Ich halte meine Ohren zu und Carla amüsiert sich. Sie lacht darüber, dass ich bei jedem kleinsten Nebengeräusch zusammenzucke und sie versucht, meine Hände von den Ohren zu streifen.

Ich laufe durch die Gärten, als laufe ich über ein Minenfeld. Hingegen Carla jauchzend an den Zäunen klebt und den Leuten beim Gärtnern zuschaut, als ließe sie sich inspirieren.

Im Vergleich zu ihr kann ich den Gedanken nicht nachvollziehen, weshalb Leute ein Stück Natur Jahr für Jahr von Neuem behandeln, statt es einfach wuchern zu lassen, wie drei Meter weiter vor den Zäunen.

Carla genießt es, zu provozieren. Sir dringt so sehr an einen Zaun heran, dass wir Ablehnung erfahren.

„Schert euch weg!", ruft ein älterer Herr, der in den Beeten sein Unkraut jätet. Doch Carla lässt es sich nicht verbieten, sich umzusehen. Von niemandem, und das soll auch dieser Herr erfahren. Sie bleibt provokant an Ort und Stelle stehen und stiert zwischen den grünen Maschendrähten hindurch. Noch etwas intensiver fokussiert sie sich auf die Bewegungen des Mannes. Er richtet sich auf. Etwas langsam und besinnlich. Taumelnden Schrittes bewegt er sich zum Tor heran.

„Verschwindet!", gibt er von sich, dann öffnet sich seine Handund bewirft uns mit staubtrockenen Sandkörnern. Eigentlich keine ernst zu nehmende Geste dieses greisenhaften Kleingartenbesitzers. Doch Carla greift nach meiner Hand, als ginge es um Leben und Tod, und reißt mich mit.

Wir rennen nun, denn wir bemerken, dass er sein Tor geöffnet hat. Und als wir uns im Laufschritt befinden, nehme ich wahr, dass auch dessen Nachbarn vor ihren Zäunen stehen und ihren Kleingartenfrieden in Gefahr sehen. Wahrscheinlich sehen wir aus wie zwei schwachsinnige Frauen, die einer Anstalt entflohen sind. Im Prinzip nicht ganz abwegig. Carla stößt sich noch etwas Adrenalin vom Leib, indem sie mit der Hand an den Zäunen entlangfährt, sodass ein gleichmäßiger Klang entsteht, und nimmt nun noch mehr Tempo auf, bis wir uns von den langen schmalen Wegen entfernt haben. Dann halten wir. Carla setzt sich auf einen Stein. Vollkommen außer Atem ringt sie noch etwas nach Luft, als sie spricht, *„Ihre Blicke, hast du sie gesehen? Die waren vernichtend."*

Sie steht auf und pustet sich noch etwas Erschöpfung vom Leib, als ihre Hände aus Tabak und Papier schon einen Glimmstängel formen.

„Die Leuchten fürchten sich voreinander", sagt sie.

„Und am meisten fürchten sie vor dem, was ihnen zuvor schon befremdlich erschien." Und sie erzählt es ganz klar und es klingt nach Poesie. Als sind es sich bewahrheitende Tatsachen.

Ich löse mich aus meiner Hocke.

„Für heute reicht es mir", linse ich zu ihr herüber. Ich verspüre nicht denselben Zorn, der in Carlas Augen liegt, nicht diese überaus fokussierte Haltung. Doch ich fühle mich erschöpft. Vollkommen aus der Puste geraten, wie nach einem Langstreckenlauf, obwohl wir gerade einmal zweihundert Meter zurückgelegt haben. Die Gesichter der Leute zu deuten, sich vorzustellen, welch niederträchtige Absichten sie haben, welch enorme Verachtung in ihnen steckt, all das strengt an und es ermüdet mich. So dass ich schwanke, als befände ich mich im wandelnden Traume.

„Ich wollte dich nicht überfordern", sagt Carla. Und stützt mich.

„Aber ich denke, du solltest die pure Wahrheit erfahren und diese kann ich nicht für dich inszenieren, um zu begreifen, wie diese Welt funktioniert." Doch ich weiß gar nicht, ob ich überhaupt verkraften kann, wie diese Welt funktioniert.

Ich bemühe mich, all das um uns herum aufzunehmen, weil ich bei ihr sein möchte, weil ich noch ein Stück mehr von dem sein möchte, was sie in mir sieht. Und die ersten Konturen rahmen bereits meine Formlosigkeit, nach nur einigen Tagen schon.

Wir befinden uns nun auf dem Weg zurück in die Stadt. Eine Weile haben wir jetzt geschwiegen. Ich war in meinen Schritten versunken und sie auch in ihren. Ein wenig abseits voneinander sind wir ruhigen Tempos gelaufen. Gerade bin ich wieder energiegeladener, da beginnt sie, meine Fingerspitzen in ihre Hand zu legen.

„Ich möchte dir etwas erzählen", schließt sie an.

Ich spitze die Ohren und vergesse beinahe, ein Bein vor das andere zu setzen. Auf holperig, staubigem Untergrund.

„Damals, als alles gerade erst anfing ... Erinnerst du dich?", unterbricht sie noch kurz, um sich zu vergewissern.

Ich zucke mit den Schultern. Denn ich erinnere nichts.

„Damals, da waren die Leute noch draußen auf den Straßen unterwegs, um für ihre Rechte zu kämpfen."

Carla Blicks klart auf, als fühle sie Momenten genauestens nach. Und wieder sieht sie so strahlend aus.

„Was für ein großartiges Gefühl", unterstreicht sie ihre Anekdote.

Und jetzt beginne ich mich zu schämen. Davor, dass ich rein gar nichts von diesem Gefühl verstehe. Doch sie transportiert Euphorie und Zuversicht und fährt mir sanft streichelnd über den Rücken, sodass ich mich keiner Blöße hingeben muss.

„Heute, da sind wir leere Seelen, da bleibt uns nicht mehr sehr viel von dem, wofür wir damals einstanden. Weißt du!?"

Noch immer kann ich nur erahnen, wovon sie spricht. Ich hatte nie etwas wissen wollen von all dem, was um mich herum geschah. Ich war ein Niemand gewesen und das bin ich noch heute. Ein Niemand, Tag für Tag.

Heute

Benedikt Ayari sitzt noch immer vor mir. Sein Kopf liegt im geöffneten Handballen, als mich weitere Worte des Schriftstückes zurück in Realität versetzen.

„Wir gehen davon aus, dass das Opfer außerdem unter dem Einfluss starker Schmerzmittel stand", setzt er fort.

„Die Leiche hatte direkt vor diesem Gebäude gelegen, in einem doch sehr übersichtlichen Gehwegabschnitt. Können Sie sich vorstellen, warum sie dort abgelegt wurde?" Nachdem er den letzten Satz beendet, bemerke ich, wie der Brocken, eine Region übersprungen, ganz deutlich hinter meiner Zunge andockt. Er kratzt und rastet und blockiert dabei die Verbindung zwischen Lunge und Röhre. Meine Luftzufuhr verringert sich etwa um ein Drittel. Die Kehle wird blitzartig staubig und trocken. Jetzt *„möchte"* ich etwas sagen, doch ich kann es nicht. Meine Hände fahren am Hals hinunter und zum Kinn wieder hinauf, um den Brocken wieder zurückzudrängen. Ich weiß nicht, ob Benedikt meinen Kampf erkennt. Meinen inneren bitteren Kampf. Doch ein paar Laute kann ich jetzt von mir geben. Kurz und zaghaft. *„Ein Glas Wasser",* bitte ich.

Doch Benedikts Reaktion bleibt aus. Er hat mich nicht verstehen können, meine Worte waren zu leise.

So sehr ich es innerhalb des Schwindels deuten kann, ist er damit beschäftigt, mich zur Aussage zu bewegen. Darauf versteift, seine vorgefertigten Worte loszulassen, als sei auch er innerhalb eines Kampfes.

„Irgendwann, da werden Sie reden müssen. Um Sie als Tatverdächtige ausschließen zu können, müssen Sie aufhören zu schweigen", sagt er vollkommen fixiert.

Dann beuge ich mich eigenhändig zum Getränkegedeck hervor, schütte das Wasser beim Eingießen reichlich daneben und würge das kühle Nass hinunter.

„Ich frage Sie noch einmal", nehme ich wahr. *„Erkennen Sie diese Frau?"*

Ich bin starr und sacke in mich zusammen. Versuche den Kopf zu schütteln, doch es gelingt mir nicht. Ich bin mir nicht sicher. Ich möchte mir nicht sicher sein. Entschlossen blicke ich auf. *Nein,* denke ich mir. Ich erkenne die Abbildung dieser Frau keineswegs. So ein lebloses Gesicht war mir nie zuvor begegnet. Schleunigst lösche ich das Gesehene, das noch in meinen Pupillen hängt, bevor es ins Innere hineindringen kann. Dann möchte ich gehen. Obwohldiese Zusammenkunft so erträglich doch begonnen hatte. Jetzt bin ich einfach nur erschöpft und möchte nicht mehr konfrontiert werden mit all diesen Fragen. Mit Blicken, die auf mich herabsehen, als träge ich irgendeine Schuld in mir. Als sei ich anders und weniger wert als jene, die dieses Haus am Abend wieder verlassen werden.

Genau das hatte Carla gemeint, ganz genau das und jetzt gerade wird es mir wieder bewusst.

„Ich möchte gehen," sage ich nun wieder zu leise, doch meine Augen flehen danach. Ich schaue in Benedikt Ayaris Gesichtsausdruck. Beide Lider ragen hoch zu den Brauen, sie demonstrieren die Schönheit seiner Augäpfel, seine eindringliche nougatbraune Regenbogenhaut.

„In Ordnung," flüstert er ebenfalls kaum verständlich. Mehr sagt er nicht. Er springt ungeschickt auf, sodass sein Fuß beinahe ein Tischbein mitreißt. Noch im selben Atemzug öffnet er die Tür, um diese für mich weit aufzuhalten. Ich sehe schleichende Schweißperlen an seiner Stirn herunterfließen. Ich denke, *wir beide* sind nun ziemlich erschöpft. Trotzdem Benedikt noch immer versucht, bis zur letzten Sekunde kontrolliert zu sein.

„Sie müssten den Fragebogen noch unterzeichnen, es ist wichtig zu wissen, ob Sie die Einrichtung in den letzten 48 Stunden verlassen haben." Seine Worte klingen sortiert. So, wie er sich anfangs bemüht hatte zu sein. Doch ich erkenne das Verborgene. Dass es ihn anstrengt, diese geradlinige Rolle zu erfüllen. Seine Verbissenheit, die ihm im Wege steht.

Ich habe den Fragebogen längst unter den anderen Dingen im Papiereimer verschwinden lassen. Er war in einem gebündelten Pack gekommen, zwischen der Lausitzer Rundschau und werbenden Marktartikeln. Doch ich hatte mich selten damit auseinandergesetzt, welche Schriftstücke mich erreichten und daran änderte auch seine Empfehlung an diesem heutigen Tage nichts.

Also ignoriere ich den Hinweis des Polizisten und begebe ich mich, statt in meinem Papiermülleimer herumzuwühlen, auf den Weg in die Cafeteria.

Der Saal hat sich gefüllt um die Mittagszeit. Es duftet nach Kohl und nach Brühwürfeln. Die Frauen sitzen beieinander, keine von ihnen sitzt einzeln an ihrem Platz, keine von ihnen, so wie ich. Ich weiß nicht, ob ich mich überwinden werde, eine warme Mahlzeit einzunehmen. Zunächst schlürfe ich nur an meinem lauwarmen Tässchen Pfefferminztee und beobachte die Abläufe um mich herum. Der Raum bewegt sich. Es wird geredet und gegessen, gelacht und ausgetauscht. Als ich mir einen Teller Suppe hole, ist es ihr Haarschopf, den ich aus der Entfernung zwischen den anderen entdecke. Und dennoch sticht er kaum hervor zwischen den braunhaarigen und schwarzhaarigen Schöpfen. Er wirkt so angepasst. So viel weiter entfernt als die tatsächlichen fünf Meter. Ich steuere am Tisch vorbei, an dem sie sich niedergelassen hat und ihre Suppe mit geöffnetem Mund hinunterschlingt. Weil sie kaum aufhören kann zu sprechen, weil sie die Frauen um sich herum unterhält. Sie mit ihren Visionen, mit ihren Vorstellungen vereinnahmt. Und ich kann mir vorstellen, dass sie dafür kaum einen Finger krümmen musste, um diesen Gesichtern Bewunderung zu verleihen.

Vor knapp vier Wochen war dies einmal schon leichtes Spiel für sie gewesen, damals, als alles begonnen hatte. Und wie schnell nur hatte sie in mir Bewunderung geweckt.

Doch heute, da ist nicht mehr viel übrig von diesem Hochgefühl. Wenn ich diese andere Person betrachte. Nur noch ein Fünkchen, ein schwankendes Fünkchen, welches sich an Erinnerungen und Täuschung festkrallt. Wenn ich ihre Silhouette betrachte, dann bemerke ich Distanz. Und ich bemerke, dass ich vor dem Tisch stehen geblieben bin und sie aus dem seitlichen Augenwinkel verfolge. Ich wage nicht genauer hinzusehen, obwohl meine Blicke ziemlich offensichtlich zu deuten sind.

„*Will die irgendetwas von dir?*", höre ich zu mir hindurchdringen.

Eine andere Stimme verfällt in Gelächter. Carla hat etwas erreicht, dass ihr keine Mühen bereitete. Ich befinde mich nun auf der anderen Seite. Auf der, wo ich schon vor unserer gemeinsamen Zeit gestanden hatte. Ich hätte damit zurechtkommen können, wenn alles wie vorher gewesen wäre, doch nun muss ich diesen enormen Verlust ertragen, der mir immerzu über den Weg läuft. Einen Verlust, der für mich alles bedeutet hatte. Im Prinzip habe ich sogar das verloren, was ich zuvor besessen hatte. Wenn man das Nichts überhaupt verlieren kann.

Ich setze mich mit meinem Teller zurück an den einzig leeren Tisch im Raum und schaue ihr dabei zu, wie das Zepter weiterhin in ihren Händen liegt. Wie sich die anderen um sie tummeln und gierig alles in sich aufsaugen, was über ihre Lippen quert. Sie sind ihre Aufmerksamkeit nicht wert, keine von ihnen. Keine von ihnen hat Carlas Gehör verdient.

Nur ich hatte das! Nur ich und ich werde sie aus dieser Verfassung herausholen und sie wird mir zuhören müssen. Gehören wir beide nicht doch noch zusammen. Ist da nicht noch etwas von ihr übriggeblieben? Wir beide existieren doch noch oder nicht?

Nach dem Essen folge ich ihr unauffällig. Eine der Frauen kann sich von ihren Erzählungen kaum lösen. Sie läuft Carla bis zur oberen Etage nach, dann wird sie von zwei Händen zurückgeschoben. „*Wir sehen uns morgen,*" verbleibt Carla in Höflichkeit, ihr Blick aber verrät etwas anderes.

Ich nehme den Abschied der beiden als Chance und den Platz der Gehenden ein.

„*Ich werde jetzt bleiben,*" sage ich und verbleibe entschlossen und hartnäckig. In unserer Abmachung wurde ich nicht berücksichtigt. Und in unserer Abmachung wurde nicht bedacht, dass ich mich *nicht* an diese Abmachung halten würde.

Carla stockt. In ihren Augen erkenne ich, dass sie solch eine Situation nicht einkalkuliert hatte und dass dies ein Moment war, auf den sie sich nicht vorbereiten konnte.

„Wie lange?", frage ich. *„Wie lange soll ich das noch aushalten?"*

Ich kann mich kaum beherrschen, denn nun verschafft sich meine Wut Freigang. Es platzt aus mir heraus. Bis Carla mich am Ende des Kragens packt und mich ins Zimmer manövriert. *„Komm rein"*, sagt sie und hält noch einen Moment dort fest. Kurzzeitig verfangen sich unsere Blicke. Ich habe ihren Schwachpunkt getroffen. Ich erkenne, dass sie kurz vor dem Zusammenfall ist. Dass es nicht mehr viel braucht, bis sie sich ergibt, doch so weit lasse ich es nicht kommen. Denn ich selbst bin überfordert mit einer solch geschwächten Carla. Noch einmal kreuzen sich unsere Blicke. Dann zerbricht die Energie.

„Was hast du dir dabei gedacht?" Schlagen ihre Hände überm Kopf zusammen. Belehrend sind ihre Worte, streng, wie die einer Lehrmeisterin. Ganz klein fühle ich mich, nimmt sie passenderweise auch derer Haltung ein. Stellt beide Hände an den Hüften auf. Doch ich ahne, dass diese nur zum Schutze dient, dass sie fürchtet, gebrochen zu werden. Oh ja, ich habe eines gelernt, ich habe es gelernt, zu lesen. Nicht nur zu starren, sondern zu verstehen. Und schon einiges habe ich verstanden. Carla war diejenige, die mir eröffnet hatte, wozu die Menschen fähig sind. Und wozu vor allem sie selbst fähig war.

Ich laufe längst Kreise innerhalb ihres selbstangelegten Flurbereichs. So wie noch heute Vormittag. Zwischen Kleiderhaken und Reinigungsgegenständen ecken meine Schultern an. Ich versuche, mich auf die Situation zu konzentrieren. Auf das von ihr gesprochene Wort. Auf den Vergleich zur Wirklichkeit. Darauf, was ich ihr gegenüber empfinde. Und wie stark es doch noch immer ist.

„Wir dürfen keinen Kontakt haben. Willst du mich etwa gefährden? Ist dir das alles nichts wert?" Was sollte mir noch et-

was wert sein, wo unsere gemeinsame Zeit doch längst vorüber war. Dieser Tag hatte uns verändert. Es gab nichts mehr, worauf es sich lohnte zu warten. Oder doch?

„Und höre auf zu laufen", unterbricht sie meine Bewegungen. *„Das bringt doch nichts!"* Sie rüttelt an meinem Arm.

Ich stoppe. *„Mir bringt es etwas"*, gebe ich leise zur Antwort.

Ich bin verzweifelt. Wie gerne würde ich ihre Hände berühren. Wie gerne würde ich mit ihr von hier verschwinden.

„Wir müssen hier nicht bleiben", sage ich, obwohl ich ihre Meinung dazu kenne. Meine Augen dringen in ihre und ich signalisiere ausdrücklich an ihrem Arm mit heraufgleitenden Fingerspitzen, welches Verlangen sich in mir auftut. Carla fällt es offenbar nicht schwer, sich zu beherrschen. Sie schüttelt mich ab.

„Du musst jetzt gehen," sagt sie, kühl geblieben.

Ich schaue sie noch kurz an, ein wenig flehend. Doch sie erhört mich nicht. Stattdessen bemerke ich den offenen Spalt hinter mir. Ihre Blicke drängen mich nach draußen. Das Sperrholz knallt in den Rahmen zurück, als schwelge sie nun in Erleichterung, mich aus ihrem Zimmer verbannt zu haben.

„Wir kennen uns ab sofort nicht mehr. Hörst du!? Wir sind zwei Fremde", hatte sie vor wenigen Tagen zu mir gesagt. *„Schaffst du das?"*, hatte sie mich an diesem Tag gefragt. Nachdem ich längst keine Wahl mehr hatte. Worte, die tief in mir sitzen und nun meine ich, die Antwort zu kennen. *„Nein! Ich schaffe es nicht."* Ich klopfe und trete gegen das Pressholz. Doch es regt sich nichts. Es bleibt lediglich das große weiße Hindernis vor meinem Visier. Etwa drei Zentimeter, die mir den Weg zu ihr versperren.

KAPITEL 5

Benedikt

Benedikts Kopf ist überladen. Nach meiner Vernehmung waren noch drei weitere gefolgt und trotzdem verlässt er das Haus voller Unklarheiten. Noch mehr davon kann er wahrlich nicht verarbeiten und heute, da hatte alles erst begonnen.

Er kehrt zurück ins Präsidium, mit der Absicht seine Gedanken zu sortieren. Doch dort, wo er sich einst zurückziehen konnte, sind Veränderungen eingekehrt. Veränderungen, die Benedikt spürt. Schon jetzt kann er eine andere Stimmung erkennen, obwohl nur Kleinigkeiten sichtbar sind.

Der alte Linoleumboden ist besetzt von Sand und Schlieren. Vollkommen ignoriert wurde der Schuhabstreifer zum Reinigen sandiger Sohlen im Foyer, die gestapelten Schuhüberzieher im weidenen Körbchen. Inmitten des Ganges liegen zerrissene Kartons, drumherum zerkleinerte Styroporteilchen. Benedikt fühlt sich an vergangenen Freitag erinnert. An die aufgerissene Decke, aus der Leitungen ragten und an das Chaos einer sich selbst überlassenen Baustelle.

Eines jedoch wurde nicht ignoriert: Der Desinfektionsmittelspender befindet sich nun zentral gelegen im Durchlaufbereich, akkurat aufgefüllt bis zur obersten Linie. Als fürchte jemand davor, sich die Hände dreckig zu machen, in dieser Kleinstadt, in dieser ländlichen Provinz. Ganz klar der Cottbusser Hauptkommissar, welcher nach Benedikts Ankunft außerdem das Büro des Kleinstadtoberhauptes in Beschlag genommen hat.

Rückwärtig sitzt er auf dem Schreibtisch. Die Tür einen Spalt offenstehend, sodass Tabakrauch hindurchdringt. Jörg Heyer durchblättert aktuell Protokolliertes, während neben ihm eine Zigarette im Ascher verglüht.

„*Sind Sie fertig mit dem Rauchen?*", erkundigt Benedikt sich frei heraus, mit der Absicht, dessen Gestank schnellstens zu unterbrechen. Doch der Hauptkriminalkommissar scheint sich daran nicht zu stören und überlässt den Stummel sich selbst, als sei er sich zu schade, ihn mit eigenen Händen auszudrücken.

„*Eine der Damen meinte, sie habe das Opfer eventuell schon einmal im Haus gesehen ... Na was soll ich denn damit anfangen? Die andere fragte mich, ob sie vor der Vernehmung ein Gebet sprechen könne. Schon ziemlich verrückt diese Frauen.*"

Benedikt betritt den Raum und zuckt mit beiden Schultern. Er äußert sich lautlos.

„*Na los, erzählen Sie mir, dass Sie mehr erreicht haben*", wendet Heyer sich Benedikt zu, als ließe er ein wenig Schwäche blicken.

„*Nun ja ...*", lehnt der Polizist vorerst seine Tasche ans Fenster und stellt es auf Kipp. Wedelt die Asche des Stummelchens von sich. Erst dann wägt er ab, wie viel es sich preiszugeben lohnt. Doch eines kann er sich nicht nehmen lassen. Trotzdem er keine Rivalitäten versprühen will, platzt es ein wenig zynisch heraus.

„*Die Stillschweigende, die sie noch am Morgen bei sich hatten. Mit mir hat sie gesprochen.*" Und trotzdem die Konversation zwischen Benedikt und mir kaum erfolgreicher war, fühlt er sich einen Moment lang überlegen, neben diesem Graul, diesem Gefühl, das Heyers Nähe auslöst

„*Hat sie?*", springt Heyers Stimme an, als erstaune ihn dies.

Ich hatte nur einen Satz gesagt, nur einen, der ihn keineswegs voranbrachte. Doch Benedikt hatte meine Körpersprache verstanden, meine Augen, die scheinbar aus der Seele sprachen.

Jörg Heyer schiebt ausgebreitete Protokolle ineinander und löst sein Gesäß von der Tischoberfläche. „*Na ja ... nicht übel, Ayari.*"

Benedikt erkennt, dass sich sein Tonus verändert hat. Kommissar Heyer versucht Unruhe zu verbergen, nimmt beide Hände in die Taschen und schaut ziellos durch den Raum. Etwa so, als sei ihm ein Misserfolg widerfahren, mit dem er nicht umzugehen wisse. Doch vielleicht ist dies auch nur ein Wunsch, den Benedikt herbeisehnt.

Denn der Hauptkommissar lässt wieder auf Gegenteiliges schließen, so unüberlegt kehren sie über seine Lippen, als würde er sich den Erfolg seines Kollegen selbst noch einmal lautstark erklären. *„Ich wusste doch, dass Sie zu etwas taugen. Ihr habt eben einen unglaublichen Charme, ihr Südländer, da können wir einfach nicht mithalten."*

Benedikt stöhnt laut auf und klatscht sich auf die Stirn, doch er lässt Heyer in dem Glauben, ihn als den wahrzunehmen, für den er sich hält. *„Natürlich, mein unglaublicher Charme"*, wiederholt er noch einmal stirnrunzelnd, obgleich er sich für diese Lächerlichkeit schämt. Unsagbar sogar. Doch wozu sollte Benedikt solch einen Kampf noch einmal beginnen zu führen, genau hier, wo der Widerstand nicht größer sein könnte.

„Und, was hat die Frau Ihnen gesagt?"

„Sie meinte, sie nicht zu kennen."

„Was?", erkundigt sich der Hauptkommissar. Er erhebt sich von der Tischplatte.

„Ja, sie meinte, dass sie die Tote nicht erkennen könne."

„Das ist alles? Und deswegen so ein Theater?"

Benedikt beendet diese seltsam erscheinende Konversation, und zwar bestimmenden Tones. *„Ja, das ist alles!"*

Er greift nach seiner Tasche und verlässt dieses noch immer im Nebel stehende Zimmer. Dann begibt er sich zum Bürobereich und schaltet nun endlich seinen PC ein. Genauso, wie er es vor sechsunddreißig Stunden vorgehabt hatte. Als er noch nichts von Reiters Abwesenheit ahnte und von dieser seltsamen Begegnung, mit diesem lächerlichen Ersatz. Als er noch nicht wusste, dass das Opfer tatsächlich keinen Selbstmord begangen hatte, sondern Opfer eines Verbrechens wurde und er nicht ahnte, dass der Cottbusser scheinbar nur seinetwegen gekommen war und nicht wegen des Mordes an dieser unbekannten Frau. Dass das hier vielleicht gar nichts bedeutete, niemandem, außer ihm und dem Mangel an Kriminalbeamten in bedeutsameren Milieus geschuldet war. Und als Benedikt noch nicht ahnte, dass ein klitzekleiner Hinweis, der einige Zeit in der Seitenschneise seiner Tasche verbracht hatte, womöglich sehr viel mehr bedeuten konnte. Sehr viel mehr, als er angenommen hatte.

Dem PC entspringt ein vertrauter Begrüßungston. Endlich etwas Gewohntes. Endlich widerfährt ihm ein Stück Stupidität. Und bevor er sich zum Austausch zu den anderen begibt, nimmt er sich vor, einen Moment lang einfach nur so dazusitzen.

Nach diesem ereignisreichen Tag zieht es den Polizisten noch einmal dorthin, wo sein Tag begonnen hatte.

In der Veranda brennt noch Licht, trotzdem der Abend träufelnde Abkühlung beschert. Rauchende Kringel steigen in die klare Dunkelheit auf, unter ihnen glüht es. Dietmar Reiter schaukelt im Gleichtakt vor und zurück. Sein Rückenleiden ist kaum mehr zu sichten.

Am heutigen Morgen hatte er sich den Hörer ans Ohr gehalten und ihn erst wieder zur Seite gelegt, nachdem er erfolgreich gewesen war.

„Ich habe alles abtelefoniert", verkündet er, während Benedikt sich, vom Nieselregen überrascht, das Gesicht abtrocknet.

Dann sitzen beide zusammen im schwungvollen Treiben. Bis es klackt und zischt und eine Flasche Bier in ihren Händen liegt.

Das schäumende Getränk belebt Benedikts Kehle. Einen Moment nippt er einfach nur daran und spürt, wie es sich innerlich beruhigt. Wenn er könnte, würde er dort zusammen mit Reiter versinken, bis zum nächsten Morgengrauen. Doch trotz anbahnender Gemütlichkeit, Benedikt ist nicht zum Verweilen gekommen. Eigentlich ist seine Verfassung alles andere als das. Er versucht konzentriert zu sein und befindet sich auf der stetigen Suche nach Antworten, und er kann es nicht verbergen, enttäuscht worden zu sein. Von seinem Kollegen, viel mehr aber noch, von seinem besten und vielleicht sogar einzigen Freund.

„Seit wann rauchst du eigentlich wieder?", klingt Benedikt gähnend leer.

„Das Rauchen hilft gegen den Schmerz", erwidert Dietmar Reiter und lässt Cannabisrauch in seine Lunge dringen, als gäbe es nichts zu befürchten.

Vor langer Zeit hatten beide zusammen gesessen und das glühende Papierröllchen hin- und hergereicht. Ab und zu, nach Lust und Laune, bis es eines Tages überhandnahm.

In der Veranda hängt noch die Luft des Nachmittags. Sie ist spürbar warm, sodass Benedikt seine hochgekrempelte Jacke ablegt. Er nimmt noch einen Schluck Bier zu sich. Dann stellt er die Flasche beiseite.

„Und, was hast du herausgefunden?", wagt er sich kaum zu erkundigen. Denn der Oberkommissar hatte nicht sehr danach geklungen, dieser Spur ernsthaft auf den Grund gehen zu wollen. Doch Benedikt irrte sich. Denn Dietmar Reiter hatte seit Anbeginn des Morgens kaum etwas anderes getan, als ehemalige Kontakte nach Berlin herzustellen. Und es war mühselig gewesen, wie man es ihm ansehen kann, überhaupt jemanden zu gewinnen, seitdem Benedikt damals gegangen war.

„Du hattest recht Ben, da steht etwas."

Der Kommissar vergrößert sein Display.

„Siehst du, hier in der Mitte. Die Wörter sind alle miteinander verbunden. Im Prinzip ziemlich einfach. Doch die Sprache ist eine andere."

„NUI NE MAI UITA", steht dort, großgeschrieben vermerkt.

„Das ist rumänisch und bedeutet so viel wie ‚Hört auf, uns zu vergessen!'"

„*Rumänisch also. So so.*" Benedikt hätte es selbst herausfinden können. „*Und die diakritischen Zeichen?*"

Dietmar Reiter drückt seinen aufgerauchten Joint in einen verdorrenden Blumenkübel.

„*Keine diakritischen Zeichen. Die braucht es nicht*", stellt er schulterzuckend fest.

„*Hört auf, uns zu vergessen!*", wiederholt Benedikt. Und doch bringt es ihm nicht die erhoffte Erleichterung. Eher ist es nun so, dass die Wörter in seinem Gedächtnis herumkreisen und nach Erklärungen ringen.

„*Das kam aus diesem Haus. Ganz bestimmt. Eine Warnung.*"

„*Das kann von überall herkommen. Das kann jeder gewesen sein*", legt Dietmar Reiter seine Hand auf Benedikts Schulter ab, bevor dieser zur weiteren Nachdenklichkeit einsteigt. „*Ich denke, du solltest dir deine Kräfte für die kommende Zeit aufsparen. Sieh mich an, so möchtest du nicht enden.*"

„*Ich halte mich zurück*", beruhigt er seinen Freund, dessen Hände erneut im Tabak herumwühlen. Eindeutiger könnte das Bild gerade nicht sein.

„*Auf jeden Fall wollte der Übermittler unerkannt bleiben. Das steht fest.*"

„*Die Übermittlerin*", berichtigt Benedikt.

„*Ich habe gesehen, dass es eine Frau war.*"

„*Also doch eine von ihnen. Du hättest mir sagen können, dass du etwas gesehen hast!*"

„*Vielleicht die Frau, die ermordet wurde.*"

Benedikt schaut noch einmal auf den Abzug des Zettels.

„*Hört auf, uns zu vergessen*", dämmert es in seinem Kopf. Und er bemerkt ein sich auftuendes Gefühl, einen warmen Schub, der zur Brust hinaufstößt. Die Vermutung, dass ihm diese Worte schon einmal begegnet waren.

Er schlürft weiterhin an seinem Bier. Wäre die Veranda besser ausgeleuchtet, würden nun wieder seine Denkfalten sichtbar.

„ „Seien wir ganz ehrlich. Wie weit kannst du kommen?. Verfange dich nicht darin." Und Dietmar Reiter warnt ihn davor, seine Ermittlungen nach Abhängigkeit dieses Fundes fortzuführen.

„Nicht ein einziger Fingerabdruck, bis auf deine Schmiereien", bemerkt er noch.

Und dann bewegt sich Benedikt grüblerisch über den warmen Terrassenboden. „Nun weiß ich es. Alles oder nichts."

Er hätte die Person in der Nacht ernst nehmen sollen, diesen Hinweis, diese Botschaft, sie nicht in der Seitenschneise seiner Aktentasche lagern sollen, bloß weil er zu feige war. Weil er den Kopf mit anderen Dingen voll hatte, weil er alles richtig machen wollte. Nicht so wie damals.

„Es war eine Warnung, eine klare Warnung, die ich ignoriert habe." Der junge Beamte lehnt sich ans Geländer. Aus anfänglichem Nippen wird nun großzügiges Schlucken.

„Du hörst mir nicht zu, Benedikt Ayari. Konzentriere dich auf das Wesentliche. Vernehme die Frauen noch einmal und dann schließe ab."

„Ich soll abschließen? Mit allem?"

„Hiermit." Reiter zeigt auf den noch leuchtenden Bildschirm.

„Und dann überlasse ich Heyer den Fall. So willst du es doch."

„Ich glaube, dass du dich selbst in die Irre führst."

„Ich bin mir nicht sicher, ob wir beide noch an das Gleiche glauben."

Benedikt legt seine Jacke über die Schultern.

„Eine Frage habe ich noch. Soll ich auch damit abschließen, dass eine junge Frau ermordet wurde?"

Dann lässt er seien Freund unterm Terrassendach zurück. Voller Enttäuschung, voller Frust. Das letzte Bier war zu viel gewesen. Doch jetzt bricht alles aus ihm heraus, er weiß, wenn ein Zusammenhang zwischen diesem Zettel und dem Leichenfund bestand, dann würde alles wieder von vorne beginnen. Das, vor dem er geflohen war, das, was er an diesem Ort hatte ausblenden können. Alles wäre zunichte. Er muss wissen, was er zu erwarten hatte und alle Register in Erwägung ziehen. Alleine wird er nun ermitteln, alleine und auf seine eigene persönliche Art und Weise.

Benedikt bemerkt tapsige Schritte, die ihm hinterhereilen.

„Warte!", ruft es, doch Benedikt läuft weiter. *„Wenn du mit diesem Gefühl gehst, wirst du nicht weiterkommen. Wut bringt niemanden weiter."* Dann bleibt er stehen, ohne sich diesen Worten zuzuwenden. *„Du bist ein guter Polizist, Benedikt Ayari. Du bist ein Zuhörer. Denke daran."*

Heute

Benedikt Ayari nährt sich mit zittrigen Fingern, zwischen denen etwas hervorblitzt. Etwas Zusammengefaltetes, ein Stückchen Papier.

„Mhhhcchhh", gibt er räuspernd von sich. Als müsse er etwas von sich lösen.

Eigentlich sind wir schon mitten im Gespräch. Oder besser gesagt, er ist es. Er hatte mich vor einer Stunde mit Kaffee und ein paar Keksen wieder in dieser kargen Räumlichkeit empfangen und nun sitze ich schon wieder einfach nur so da und pule an meiner Nagelhaut herum. Ich möchte keinen Kaffee trinken und auch an keinem Keks herumknabbern, der, mit Desinfektionsmittel übertüncht, heimlich hierher geschleust wurde. Und erst recht nicht möchte ich irgendwelche Bilder zu Gesicht bekommen.

Benedikts Augen suchen die übersichtliche Räumlichkeit ab, als fürchten sie sich davor, angebrachte Wanzen oder Löcher in den Wänden zum Hindurchblicken zu finden. Etwas verfolgt erscheinend, rückt Benedikt mit seinem Stuhl näher an den Tisch heran und lehnt seinen Oberkörper weit über die abgegriffene Fläche, als erzähle er mir eine Heimlichkeit.

„Kennen Sie diesen Zettel?", flüstert es aus seinem halbgeöffneten Lippenspalt, sodass ich es kaum verstehen kann.

Teilnahmslos greife ich danach und falte das Papierstück auseinander.

Der Druck ist schwach und unterbrochen. Meine Hände streifen über die Falten. Es sind Buchstaben erkennbar, unzählige Buchstaben in kleinstem Format. Ich wende das Blatt, drehe es umher und versuche, irgendetwas Leserliches zu entdecken.

„Und?", hakt Benedikt ungeduldig nach.

Noch immer flüstert er. *„Kommt Ihnen irgendetwas daran bekannt vor?"*

Ich nehme seine weit geöffneten tiefdunkeln Augen wahr und die großzügige Öffnung seiner Nasenflügel. Ich ahne, irgendetwas scheint ihn zu beunruhigen. Und als ich mich wieder dem kleinen Kunstwerk in meinen Händen widme, mir die einzelnen Buchstaben noch einmal genauer betrachte, erkenne ich, wie sie an den Enden geschwungen wurden. Etwas zu bewusst gezeichnet als zufällig mit einem Füllfederhalter aufs Papier gebracht, da beunruhigt es auch mich.

Ungefähr drei Wochen zuvor

Es sind zwei Tage vergangen, als wir uns wieder zusammen auf den Weg machen. Von der letzten Begegnung kaum noch eine Spur, laufen wir inmitten staubtrockner Hitze, die uns beim Einatmen beinahe etwas Sand zuführt. Links und rechts befinden sich Weiden. Undichte Zäune verraten, dass hier schon lange niemand mehr grast. Doch es sind noch immer die Unebenheiten der Paarhufer erkennbar, welche einst über die wilden Grünflächen zogen. Damals, als sie sich noch am artenreichen Naturbüffet bedienen konnten. Jetzt herrscht Dürre zwischen sandigen Unebenheiten im Wechsel aus Schafgarbengewächsen und Ackergras.

Wir sind schweigsam unterwegs. Höchstens ein paar tauschende Blicke wandern überm körnigen Sandboden zwischen uns und dem Dunst unserer Zigarettenwolken. Immer wieder berührt sie mich, dann zieht sie ihre Hand wieder zu sich heran. Es baut sich Spannung auf, eine aphrodisierende Spannung. Vielleicht wäre es passend, auf der Stelle mit ihr im Sand zu versinken. Genau hier, trotzdem wir beide vermutlich unter dieser Staubschicht verschwinden würden. Es wäre nicht schlecht, zu verschwinden. Wir bräuchten nie mehr zurückzukehren und wären noch ewig im Hier und Jetzt.

„Ich habe Durst", sagt Carla. *„Wir sollten uns etwas umsehen."*

Etwas, das wir nicht bedacht hatten. Es reichte nicht aus, sich auf etwas vorzubereiten, wenn die Hitze über unseren Schädeln so stark brannte, dass selbst mehrere Liter stetig verdunsteten. Das Wasser im Getränkebehälter hatte sich längst erwärmt und wir brauchten es noch, um zurückfinden zu können.

Wir beginnen den Weg zu verkürzen, um geradewegs auf die andere Seite der Koppel zu gelangen. Dort drüben, weit außerhalb, befindet sich eine abgelegene Tankstelle. Und wir können die Quelle schon vom Weiten erkennen, denn sie leuchtet grellgrün zwischen kahlgewachsenen Fichten.

Nur noch einige hundert Meter sind zurückzulegen, doch ihre Gier lässt sich scheinbar kaum beruhigen, sodass sie plötzlich beginnt, immer schneller zu werden. Doch mein Kreislauf ist schwer und müde, sodass ich ihr nicht nachlaufen kann. Sie könnte halten oder zurückkommen, doch Carla ruft nur *„Na komm schon"*, ohne zurückzublicken.

„Was willst du trinken?", schallt es aus der Ferne. Ich aber antworte ihr nicht. Ich fühle mich ganz merkwürdig, mit kribbligen Zehen bewege ich mich fort. Sehe, dass sie sich immer mehr entfernt. Geradeso passt sie noch zwischen zwei gespreizte Fingerenden. Ich stelle mir vor, dass sie nicht mehr zurückkehren wird, da wird mir beinahe schwarz vor Augen. Ich halte, reibe über beide Augenlider, dann stößt mir eines in Gedanken, gar bewusst wird es mir. Ich begreife, ohne ihre Nähe zu sein, jagt mir Angst ein, eine verdammte Angst hier draußen. Ohne sie kann ich hier draußen nicht sein.

Dann packt mich diese Angst bei den Füßen, sodass ich geschwind hinterhereilen kann.

„Ist alles in Ordnung?", kommt mir Carla bereits entgegengelaufen. Sie sieht mir an, wie kreidebleich ich geworden war und dass ich nun durchatme wie ein wildgewordenes Tier.

„Du hättest mich rufen sollen", klingt sie besorgniserregt. *„Im Ernst"*, sagt sie. Carla trägt nun auch etwas Mütterliches in sich. Wie sie spricht, wie sie mich ansieht, als sei mir ernsthaft etwas zugestoßen und streift mir sanft über den Arm. *„Also gut, wir brauchen jetzt etwas Richtiges. Etwas, das uns … nein, das dich zur Ruhe bringt."*

„Was magst du?"

„Ich weiß es nicht", gebe ich fragend von mir. Ich habe nie etwas getrunken, denke ich, und wenn, dann erinnere ich mich keineswegs.

„Wir werden etwas finden", dringt sie beruhigend zu mir hindurch. Dann legt sie meine Hand in ihre, umschließt diese fest, sodass ich mich mit ihr verbinde.

Zu diesem Zeitpunkt hörte ich auf, zu hinterfragen, warum sie sich gerade dafür entschieden hatte, mich als ihre Gefährtin auszuwählen. Ich begann es einfach anzunehmen.

Nach längerem Fußmarsch erreichen wir das Ziel. Noch ist es nicht dunkel und noch leuchtet das Licht über den Zapfsäulen in grell betontem Grün, sodass der Verkauf noch vonstattengeht. Ein paar Münzen können wir zusammenfinden, dann reihen wir uns zu den anderen.

Vor uns stehen zwei ältere Herren, Trucker-Fahrer, mit undefinierbarem Dialekt. Wahrscheinlich aus dem südlichen Deutschland stammend oder einem angrenzenden Land noch südlicher. Sie bestellen eine ganze Batterie dunkler Spirituosen in kleinen Fläschchen, obwohl sie bereits schwankend im Austausch sind.

„Hoffentlich lassen sie uns noch etwas übrig", haucht mir Carla kichernd ins Ohr. Doch mir ist nicht nach Scherzen zu-

mute. Gerade bin ich sehr konzentriert und versuche alle Positionen um uns herum aufzunehmen.

Ich sehe eine ältere Dame, wie sie die Zigaretten von der Folie zu lösen versucht. Sie ist mit ihrem strubbeligen Hund gekommen. Doch der Hund erlaubt es ihr nicht, sich auf das Päckchen zu konzentrieren. Er kläfft wie ein Terrier so hoch, ununterbrochen und schlingt die Leine um seinen winzigen Körper. *„Charly!"*, ruft die Dame energisch. Dann versetzt sie ihm einen seitlichen Tritt. Der Hund jault auf. Ich wende meine Blicke von beiden. Denn mich versetzt die Frau in Zorn. Und dieser passt gerade nicht hierher. Die Stimmung war soeben noch gelassen gewesen und so sollte es auch bleiben. Doch Carla scheint meine Empörung zu bemerken.

„Hey, was ist?", erkundigt sie sich, denn sie hatte sich hochkonzentriert dem Kleingeld gewidmet, um es noch einmal genauestens zu zählen. Ich verweise auf die Frau mit Hund. Jetzt hat sie es geschafft, ihr Päckchen zu öffnen. Aber mit ihrem Vierbeiner scheint sie sich noch nicht zu versöhnen.

„Blöder Köter!", schallt es zu uns rüber.

Doch das kleine verwuschelte Hündchen wird nun noch ungehorsamer. *„Was haben sie denn für ein Problem?"*, beginnt Carla sich in den Konflikt einzumischen. Sie ist laut dabei, ziemlich laut, sodass es allen Anwesenden deutlich zu Gehör kommt.

Die Frau bindet ihren Charly am Radständer an und bewegt sich auf uns zu. Mit Kippenstummel im Mund stellt sie Arme ans Becken und verdeckt damit vom Shirt hochgepresste Röllchen. Sie ist klein, sehr viel kleiner als von Weitem, und doch etwas jünger als geschätzt. Trotzdem besitzt sie den Gang eines Dorfoberhauptes.

„Ich lasse mich doch nicht von einer räudigen Katze anknurren." Ich werde klein und verstumme und krieche in mich hinein. Doch Carla scheint geradezu auf solche Worte gewartet zu haben. Auch sie nähert sich, sodass beide sich zwischen

den Zapfsäulen treffen. Wie in einer Arena werden beide vom Licht des grellgelben Logos erhellt. Alles um sie herum bleibt still. Es herrscht Spannung. Die Herren vor mir halten ihren Trunk bereit, gebannt, diesem Schauspiel zu lauschen. Der Tankwart drückt sein Gesicht gegen das Fensterglas. Inzwischen ist auch das wuselige Hündchen zur Ruhe gekommen. Ich denke, Carla steckt voller Wut, nicht ich bin es, sondern sie. Jene Wut, die sie während unseres Streifzuges zwischen den Gärten verspürt hatte, die ist geblieben und sie ist kurz davor zu platzen.

„Wäre mein Köter nicht so feige, würde ich ihn loshetzten", vernehme ich.

„Das ist doch lächerlich, hast du keinen Arsch in der Hose, dich selbst zu wehren?"

Carla hat beide Beine auseinandergestellt, beide Hände liegen jeweils am Knie. Sie hat sich so weit vorgebeugt, als gebe sie ihrer Feindin in jedem Moment eine Kopfnuss. Ich bin mir nicht sicher, wozu sie fähig ist. Ihre Aggressionen beängstigen mich nicht, sie imponieren mir. Als würde sie kämpfen bis zum bitteren Ende, egal ob chancenlos. Als würde sie ihre Meinung durchbringen, solange sie noch atmet, irgendwie heldenhaft.

Dann fliegt etwas durch die Lüfte. Etwas, das dem Mund der Kleingewachsenen entsprungen ist.

„Ihr Gesocks macht euch hier breit, weil euch niemand mehr haben will und wir müssen es ausbaden", fügt sie hinzu.

Der Spuckeball landet auf Carlas Gesicht. In einem Satz springt sie zurück.

Im Hintergrund ertönen brummende Erregungen. Die Herren walten noch immer als Zuschauer. Ich bin erstaunt. Es gibt keine Wehr, keine körperliche Rückkopplung. So, wie ich es eigentlich erwartet habe. Stattdessen greift die Frau, die mich so sehr beeindruckt, voller Selbstbeherrschung zum herunterhängenden Jackenärmel und befreit ihr Gesicht vom

Schleim. Und es sind ihre Worte, die sie nutzt, um sich auszudrücken.

„Ihr werdet noch sehen ...", sagt Carla eindringlich. „Ja ja, macht euch nur lustig über uns." Und ihre Stimme bebt. Erfüllt von Hass, von Gier, von Wut. Sie rotzt zu Boden. Vor die Füße dieser feindlichen Frau. Dann wendet Carlas Körper sich ab und läuft davon. Ich erkenne, wie sie auf mich zuläuft, mit einem befreienden Lächeln im Gesicht. Siegessicher schnürt sie die Joggingjacke zurück zur Bauchregion. Still und unbemerkt gesellt sie sich zu mir, als sei nichts geschehen.

Doch irgendetwas sagt, mir dass sie am liebsten anders gehandelt hätte, dass sie diese und alle sämtlich herumstehenden Leute am liebsten mit Tritten vom Schauplatz verscheucht hätte und doch weiß ich, dass sie diesen Kampf mit entscheidender Wirkung gewonnen hat. Und zwar mit jener Entschlossenheit, sich über die eigene innere Macht hinwegzusetzen. Mit einer unglaublichen Stärke, obwohl ich ihr so sehr angesehen hatte, wie sehr sie dieser Moment überwältigte.

Ihre Angefeindete jedoch kehrt zu ihrem Hund zurück und scheint nicht annähernd verstanden zu haben, dass es so etwas wie Reue gibt. Unverständlich nuschelt sie Worte in ihre Kinnfalten, dann löst sie das Hündchen von der Leine.

Das angetrunkene Publikum entfernt sich enttäuscht, da es keinen Arenakampf gegeben hat. Ich hingegen bin nun wieder ein weiteres Mal fasziniert. Carla trägt so viel Klarheit in sich, eine so besondere Energie, es ist, als hätte sie die Kraft, all das um sie herum zu verändern. In diesem Moment fühle ich mich nun noch stärker zu ihr hingezogen.

„Wir haben sechs Euro und Fünfundsechzig Cent. Dafür bekommen wir leider keinen Pfefferminzlikör", schaut sie mich schmunzelnd an, ohne zu ahnen, welche Vorstellungen sich in mir auftun.

Ihr Charme erhöht meine Gier. Ich möchte von ihren Lippen probieren, meine Zunge über ihre hellrosafarbenen Wangen gleiten lassen, um zu wissen, wie sie schmecken. Dann hole ich einmal tief Luft.

„Wie bedauerlich.", beginne nun auch ich zu lächeln, auch meines fühlt sich irgendwie befreiend an.

„Kaum zu glauben, was in den Köpfen der Leute vorgeht", vernehme ich.

Ich schaue verwundert, als könne sie meine Gedanken verfolgen. Doch der Satz gilt nicht mir, sondern ihrer frisch gewonnenen Feindin. Die sich radelnd an uns vorbei bewegt. Carla winkt ihr noch einmal kräftig entgegen und erntet einen drohenden Stinkefinger.

„Siehst du, wer wir sind? Wir sind Dreck, nichts weiter als Dreck, und es stört sich niemand daran, was mit uns passiert. Wenn es nach ihnen ginge, wir könnten verrecken."

Wir entscheiden uns dafür, eine Flasche billigen Perlwein zu kaufen, für mehr reichen unsere Münzen nicht aus. Dann nehmen wir den Weg zurück über das leere leblose Feld und die Dämmerung scheint nicht mehr lange zu warten. Dennoch halten wir und nehmen das Risiko der Dunkelheit in Kauf, um den Korken in die Lüfte steigen zu lassen. Beim Öffnen schäumt der Flaschenhals über, sodass ein sich kaum beruhigender Fluss entsteht. Carlas Mund gleitet zu ihm heran und beginnt ihn zu stoppen. *„Komm, trink mit. Das geht uns alles verloren"*, ordert sie. Und sie wedelt dabei mit ihrem Arm, als wedle sie mich an sich heran. Doch ich warte noch einen Moment und lasse ihr diesen Vorsprung.

„Das ist Freiheit!", ruft sie, *„Freiheit, und niemand kann uns diesen Moment nehmen!"*

Ich beginne mich anzuschließen, um dem Sprudel ein Ende zu bereiten. Denn auch ich möchte einmal spüren, was Freiheit bedeutet. Und wenn es ausreicht, inmitten von nichts zu sein und bitteren Schaumwein in die Lüfte zu jagen und so laut rufen zu können, wie es einem beliebt, dann erlebe ich wohl gerade zum ersten Mal, was Freiheit bedeutet. Und es fühlt sich lebendig an, so wie es sich so oft in ihrer Gegenwart anfühlt, weil sie ihre Lebendigkeit weiterreicht, nur noch etwas intensiver. So großzügig gibt sie mir beinahe so viel davon ab, dass ich mich frage, ob sie noch ausreichend für sich selbst besitzt. Wir drehen uns wie zwei tanzende Vögel mit ausgestreckten Flügeln und sind kurz davor abzuheben. Nach nur fünf kräftigen Schlucken bin ich reichlich angeheitert. Und plötzlich tun sich meine inneren Gelüste wieder auf. Wir stehen dicht an dicht, eine Hand auf dem Rücken der jeweils anderen, eingehakt und ineinandergeschlungen, da ist es kaum unmöglich, diesen Trieb zu unterdrücken. Ich fühle mich wie ein Mann, dessen Erregung zwischen den Schenkeln beginnt und sichtbar wird. Doch es ist nur meine Hose, die über dem Gummizug eine Wölbung formt, weil sie aufgrund unserer Beweglichkeit an Halt verliert. Die wahre Erregung ist kaum zu lokalisieren, da sie tief verschlossen in mir auf und abspringt.

„Was hast du?", erkundigt sich Carla nach einer halbleeren Flasche Perlwein und als ich meine von ihrer Hand löse.

„Bist du etwa schon betrunken?", werde ich von ihr ausgelacht.

Wir haben uns ununterbrochen am Schaumfluss bedient und natürlich sind wir zwei nun nicht mehr sehr nüchtern. Dennoch gelingt es mir, meine inneren Signale zurückzuhalten. Ich möchte den Moment nicht zerstören, für etwas, mit dem ich nicht umzugehen weiß. Also nehme ich meine übliche Distanz wieder ein. Aber Carla ignoriert diese. Sie rückt ein Stück näher heran und schaut mir in die Augen. *„Wie schön du doch bist"*, flüstert sie und stößt uns dabei zu Boden. Langsam fallen wir ins hohe Gras. Endlich.

„Am liebsten würde ich dein Gesicht jetzt festhalten. So frei habe ich dich noch nie gesehen." Ein warmer Handballen fährt über meine Stirn. Ich kann ihren Worten nicht viel abgewinnen. Sie prallen an mir herunter wie platschnasser Regen an frischgewachsten Fensterglas. Egal wie viel Wahrheit dahintersteckt. Es passt nicht zusammen. Ich habe mich nie als je-

manden gesehen, der von jemandem gesehen wird, schon gar nicht aufgrund meiner Äußerlichkeit. Doch wir bleiben dort liegen und Carla nutzt meine Schwäche, indem sie ihren Kopf auf meine tosende Brust legt. Sie ist clever, denn dadurch kann ich ihr nicht entwischen. Ich fühle mich beklommen und beschützt zugleich. Doch ich kann dem Moment nicht widerstehen und sie gibt mir das Gefühl, etwas wagen zu können. Also gleitet meine Hand über ihren spröden Haarfluss abwärts, bis die Finger im Nacken versinken. Wenn sie aufsteht, denke ich mir, wird es richtig sein, wenn sie aber liegen bleibt und mich erwidert, dann werde ich es zulassen und dann werde ich wissen, wie ihre Lippen schmecken. Sie wendet ihren Kopf zu mir. *„Komm"*, sagt sie.

„Das soll doch etwas Besonderes sein. Zögern wir es noch ein wenig hinaus."

Dann versetzt sie meinen Lippen einen trockenen Kuss, würgt sich mehrere Schlucke des halbleeren Perlweins herunter und zieht mich nach oben. Den Rest der Strecke eilen wir im Laufschritt, bis wir wieder festen Untergrund erreichen. Ich befinde mich vollkommen in Ekstase versetzt und meine Lust erreicht ihren Höhepunkt. Ich laufe ihr nach wie ein hechelnder Hund und kann es kaum erwarten, den nächsten Schritt zu erleben.

Doch es dauert nicht sehr lange an, dieses Gefühl, und die Realität holt uns zurück auf den Boden der Tatsachen. Ein Fahrzeug nähert sich unseren lusterfüllten Körpern. Es gibt keine Freiheit, keine Lebendigkeit, keinen Grund zur Euphorie, schon gar nicht für uns.

Und plötzlich sind wir wieder die gleichen, wie noch heute Mittag.

Eine Blaulichtrakete erhellt den Streifenwagen, der schleichend neben uns herrollt, obwohl wir ihn längst gesichtet haben. Irgendwie hatte ich geahnt, dass es einen Haken gibt. Einen buchstäblichen Haken. Einen, der uns einfängt und zurückbringen wird.

Ein Mann mit Oberlippenschnauzer schaut zum Fenster hinaus.

„Na los. Sie wissen, was das bedeutet." Wir geben uns geschlagen, ohne den Versuch zu wagen, davonzurennen. Ich hätte noch die nötige Kraft besessen, doch Carla gab bereits auf, bevor das Fahrzeug hielt. Sie ist verstummt. Ganz plötzlich, ihre willensstarke Haltung hat sie auf dem Weg zurückgelassen, dort in den Weiten der Wiesen.

„Guten Abend! Ich bin Kommissar Reiter", begrüßt uns der Uniformierte noch einmal, als wir auf der Rückbank Platz nehmen. Mitfühlend hält er eine kleine Ansprache.

„Es tut mir leid, dass ich sie mitnehmen muss, aber wir haben Beschwerden von Anwohnern erhalten. Sie wissen, dass die öffentlichen Plätze tabu sind!?" Als wäre die Situation dadurch weniger bedauernswert. Ich beobachte den Polizisten über den Rückspiegel. Er schaut konzentriert nach vorne. Ohne Schnauzer würde er wohl etwas bubenhaft aussehen. Die schmalschulterige Statur lässt darauf schließen, trotzdem er gewiss nicht mehr der Jüngste ist. Im Haarkranz machen sich kahle Spuren bemerkbar. Doch der Mann scheint so groß gewachsen, dass kaum jemand die Chance bekommt, jene Leere zu betrachten.

Carla greift nach meiner Hand und beginnt sie zu streicheln. Wieder sind es kreisende Bewegungen, doch dieses Mal mit der Absicht, uns beide zu beruhigen. Ihre Unruhe breitet sich auf der Sitzbank aus. Ich versuche, dieses Gefühl abzuschmettern. Um uns herum verändert sich die Landschaft. Wir kehren dem Nichts den Rücken und erreichen erste Vororte. Kleine Dörfer, die noch voll vorgeblicher Idylle stecken. Mir war nicht bewusst gewesen, dass wir so weit gelaufen waren. Etwa fünfzehn oder sechzehn Kilometer. Draußen stehen die Leute vor ihren Häusern, um ihre Vorgärten zu bewässern. In der beginnenden Dunkelheit scheint es um uns herum wie automatisiert. Für mich sind es leere Seelen, ich kann ihnen kein inneres Bild zuordnen. Kann mir kaum vorstellen, dass wir unsere Atemluft mit ihnen teilen. Sie tauschen sich mit ihren Nachbarn aus, gehen mit ihren Vierbeinern spazieren, streifen weiterhin Plastikbeutelchen über deren Kot, als würden sie bis zum letzten Tag auf ihr fein säuberliches Umfeld achtgeben. Alle können sich vollkommen frei bewegen und ihren gewohnten Abläufen nachkommen, alle anderen um uns herum.

Wir aber dürfen uns nicht einmal in ihrer Nähe aufhalten, wir dürfen keine öffentlichen Plätze ansteuern oder gar bürgerliche Wohnviertel. Wir dürfen keine Einkäufe in den nahegelegenen Supermärkten durchführen, wir dürfen den Leuten nicht einmal dabei zusehen, wie sie ihre Fahrzeuge mit Einkäufen beladen. Im Prinzip dürfen wir nur eines, nicht sichtbar sein. Das ist der Deal. Dafür haben wir die Möglichkeit, durch die Stille zu streifen. In der Hoffnung, niemandem zur Last zu fallen. Und immer in Begleitung unseres Ganzkörperstempels. Egal, wie stechend die Sonnenstrahlen sich durch die fest gewebten Stoffe brennen. Egal, ob uns die naheliegende Neiße mit ihrem kühlen Nass zu einer Erfrischung einlädt. Wir sind nichts für sie. Wir werden nur geduldet. *Zu unserer eigenen Sicherheit!*

Der Kommissar bringt uns zurück zur Unterkunft.

Ich kann nur erahnen, welche Begegnung uns heute verpfiffen hat. Doch dies tut nichts zur Sache. Es ist nur eines von vielen Ereignissen, welches unsere Wut mit Nahrung versorgt. Carlas Wut und sie beginnt sie Tag für Tag zu verändern.

Wir halten im offenstehenden Torbogen, dort parkt der Streifenwagen. Carla kann ihre Hand kaum lösen. So kenne ich sie nicht. Noch nicht. Es ist ein ungewohnter Moment. Denn jetzt besitze ich einen Teil ihrer sonstigen Fassung. So, als hätte sie mich vorsorglich für diese Situation gestärkt, wenn es sie von plötzlicher Schwäche packt. *„Ich werde dich heute brauchen",* spricht sie.

Der Kommissar wirft einen Blick zur Rückbank. Augenzwinkernd startet er den Motor.

„Und dass ich euch nicht noch einmal erwische", bemerkt er, als habe er zwei unerzogene Teenager beim Klauen erwischt.

„Wir lassen uns nicht mehr erwischen", versichere ich und bemerke mit diesem Ausspruch Strenge über meine Lippen kehren.

Carla hingegen steigt anteilslos aus dem Fahrzeug. Es drängt sich Besorgnis ein. Noch immer erscheint sie wie ausgewechselt. Doch die Zügel behält sie bei sich.

„Kommst du!?", fordert sie mich auf. Gott sei Dank. Denn ich habe noch nie welche in meinen Händen gehalten.

Im Badezimmer rauscht es noch. Carla befreit sich von staubigen Sandkörnern. Von all dem Unrat, der über uns geflogen war. Ich habe noch etwas Zeit. Zeit, um mich vorzubereiten, das zu sein, was sie nun anscheinend braucht. Doch ich habe keine Ahnung, wie das überhaupt funktioniert. Seitdem wir aus dem Fahrzeug gestiegen waren, da ist sie anders geblieben. Etwas zu wehmütig, so wie die anderen hier. Etwas zu starr war ihr Gesicht, bevor sie im Bad verschwunden war. Nun scheint die Brause noch über ihren nackten Körper zu fahren und ich erhoffe, dass sie auch das herunterspült.

Zwischen meinen Schenkeln kühlt eiskaltes Wasser, es tut gut, diesen starken Reiz wahrzunehmen. Wenigstens etwas, das sich zuordnen lässt.

Ich stelle den kühlen Becher zur Seite und widme mich den Dingen in ihrem Zimmer. Ihr Hab und Gut besteht aus spärlicher Ausstattung. Trotzdem liegen die Dinge etwas wild im Raum verteilt. Kleidungsstücke liegen über leeren Plastikflaschen, ein Dreckwäschesortiment kleidet den Schreibtischstuhl. Ich greife nach dem obersten Teil und erspüre dessen Geruch. Charmant süß wird Schweiß von Blumigkeit übertüncht. Eindeutig riecht es nach ihr. Und wie ich so meine Nase im weichen Stoff des Shirts eingrabe, erblicke ich etliche Zeichnungen. Versuche von architektonischer Kunst. Mit Bleistift aufgetragene Linien, die zu verschiedenen Gebäuden formen.

Noch immer läuft im Hintergrund die Brause über ihren Körper, sodass ich mich wagen kann, genauer hinzuschauen. Ich blättere durchs Papier, es sind scheinbar fiktive Bauwerke, aber auch Bekannteres aus größeren Städten. Historisches von Gotik bis Barock. Und die Forster Psychiatrie, die sich irgendwo dazwischen einreiht. Sie hat sie gut getroffen mit ihrem schwungvollen Fensterrahmen, dem eindringlichen Treppenaufgang und dem zerstörten Stuck, hat die Fassade wieder zum Leben erweckt.

Im Badezimmer ist es nun still geworden. Ich breche ein wenig in Hektik aus, denn ich möchte nichts zwischen uns zerstören. Also forme ich die Zeichnungen auf den Schreibtisch zurück, bevor mir zum Abschluss noch etwas ins Auge sticht. Unten rechts in der Ecke, da steht etwas. Ich weite meinen Blick, um es zu entziffern. *„Eu sunt aici.“*

Nicht wie üblich hat Carla ihre Zeichnungen mit Namen versetzt, sondern mit dem Versuch, etwas auszugasen. Mit geschwungenen Buchstaben, ebenso künstlerisch wie der Rest drumherum. Ich wiederhole es noch mal in lautlosen Tönen. *„Eu sunt aici.“* Das ist Rumänisch. Ich weiß es. Dann öffnet sich die Badtür.

Ich habe meine Sitzposition schleunigst wieder eingenommen und mich ineinander verknotet. Das Glas sondert nur noch wenig Erfrischung ab, doch darauf würde es nun auch nicht mehr ankommen. Carla wird nur von einem Handtuch ummantelt. Ihre Beine sind unbedeckt. Sie läuft auf mich zu.

War ich soeben noch von der Aufregung gepackt, in Heimlichkeit zu weilen, so packt mich nun ein anderes Extrem. Und jegliche Gedanken an meine frisch gewonnene Erkenntnis lösen sich in Luft auf.

Eine Hitzewelle durchfährt mich, dann sichte ich eine erste Brustwarze überm oberen Handtuchende. Ihre Warze sitzt straff und kleidet einen großen Teil ihrer strammen Brust. Carla bewegt sich frei und unbekümmert. Als wäre sie vollkommen alleine, trägt sie in aller Ruhe Lotion auf ihre Haut. Erst an den Beinen, dann an den Armen.

„Den Rücken kannst du mir bitte eincremen.“ Sie streckt mir das Fläschchen entgegen. *„Ich habe gar keine Haut mehr“*, stellt sie fest.

Eigentlich benötige ich keine weitere Flüssigkeit, meine Hände stoßen genügend ab, um unsere beiden Körper einzusalben. Doch ich komme ihrer Bitte nach und füge noch einen Hauch Feuchtigkeit hinzu. Meine Bewegungen bleiben zurückhaltend, anfänglich, dann üben meine Hände Druck aus. Ich bemühe mich, ihrer Empfindung gerecht zu werden, und dennoch scheint nicht das einzutreten, was ich erwarte. Carla greift einen alten Pulli vom Boden und steift ihn über. Einfach so.

„Mir ist kalt“, zerstört sie meine Illusion. Meine Vorstellung, ihrem Körper näher zu kommen. Sie auszusaugen, dass sie mich aussaugt, dass sie mich küsst, überall.

Trotzdem sie sich dann zu mir setzt, ist das Gefühl vorüber. Wie weggezogen, mit Überzug dieses überdimensionalen Pullovers, der ihre Körperform vollkommen verschlingt.

Ich richte mich auf und entferne mich ein Stück vom kratzigen Wollgeflecht.

Aus meinem Blickwinkel kann ich nun wieder Zeichnungen sichten, welche aufeinanderliegen. Quer und geradeso zusammenhalten. Ein künstlerischer Turm, ganz gleich ihrer Darstellungen.

Unter ihnen verschlüsselte Botschaften und meine Neugierde tut sich nun wieder auf. Ich habe deren rumänische Note nicht vergessen. Aber vielleicht gehören sie gar nicht ihr? Vielleicht sind es Geschenke oder Inspirationen. Vielleicht ein Fund?

„Interessante Zeichnungen“, bemerke ich nur so nebenbei, als wäre ich unbekümmert dabei. Doch Carlas Bekümmerung ist kaum zu übersehen.

„*Du hast sie dir angeschaut? Ich hatte dich doch gebeten, zu warten!*", sagt sie etwas forsch und erschrocken, als würde sie ertappt von mir.

„*Das habe ich getan. Ich habe gewartet*", verdeutliche ich zu meiner Verteidigung. Und doch sagt mir etwas, dass es sich nicht gehört, ungefragt an fremde Sachen zu gehen.

„*Es tut mir leid, du hast recht. Ich bin ja selbst schuld, wenn ich sie liegen lasse*", beruhigt sie mein Gewissen. „*Es sind meine. Sie sind nicht besonders gut, aber darum geht es auch nicht.*"

„*Worum geht es dann?*", frage ich und kann ihre Ansicht kaum teilen.

„*Es geht darum, dass sie etwas aussagen. Sie sprechen eine besondere Sprache.*"

„*Rumänisch?*" Meine schrill gestellte Frage bleibt im Raum stehen.

Dann landet das halbnasse Handtuch über dem Bilderhaufen. Das Gespräch unterbricht. Carla zündet sich eine Zigarette an und verschwindet erneut im Bad. Die Tür fällt zu. Doch nur so laut wie gewöhnlich.

Ich hätte sie fragen sollen, bevor ich an ihre Sachen gegangen bin, denke ich vorwurfsvoll und verbleibe auf der Bettkante sitzend. Nehme meine gewohnte Haltung ein, indem sich Arme und Beine zur Körpermitte begeben und warte, bis der Rauch irgendwann nicht mehr durch den Türrahmen dringt.

Heute

Ich knülle das Papierstück in sich zusammen und stoße es voller Wucht von mir. Gedanken daran verbinde ich nun mit Wut. An diesen Tag mit ihr, als alles noch so wundervoll war.

Das Knöllchen flattert durch den Raum, dann landet es auf dem abgetragenen Linoleumboden. Jetzt zeigt er sich interessiert. Starrt zu mir rüber, so als gebe ich etwas preis, dass es zu untersuchen lohnt.

Spätestens jetzt muss Benedikt Ayari klar geworden sein, dass er seine Zeit mit mir nicht vergeuden würde. Spätestens jetzt konnte er nicht mehr von mir ablassen.

Er steht auf und legt das Knöllchen in seine Tasche.

Er schmunzelt. *„Es war ja nur eine Kopie."*

In gleichbleibender Ruhe nimmt er seine Position wieder ein, gießt sich einen Kaffee in den Becher und schiebt zwei Kaffeesahnepäckchen zur Seite.

„Ich trinke ihn eigentlich immer schwarz", bemerkt er.

Einfach so. Als versuche er, meinen verwunderten Gesichtsausdruck zu stillen. Doch dieser ist nach meiner Rückbesinnung einfach stehengeblieben und gilt keineswegs seinen nichtigen Gewohnheiten.

Ich bin nun wieder am Ringen mit mir und diesem fürchterlichen Brocken, der sich im Hals auftut. Laut keuchend verbreite ich meine Aufregung im Raum. Vor- und Zurückwippen, das kann mich beruhigen. Es sorgt dafür, dass ich Luft holen kann.

Noch bevor mich meine Gedanken wieder weit weg zu Carla tragen wollen, dorthin, wo alles zwischen uns erst begann, da bemerke ich meine gegenübersitzende Stimme. Die sich kaum von mir abwenden lässt. Ich schwanke zwischen dem Gefühl der inneren Hingabe und dem tiefster Enttäuschung. Dann entscheide ich mich, der Stimme Gehör zu schenken. Ernsthaft und ihrem Inhalt zu folgen.

„Ich bin in der Großstadt aufgewachsen. Inmitten von Berlin. Kennen Sie den Wedding?"

Doch sie irritiert mich.

„Ein Unterschied wie Tag und Nacht zu einer Kleinstadt wie Forst." Und ich beginne mich zu fragen, warum er mir diese Informationen zukommen lässt. Persönliche Informationen, vollkommen aus dem Zusammenhang gerissen.

„Als wir hierhergezogen sind, habe ich mich nachts vor der Stille gefürchtet. Schon komisch. Ich kann Ihnen gar nicht sagen, wie viele Sirenen tagsüber durch meine Ohren gezogen

sind. Ich habe es gar nicht mehr wahrgenommen.“ Die Freundlichkeit seiner Stimme scheint gerade erst warm zu werden.

„Wissen Sie, die Arbeit dort war hart. Ziemlich hart, und auch das Umfeld.“ Kurz hält er inne.

„Aber ich vermisse die Menschen in der Stadt, deren Weitsicht. Deren Lebendigkeit ...“ Benedikt unterbricht und hält kurz inne. Er sieht nachdenklich aus. Etwas berührt ihn.

„Sie sind einfach anders ...“, beendet er den Satz, bevor sich Melancholie im Raum ausbreitet. Vielleicht war er kurz davor gewesen, in die falsche Richtung zu kehren.

Eine Spur Sarkasmus jedoch rettet ihn. *„Und mal unter uns.“* Seine Augen öffnen sich.

„Ich kann Ihnen sagen, dass die Hälfte meiner Kollegen eine besondere Ansicht verinnerlicht hat. Das verlangt starke Nerven.“ Ich sehe dem Polizisten an, dass er nicht wie die anderen ist. Ich bemerke seinen Stolz. Dass er es schafft, an einem Ort wie diesem zu leben, dass er ist, wer er ist. Er fährt sich übers kurzgeschorene Haar, beugt sich vor und öffnet den Spalt eines Zigarettenetuis. Die Reihen sind noch vollzählig. Scheinbar wurde es frisch befüllt.

„Möchten Sie eine?“, fragt Benedikt. Ich nicke.

Er lässt mich den Sauerstoff verdrängen und mit Zigarettenqualm ersetzen, obwohl er selbst nicht raucht. Sich wacker haltend und kommentarlos bleibend, schenkt er sich lieber einen dritten Becher Kaffee ein. Dann fährt er fort.

„In meinem Freundeskreis war ich einer von vielen. Irgendwo zwischen all den anderen. Hat niemanden so recht interessiert, wo der andere herkommt.“ Die Arme verschränken sich über seiner Brust.

„Aber hier, da wird mir noch immer tagtäglich bewusst, dass ich anders bin als die anderen. Wissen Sie, was ich meine? Ich meine, Sie kennen es doch selbst.“ Und dann stoppe ich seinen Redefluss. Mein Kopf erhebt sich rasch. Benedikt hat eine andere Richtung eingeschlagen. Er zieht einen Ver-

gleich. Doch ich ignoriere diesen, sehe wieder hinab zu meiner abgepulten Nagelhaut und signalisiere ihm, nichts weiter als die stille Zuhörerin zu bleiben.

Sein Stolz wird es sein, der ihn hier am Leben hält. Dass er allen anderen doch sehr viel überlegener ist. Ich denke, er ist ein schlauer Mann. Das Gesicht sieht danach aus, viel über das Leben erfahren zu haben. Die Furchen in seiner Stirn verraten es. Lange dünne gleichmäßige Furchen auf dieser zartbraunen Haut.

Ich setzte mich aufrecht, inzwischen pulsiert mein Körper. Ich entschließe mich dazu mein inneres Gedankengerüst in den Hintergrund zu drängen. Es erscheint mir wichtiger, dieser fremden Stimme zu folgen, auch wenn ich noch nicht weiß, wozu.

„Verstehen Sie mich nicht falsch, die Menschen hier sind freundlich. Aber sie haben unter den Bedingungen da draußen gelitten, wie wir alle eben. Und am meisten fürchten sie vor dem, was ihnen zuvor schon befremdlich erschien.“

Da hat er recht, das haben sie wohl und er teilt damit die gleiche Ansicht wie Carla. Vielleicht teilen diese Ansicht viele Leute, viele von denen da draußen. Doch ich weiß es nicht. Ich habe mich selten mit anderen Leuten unterhalten. Niemals über irgendwelche Themen außerhalb ihrer Funktion. Und es hätte mich auch nicht recht interessiert. Doch Benedikt Ayari gelingt es, ähnlich wie Carla, meine Aufmerksamkeitsspanne ziemlich weit auszudehnen. Dabei sind es nicht unbedingt die Inhalte, sondern die Art und Weise seiner Kommunikation. Seine Stimme klingt weich, sie klingt menschlich und warm und sie besitzt das Gespür, den richtigen Klang zu wählen. Er urteilt nicht, obwohl er selbst ein Verurteilter ist. Zumindest nicht offensichtlich, denn immerhin sitze ich ja nicht grundlos hier.

Noch ist Benedikt nicht am Ende seiner Erzählungen angelangt.

„*Und sie sind bequem*", sagt er. „*Die Menschen sind sich zu schade zu hinterfragen, woher ihre Angst kommt. Sie rechtfertigen ihr Wegschauen, anstatt sich dieser Angst zu stellen.*"

Ich sitze vor ihm, noch immer aufrecht, und verfolge seine Gefühlslage. Meine Hände liegen nun ineinandergesteckt auf der Tischoberfläche, das Zigarettenstümmelchen steckt irgendwo dazwischen.

„*Weil es einfacher ist. Die Menschen sind eben bequem*", wiederholt er noch einmal und lässt geballte Fäuste ins Tischfeld fallen.

Nicht aggressiv, eher gedankenvoll. Dann klappt er das Zigarettenetui zu.

„*Habe ich recht?*", fragt er mich. Doch ich bleibe stumm. Ich denke nicht, dass ich seine Frage beantworten kann, ich bin meinungslos, wie so oft. Es wäre nur die Meinung einer anderen Frau, derer Sichtweise zu meiner geworden war.

Vielleicht entspricht meine Vermutung einem Zufall. Dem Zufall einer Sprache, die sie nur zum Ausdruck ihrer Kunst benutzt hatte. Wir befinden uns nicht unweit der osteuropäischen Landesgrenze, wie unüblich kann es da schon sein, dass jemand Serbisch oder Polnisch oder eben Rumänisch spricht?

Doch ich vertraue ihr nicht. Ich vertraue ihr nicht mehr. Und meine Gedanken können sich davon nicht lösen, dass es ihre Handschrift war. Dass ihre zarten Finger diese unzähligen Buchstaben ins Blatt gestanzt hatten, in einer Zeit vor unserer gemeinsamen.

Ich werde es wohl nie erfahren, denke ich mir und trauere im gleichen Moment dem Knöllchen hinterher, das Benedikt Ayari langsam im Sichthüllenumschlag verschwinden lässt. Die einzige Möglichkeit bestünde darin, unauffällig an seine Tasche zu gelangen und eine Fotokopie zu erstellen. Doch dieser Mann ist vollkommen fokussiert.

Und was soll ich mit einem zusammengeknüllten Papierstück schon anfangen können?, versetzte ich der Situation nun etwas Realismus.

Es ist nicht meine Aufgabe, Dinge herauszufinden. Es ist die Aufgabe dieses Mannes. Und wir beide besitzen lediglich die Möglichkeit der Zusammenarbeit.

„Möchten Sie mir noch etwas sagen?" Der Polizist winkt mir witternd entgegen. Auf Sichtfeldachse vor mein geistloses Visier. Ich verneine. Schüttle wortlos meinen Kopf. Strategisch, wie es sich zuvor schon bewährte. Noch bin ich zu unüberlegt, zu sehr geleitet von Carlas Visionen. Noch darf ich nicht meine Nerven verlieren. Doch Benedikt Ayari gibt sich nicht zufrieden mit den gleichen stummen Antworten wie gestern. Er bemerkt meinen Verbergungsversuch. Sieht meine Handinnenflächen tonnenweise Schweiß produzieren, weil sie krampfend aneinanderpressen. Offenbar gebe ich ihm einen Anhaltspunkt.

Da ich befürchte, dass seine zarten mandelgeformten Augen in meinen zerschmelzen würden, habe ich die Lider zusammengezogen und erspähe nun durch den kleinen flackernden Schlitz seine Umrisse.

„Sie können gehen", klingt seine Stimme durchdacht. Als gebe er sich für heute zufrieden.

Ungefähr zweieinhalb Wochen zuvor

Wieder sind wir dabei, uns von den anderen zu entfernen. Mittlerweile, da passiert es einfach so. Da ist es so, dass wir zwei uns noch beim Mittagessen blicken lassen und kurz darauf schon zwei Aufsässige sind. Dort draußen können wir einfach viel mehr sein. Uns näher sein und uns spüren. Ich habe die Möglichkeit verstanden, nicht jeden Tag von vorne beginnen zu müssen, durch sie habe ich verstanden, dass etwas zurückbleibt.

Es entsteht der Impuls, frei sein zu können, niemals mehr zurückkehren zu müssen, wenn das Gras an meinen Knöcheln streift. Und wenn wir abends dann doch wieder unter dem großzügigen Torbogen hindurch laufen, bleibt zumindest dieses eindeutige Gefühl. Und das Wissen, dass es am nächsten Tag noch einmal erlebbar sein wird.

Heute jedoch sind wir mittendrin und der Nachmittag ist gerade erst angebrochen.

Unsere Route führt uns sorglos durch Wiesen und Felder. Doch das Grüne und Wilde da draußen, das kennen wir bereits, aber all das Verschlossene und Verborgene dahinter, das macht Carla erst neugierig.

Ungesehen biegen wir auf den Straßenasphalt ein. Hier ist es ruhig. Es laufen keine Rasenmäher oder anderen Gartengeräte. Kaum parken Fahrzeuge vor großzügigen Grundstückseinfahrten, Kiefern verbergen ganze Häuser und lassen weit hinter sich ihre Dachspitzen hervorblitzen. Wir befinden uns in einer gut betuchten Gegend und es scheint, als seien die Bewohner dieser Straße ausgeflogen. Ein paar Schritte legen wir zurück, dann macht Carla halt. Einfach so, unangekündigt. Ihre Finger graben sich durch dichtenbewachsenen Efeu, um zum Grundstück hindurchspähen zu können. Es ist ein kleines Haus, grau geputzt mit kirschholzroten Fenstern. Der Garagenanbau wurde nachgerüstet und scheinbar kürzlich erst fertig gestellt. Etwas unscheinbarer, als die anderen daneben, ist dieses Häuschen weitaus weniger von Überwucherung befallen. Es sieht neu aus und eben noch kahl.

„Da gehen wir rein", sagt Carla aus heiterem Himmel.

Und ich schaue sie an, als verstünde ich sie nicht.

„Siehst du, links über den Blumenkübeln, das Garagenfenster, es wurde nur angelehnt." Dann bewegt sich ihr Kopf elstergleich im Richtungswechsel.

Und bevor ich mich dieser Idee annehmen kann, steigen wir seitlich am Stromkasten hinauf und klettern übers flache Holzzaungeflecht. Ohne große Mühen erreichen wir das Grundstück und Carlas Augen beginnen zu funkeln. Kaum überrascht vom plötzlichen Übermut, versuchen wir uns zu orientieren. Wir sichten ein paar Spielgeräte, einen Ball und einen zerwühlten Sandspielkasten, an der Haustür lehnen Helm und Kinderfahrrad. Ich schaue weg. Einen Moment lang fühle ich mich unwohl damit, in diese Atmosphäre einzudringen. Ich kann nicht genau beschreiben weshalb, aber ich schaue zum soeben überquerten Zaunabschnitt und spüre dringend das Verlangen umkehren zu wollen.

Doch Carla zieht mich mit.

„Niemand da", sagt sie, während sie mein Handgelenk umfasst, als wären meine Finger von Dreck besetzt.

„Lass uns nachsehen."

Das Garagenfenster wurde angelehnt, sodass der sommerwarme Wind nur einen seichten Stoß zu setzen brauchte, um es nach außen zu drücken. Unter ihm ein geprellter Tontopf und die zarten Wurzeln eines Basilikums. Er riecht noch frisch, vermutlich wurde er umgestoßen. Ich drücke ihn zurück ins Töpfchen, doch Carla bemerkt *„Nichts anfassen!",* nachdem es bereits zu spät ist. Dann lasse ich ihn erneut zu Boden fallen, sodass der Ton auseinanderspringt. Jetzt packt mich nochmals ein solch seltsames Gefühl und ich lasse mich antreiben vom Flattern meiner wackeligen Beine. Ich fliehe nicht zurück über den Zaun, sondern direkt hinein durchs Fensterloch. *„Na dann",* sage ich kurz und steige durch den geöffneten Spalt hindurch. Je schneller wir drinnen sind, umso schneller sind wir auch wieder draußen, denke ich mir, und Carla folgt darauf. *„Du wirst mutiger",* sagt sie und klatscht in die Hände. *„Das gefällt mir."* Sie kommt näher und versetzt mir zärtlich einen Kuss, einen, der Leidenschaft in sich trägt und mein inneres Unbehagen stilllegt, denn Carlas Kraft ist stärker.

Wir fokussieren uns darauf, Schubladen und Schränke zu durchstöbern. Zunächst finden sich lediglich ein paar Werkzeuge zusammen, ein paar alte Stoffe und Ölreserven. Eben das, was sich üblicherweise als nützlich erweist. Mit zimmerlautstarken Jubelrufen arbeitet sich Carla unsauber von einem zum nächsten Abteil, zerwühlt Fächer und lässt Teile zu Boden fallen. *Was hat sie vor?*, denke ich mir. *Wonach sucht sie?* Eine Weile übertönen mich ihre Kramgeräusche, dann klappert und klirrt es in Carlas Händen. Ein volles Schubfach mit Alkoholreserven. Eingestaubt und in Vergessenheit geraten. Wie Carla sagt: *„Ein Schatz."* Und weil das Datum der Bitterspirituose längst überfällig ist, sieht Carla sich gezwungen, diese in einen Stoffbeutel umzulagern. Und auch die anderen Dinge legt sie hinzu, ein paar Biere, Schaumweingetränke, zumindest so viel, wie sich tragen lässt.

Dann klettern wir zurück. Hinterlassen die anderen Dinge an Ort und Stelle. Lehnen das Fenster so weit, wie es vorher war. Laufen zur Böschung zurück, doch ich stoppe noch einmal, drehe um und schiebe die Tontopfscherben unters Fensterbrett. Eine Familie wird dort wohnen. Denke ich mir. Eine Familie mit Kindern. Wir haben ihnen nichts Wertvolles genommen. Nichts, was sie gebrauchen könnten.

Nachdem wir die Errungenschaften verbuddelt und eine Flasche Schaumwein geöffnet haben, lassen wir uns zu Boden fallen. Das Gras kitzelt, erscheint angenehm kühl zwischen dem Dunst aus Wein und Nachmittagssonne. Eigentlich kaum wohltuend, dieses kohlensäurehaltige Getränk in der Kehle zu spüren. Doch ich passe mich an und je mehr ich am Flaschenhals nippe, umso bekömmlicher wird es.

Vor uns fahren Enten auf dem Wasser spazieren. Ich bin geschafft. Von diesem Ereignis und von ihrer gewaltigen Prägnanz. Zwischendurch erscheint sie mir wie eingefroren zu sein. Und alles um sie herum wird so, wie sie es sich vor ihrem inneren Auge ausmalt. Und dann taut sie wieder auf, wenn Gefahren vorüber sind. Erscheint vollkommen entladen, nach dem die Energiereserven aufgebraucht sind. Wie ein Blitz, konzentriert darauf im Zielobjekt einzuschlagen.

Nun ist sie leer und sie liegt neben mir und dünstet Schaumwein aus. Ihr Atem flach und leise. In diesem Moment haben wir nichts mehr zu befürchten. Nur wir existieren und nichts drum herum bis auf alles Sichtbare.

Dicht hat sie sich an mich geschmiegt. Ich traue mich kaum, meinen blutentleerten Arm zu entnehmen, aus Sorge, dieses Gefühl der Zweisamkeit zu unterbrechen. Ich möchte nicht diejenige sein, die nachgibt. Ich möchte stark sein und sie aushalten, selbst wenn dabei meine Gliedmaßen zu lähmen beginnen.

Carlas Tonus bringt mich zur Ruhe. Er sorgt dafür, dass ich entspannen kann. Ganz einfach passt sich mein Körper ihrem gleichbleibenden Rhythmus an und nach und nach beginne ich zu dösen. Es ist ein starkes Gefühl und ein sicheres. Eines, das ich unbedingt bewahren muss. Eines, das sich ersetzen lässt, gegen gewohnte Abläufe oder Umgebungen oder irgendeine Wunderpille. Sich ersetzen lässt gegen alles. Und ich werde alles dafür tun, damit es bei mir bleibt.

Benedikt

Benedikt spürt sofort, dass ich etwas verberge. Als er es wagt, den Zettel aus der Folie zu ziehen, muss er wahrlich darauf achten, seine Aufregung unter Kontrolle zu halten. Für ihn ist es ein erster Schritt, eine erste Antwort auf diesen geheimnisvolle Papierquader, das wochenlang in seinem Unterbewusstsein umhergeirrt war.

Er hatte sich vorbereitet auf eine erneute Begegnung mit mir. Las sich durch Vernehmungsmethoden und Erfahrungen bekannter Kriminalkommissare, die ganze Nacht. Hatte beinahe mit sich selbst kommuniziert, so gedankenverloren war er gewesen. Es hatte ihn unsagbar aufgewühlt. Denn er wusste, wie es sich anfühlen würde, auf der anderen Seite des Tisches zu sitzen. Und er wusste auch, wann es anfing, weh zu tun. Er hatte bekommen, was er wollte, wenn auch nur ein Gefühl im Raume gestanden hatte. So war ihm dennoch bewusst geworden, dass all seine Hirngespinste nicht umsonst gewesen waren.

Dass es tatsächlich von Bedeutung sein konnte, dieses unscheinbar gefalzte Papierquadrat.

Nachdem er sich von mir verabschiedet, öffnet er weit die Luftzufuhr zum Innenhof. Er setzt sich zwischen die Fensterläden und blickt zu sich hinab. Gerne würde auch er sich nun vom Zigarettenetui bedienen, doch er weiß noch gut um dieses Kratzen im Hals, das Dröhnen unter der Schädeldecke, nachdem er es zwei Jahre lang gemieden hatte, an einer Zigarette zu ziehen. Doch er weiß auch um dessen Leichtigkeit, das festgeglaubte Gefühl, einfach alles hinwegblasen zu können. Und doch sieht es in Wahrheit ganz anders aus. Eine Illusion, noch eine Illusion, von deren Anschein Benedikt sich nicht trügen lässt. Er braucht Luft, unverbrauchte, saubere Luft. Jetzt erst recht.

Seine Blicke schweifen nach draußen über verwitterte Baumlandschaften. Auch hier unterdrückt gemeiner Efeu den jungen Nachwuchs an Eichentrieben. Unentwegt rankt er an den Hausmauern hinauf und verdeckt beinahe ganze Fensterfronten. Doch es müht ihn, er ist geschwächt. Abgeworfene Blättchen verraten seinen Durst. *Nicht mehr sehr lange wird er sein Unheil treiben können*, denkt sich Benedikt und strengt sich an, konzentriert zu bleiben. Auf das Wesentliche. Darauf, gedanklich zu protokollieren.

Er öffnet das Tablett, gießt etwas Kaffee nach und versucht sich darin, unsere nächste Zusammenkunft zu begründen. Ein drittes Mal noch sieht er es als unabdingbar und er kommentiert, dass ich kurz davor sei zu reden. Ganz kurz davor, und er diesen Fall vermutlich danach abschließen wird. Dass er aber eine andere Spur verfolgte, ging nicht hervor. Den wahren Grund ließ Benedikt nicht blicken. Ein Zettel hatte nie existiert. Und selbst wenn unsere Zusammenkunft danach auseinandergehen würde, er hatte zunächst nichts anderes vor, als seine Hirngespinste zu beruhigen.

Im Prinzip befand Hauptkommissar Heyer sich längst im Aufbruch und es galt nur noch, die letzten finanziellen Mittel für diesen Fall herauszuschlagen, so lange, wie Heyer noch nicht abgezogen war.

Wieder hat der Hauptkommissar seine Note versprüht, als Benedikt nichtsahnend zur Wache kehrt.

Er hatte noch einmal gehalten und frische Waldluft eingeatmet, irgendwo auf halber Strecke zwischen dem Hier und dem Davor. In Stille und Schweigen hat er kurz aufatmen können, wie gerne wäre er dort noch länger geblieben. Denn davon ist nicht mehr viel übrig, als ihm plötzlich zwei in sich verschränkte Arme den Weg zum Eingang versperren. Altdeutsche Schriftzüge dekorieren einen Körper, dessen Statur zwischen Tür und Rahmen kaum eine Lücke lässt. Benedikt muss stoppen, unweigerlich. Dieser gehört eindeutig zu Heyer, denkt er sich, als er am kleinkarierten Stehkragenhemd nach oben zur glattgelegten Herrenfrisur gleitet. Ein Schwergewicht, wie es im Buche steht.

„Halt, wer sind Sie?"

Benedikt schaut auf. Allmählich zornig geworden und ahnend, mit wem er seine Zeit vergeudet.

„Und wer sind Sie?", wirft er zurück und verweist hinabblickend aufs Schildchen über der Brust. Kurz herrscht Stille, dann werden weitere Pappkartons ineinander gestapelt, Gefüllt mit Kabellagen und PC-Zubehör, als hätte diese Begegnung nie stattgefunden. Für Benedikt aber war sie existent. Und sie wühlt ihn auf, sodass er nicht anders kann, als ungebremst hineinzustürmen. Er spürt, wie eisernes Kribbeln von den Endgliedern hinauf zu den Schultern schießt. Adrenalin, das pulsiert und ihn zum Angriff provoziert.

Er ist in Kampfbereitschaft gegen Heyer, gegen seine Spuren und all das Mitgebrachte dort im Eingangsbereich. Jetzt hätte er die Kraft, all das hinauszumanövrieren, ohne dass dabei ein Körnchen Dreck übrigbleiben würde. Ein fester Griff in Heyers Nacken, dann wäre der erste große Druck verschwunden. Doch zunächst muss etwas anderes zu Boden fallen, sodass er ein Stück Gesinnung zurückerlangen kann.

Denn er weiß sehr wohl, weshalb er sich auf den Weg begeben und in dieses Quartier zurückgekehrt war.

Es rüttelt und knallt. Der Spender fällt zu Boden und lässt die Lösung des Behälters zu Adern ausfahren, bevor sie mittig angekommen in einen Läufer eindringen. In etwa so, als gehe ein Stück von Heyers Ideologie verloren. Als verschwinde sie dort, in diesem Teppichabschnitt.

Benedikt stürmt in Heyers Quartier, provokant und umgeben von brodelnder Unrast.

„Warum all diese Leute? Was soll dieser Aufzug?" Er ringt nach Antworten.

Doch Heyer bleibt unbeeindruckt. Und er weidet sich wie gewohnt darin, spöttisch zu sein. *„Ayari! Wie schön, dass sie es noch hergeschafft haben?"*

Benedikts Versuch, er scheitert. Denn der Hauptkommissar ist seiner Unrast auf der Spur und er wird es sich nicht nehmen lassen, ihn verkümmern zu lassen. Denn er weiß ganz genau um seine Entscheidungsmacht.

Zunächst stellt sich Heyer unwissend. Er bereitet ihm die Antworten auf einem Silbertablett. Kurz und knapp und dennoch informativ genug, um Benedikt zunächst zufrieden zu stellen.

„Die Leitstelle wird schließen, Ayari. Wir sind dabei zu packen."

„Was soll das bedeuten? Sie packen? Warum jetzt auf einmal, das ergibt doch keinen Sinn?"

„Herr Ayari." Er strengt sich an, höflich zu sein.

„Diese Leitstelle steht bereits seit einem Jahr auf der Liste." Und dann wird er plötzlich ganz ruhig.

„Natürlich", gibt er nur zu verstehen. *„Natürlich."* Und belässt es dabei, die Angriffsfläche so gering wie möglich zu halten.

Sollte Jörg Heyer nicht noch zu Ohren bekommen, dass Benedikt all das hier verschwiegen wurde. Eine Enttäuschung, mit der er alleine zurechtkommen musste.

„Ayari, tun sie sich selbst einen Gefallen und hören Sie auf, im Trüben zu fischen. Eine dieser Frauen mehr oder weniger. Wen

kümmert das? Ich habe den Leichnam längst frei gegeben. Das kann ja niemand finanzieren." Heyer presst seinen Rücken ins ergonomische Rückenteil, als verkünde er irgendeine Lappalie.

Benedikt schluckt. Jetzt fühlt auch er einen dicken Klumpen in seinem Hals, den er stückchenweise versucht herunterzuwürgen.

„Am besten kommen sie zum Abschluss, reichen Sie mir die Tage ihre Protokolle ein, dann kann ich sehen, was ich für Sie tun kann."

Er nickt, stimmt dem Kommissar zu. Wie er da sitzt, mit beiden Armen verschränkt. Wie seine Blicke ihn nach dieser Ansprache zum Gehen drängen. Und dann kehrt Benedikt noch einmal zur Konversation zurück, bevor seine Füße auf der anderen Seite des Türrahmens stehen. *„Natürlich, Sie haben ja recht.*" Er lässt Heyer in der Annahme, die Dinge zum Ruhen zu bringen.

War es doch so, dass ihn niemand danach gefragt hatte, ob er sich all das hier antun wollte. Danach, dass er es kaum aushielt, mit diesem Menschen in einem Raum zu sein. Und dass er es trotzdem mit ihm aufnahm, obwohl er um all die Risiken wusste. Dass er seine Faust gedanklich jederzeit ballte, sobald er in Heyers Nähe trat. Und dass er sich augenblicklich immer noch in Alarmbereitschaft befindet. Jetzt gerade, da kann er die Tür noch hinter sich schließen und seine Hand über Heyers Luftzufuhr gleiten lassen. Sein Kehlkopf, sichtbar ausgeprägt, verführt geradewegs dazu. Das Einzige, was ihn davon abhalten kann, ist seine kürzlich gewonnene Erkenntnis, die er keinesfalls weitertragen wird. Benedikt weiß, dass er vorankommen wird. Dass die Begegnung mit mir am Morgen von Bedeutung sein konnte.

Benedikt holt tief Luft. Jetzt kann er selbst wieder atmen. Ein bisschen zu viel und zu schnell, doch er spürt, dass seine Luftzufuhr nicht mehr verschlossen ist. Jörg Wilfried Heyer hat bereits gewonnen. Er war gekommen und wie ein Sturm über diesen Ort gezogen, um ihn nun mit vollbepackten Händen wieder zu verlassen. Doch er wird noch mehr mitnehmen als das, was sich im Garderobenbereich in hellgrünen Kartons zur Decke hinaufstapelt. Er hat ihm ein Stück seiner Würde entnommen, ein Stück von Benedikts Würde. Und nun wird er zurückbleiben mit diesem erfolgreich verdrängten Gefühl. Einem Gefühl, das er damals in Berlin zurücklassen konnte.

Benedikt kann kaum einen außerdienstlichen Gedanken fassen. Er reibt über seine Augenlider und bemerkt, wie mühselig sie sich danach nun wieder öffnen lassen. Wie gerne würde er beide einfach geschlossen halten und nach hinten gelehnt im Rückenteil versacken. So, wie er es noch in den Schichten mit Reiter tat, hin und wieder, wenn es vollkommen unaufgeregt war.

Die Situation hat sich kaum beruhigt. Doch es wird Zeit, dort anzuknüpfen, wo er am Mittag gedanklich gewesen war. Er stellt den Spender zurück an Ort und Stelle, dann versucht er, sich zu sortieren. Der Grund des weiteren Verhörs wird Heyer genügen. Es wird ihm genügen, dass ich mich zur Äußerung bereit erklärt habe. Dass ich mich selbst in Gefahr sehe, deshalb meinem Schweigen ein Ende bereite. So steht es in Benedikts Protokoll. Denn jede Erkenntnis bedeutet Klarheit auf dem Weg zum endlichen Ziel.

Jetzt fährt er nach Hause. Einfach nur nach Hause, um ins Bett zu fallen. Erschöpft, übermüdet, alles andere um sich herum ausblendend. Nachdem er den Wagen in die Garage einfährt und das Garagentor betätigt, ist es still um ihn herum. Kurz genießt er die Dunkelheit, und nur das Flackern der Werkzeuglampen beleuchtet ihn. Die Aktentasche belässt er im Fahrzeug, dort soll sie ruhen und verweilen bis zum nächsten Tag und nicht hinaus in sein privates Umfeld dringen, denn dann könnte er sich schon bald zu Kommissar Reiter dazugesellen.

Einmal die Gedanken abstellen, noch bevor es dafür zu spät sein würde. Und so stellt er noch kurz einen klapprigen

Anglerstuhl auf, bequemt sich dort hinein, sodass er den Blick auf das Fenster nach draußen richten kann. Sie hatten den Garagenanbau nachgerüstet, seitdem ließ sich das Fenster nie schließen. Er erinnert sich daran, wie lange er es schon reparieren wollte, wie oft er es schon vertagt hatte und das Holz drumherum zu arbeiten begann. Verzogen hat es sich, durch den ständigen Wechsel zwischen warm und kalt. Ein paar Mal mit grobkörnigem Schleifpapier, oben und unten ein neues Scharnier, im Prinzip nur eine Minutenangelegenheit. Doch auch dafür fehlte Benedikt jegliche Kapazität.

Noch immer steht es halboffen und es saust ein warmer Wind hinein. Wird es weitere Unwetter geben, so muss er endlich tätig werden.

Doch jetzt befand sich so viel Chaos in ihm, dass er zu nichts anderem fähig war, als zunächst diesem ein Ende zu bereiten. Doch irgendwo musste es hin, dieses Chaos in ihm, es musste für einen Moment verschwinden. So lange hatte er sich unter Kontrolle gehabt, diesen einen Ausrutscher würde er verkraften.

Benedikt beginnt, sich durch Schubladen zu wühlen. Irgendwo hatte er die Mitbringsel seiner Nachbarn einsortiert. Damals, als sie einzogen, wurden sie empfangen, von all diesen Leuten. Neugierig nahmen sie die Neuen in der Nachbarschaft genauestens unter die Lupe, den exotischen Nachbarn mit Haselnusseint und seine russischstämmige Frau um sie mit viel zu süßen Fruchtweinen und Bitterschnäpsen einzudecken. Davon musste noch etwas herumschwirren, in irgendeiner Schublade. Er schaltet das Licht ein, um zielgerichtet nach etwas so unmittelbar Greifbarem zu suchen, anstatt im Trüben herumzufischen wie in jedem anderen Moment. Und je länger er sucht, umso mehr spürt er, wie sein Drang sich verstärkt, einfach nur einen Moment loslassen zu wollen.

Es sind Putzlappen herausgefallen, Werkzeuge, ausgelaufenes Öl im Beton, unscheinbar liegen die Dinge unter den Werkzeugschränken. Benedikt räumt sie zurück, doch die vermeintlichen Willkommensgeschenke der Nachbarn sind nicht auffindbar. *Hatte seine Frau sich etwa daran bedient?*, beginnt er sich zu fragen. Seine Frau? Niemals.

Benedikt stoppt. Jetzt schaltet sich die Neonröhre über ihm ein und er bemerkt, sämtliche Schrankinhalte sind durcheinandergeworfen. Seine Vorräte jedoch sind komplett entnommen. Einmal atmet er tief auf. Das war's also mit der Ruhephase. Dann stürmt nach draußen, so wie der Sturm bereits über dem Himmel aufzieht. Was soll er schon finden in der Dunkelheit? Bis auf lauter kleine Tontopfteilchen, die zusammengeschoben unter der Fensterbank liegen.

KAPITEL 6

Ich

Nach der Vernehmung schlendern meine trägen Beine über den langen Korridor. Ich halte Ausschau, unfreiwillig, doch es zieht mich noch immer wie ein Sog zu ihr. Es ist, als quäle ich mich selbst. Als bestrafe ich mich, obwohl ich es längst bin.

Ich überfliege den Wochenplan. Am Nachmittag wird es eine Zusammenkunft geben, doch ich ahne schon, dass sie nicht kommen wird. Wozu also soll ich mich also dazugesellen. Wieso soll ich mich damit quälen, auf sie zu warten? Und wenn sie dann doch im Türrahmen steht, dann kann ich es ebenso kaum ertragen. Ich befinde mich zwischen Abneigung und Verlangen, zwischen Neugier und Flucht. Das Einzige, was ich noch immer klar vor Augen sehe, sind die Hände des Polizeibeamten Ayari, der den geschundenen Papierquader in seinen Händen auseinanderfaltet und ihn in seinen Akten zur Ruhe legt. Vielleicht ist er noch da? Dort in dem Vernehmungszimmer und das Zettelchen ebenso?

Temporär laufe ich auf und ab und versuche mich gedanklich darin, an Benedikt Ayaris Tasche zu gelangen. Doch ich bin einfallslos und geschafft. Sehe lieber den Frauen dabei zu, wie sie sich gemeinsam auf den Weg zur Nachmittagsgruppe begeben und natürlich erhoffe ich mir insgeheim, dass auch sie an mir vorbeilaufen wird. Dass sie vielleicht sogar hält und mir ein seichtes Nicken zuwirft. Dann würde ich folgen und sie beobachten. Und versuchen herauszufinden, ob sie überhaupt noch existiert.

„Was sie alles schon erlebt hat, ich könnte ihr stundenlang zuhören", unterbrechen mich kurzzeitig zwei vorbeirauschende Stimmen.

„*Nachdem, was alles passiert ist in den letzten Tagen.*" Und sie werden leiser, als sie sich mir nähern. So als wüssten sie Bescheid. Über mich, über sie, über uns beide.

Es werden mehr von ihnen. Mehrere Frauen tummeln sich entlang des schmalen Korridors, entgegengesetzt meiner Richtung, sodass ihre Blicke in meine Augen dringen.

Es sind verschiedene interessierte, abgeneigte, bemitleidende Gesichtsausdrücke und das Schlusslicht, das bildet sie. Sie mit ihren leuchtend gelben Haaren zwischen all den anderen Erdtönen. Alle auf einmal, alle versammelt in diesem elendig weiten Flur, der mir heute noch viel länger erscheint. Ich sacke ersichtlich in mich, als versuche ich, unsichtbar zu werden. Gerade da scheine ich etwas zu begreifen.

Es ist Carla, die ihren Triumph erhält, nun auf der anderen Seite stehend, umgeben von all diesen Frauen. Während ich genau dort anknüpfe, wo ich vor ungefähr vier Wochen stand. Als hatte sie mich zunächst nur gefüttert, um mich anschließend zu verspeisen.

Noch bevor wir auf gleicher Höhe sind, drängt sich eine schwarzgelederte Herrentragetasche zwischen den regen Fußverkehr. „*Darf ich mal?*" Der Polizist verweist bestimmend auf die Enge des Ganges. Er schaut den Frauen skeptisch nach. Ähnlich irritiert wie ich von diesen Massen.

Wird er das Haus verlassen?, frage ich mich, als ich sehe, wie provokant das schwarze Leder zwischen seinen Fingern pendelt. Da zögere ich nicht länger und entreiße mich all ihren Blicken. Magnetisch reißt mich Benedikts Körper nach. Ich bemerke, dass sie mir hinterhersehen. Aber ich kenne ihre Blicke längst. Es sind die, vor denen mich Carla zu schützen versuchte und nun sind sie plötzlich wieder da. Doch nun sind sie so viel mächtiger als zuvor, denn nun befinden sich auch ihre Blicke unter ihnen. Und nun sind sie mir nicht mehr vollkommen gleich. Nun erwecken sie Regung in mir.

Beide Ausgangsbereiche werden noch immer nur spärlich gesichert. Wodurch es kaum möglich ist, von jemandem ertappt zu werden. Im Schleichschritt folge ich Benedikt Ayari nach draußen. Unauffällig und er bemerkt mich nicht. Schaut nicht nach links, nicht nach rechts. Und gar nicht erst blickt er zurück. Ich verfolge kein konkretes Ziel. Lasse mich eher leiten von dem ledrigen Pendel in seinem Handgelenk. Vielleicht besitze ich nun doch ein wenig mehr Verlangen, die Dinge ergründen zu wollen. Ein wenig mehr Verlangen, als ich es dachte.

„Ayari!", ruft er ins Telefon, dann führt er ein Gespräch. Am Wagen angelangt, lehnt er die Tasche an einen der Vorderreifen, um sich ausgiebig dem Telefonat zu widmen. Beinahe schenkt er ihr kaum noch Beachtung, sodass ich die Chance nutze, mich seitlich heranzuschleichen. Ich verberge meinen duckenden Körper zwischen den anderen parkenden Fahrzeugen. Er verhält sich leichtsinnig, in meinen Augen, doch er erscheint vollkommen ahnungslos. *Und was soll schon passieren?*, denke ich mir, als ich immer weiter nach vorne dringe. Ich befinde mich nur noch eine Motorhaube entfernt vom Zielobjekt. Jetzt kann ich mich den Rest des Weges ungestört nähern und von der Seite die Tasche an mich heranziehen. So kurz vor dem Ziel beginne ich mich zu fragen, was sich außer dem Zettel und der Darstellung des Opfers in seiner Tasche verbergen wird. Vielleicht ein paar Notizen aus der heutigen Zusammenkunft zwischen uns, Dokumentationen aus anderen Vernehmungen. Ob er sie auch vernommen hat? Carla? Wird sie unseren Pakt gebrochen und gesprochen haben? Vielleicht sollte ich mir diesen Einblick nicht entgehen lassen.

Gerade befinde ich mich auf Motorhaubenhöhe seines PKW und strecke meine Hand aus.

Da beendet Benedikt Ayari das Gespräch. Plötzlich. *„Bis dann"*, sagt er zum Sprecher auf der anderen Seite, als habe er meine Bewegungen bemerkt. Ich verharre in der Starre, doch im Prinzip befinde ich mich kaum in veränderter Position. Für mich ist es ein gleichbleibender Zustand und im Prinzip gibt es für mich keinen Verlust. Denn diesen habe ich bereits zutiefst erfahren. So tief, dass alles andere drum herum nur noch lächerlich erscheint. Emotional lächerlich, im Vergleich zu jeglicher Intensität, die ich vor wenigen Tagen noch erlebte. Ich weiß nur, dass es sich bewährt, taktisch vorzugehen. Ich denke, das habe ich inzwischen begriffen. Als taktisch erwies es sich soeben, zu schleichen. Jetzt aber bin ich regungslos und ich vernehme nur ein Fußpaar, welches sich vom Asphalt löst. Dann rasten die Metalle der Karosserie ineinander. Das Fahrzeug rollt davon. Mein Zielobjekt mit ihm. Das hätte meine Chance sein können und mein taktisches Vorhaben erweist sich im Nachhinein nun doch als ungeeignet.

Doch einmal beginnt der Wagen noch zu halten. Am Ausgang des Geländes.

Benedikt öffnet die Fahrertür, er steigt aus, denn er meldet sich beim Pförtner ab, wie er sich zur Ankunft schon bei ihm gemeldet hatte. Und mein taktisches Vorgehen wandelt sich vom Schleichgang in zielgerechtes Drauflossteuern. Unkontrolliert beginnen meine Beine Tempo anzunehmen. Jetzt kann ich es noch schaffen, an die Hintertür zu gelangen. An den Zettel, wenigstens an den Zettel. Doch nachdem ich die Tür geöffnet habe, ist der Polizist bereits dabei, zum Fahrzeug zurückzukehren.

Was habe ich hier überhaupt noch verloren? Ich drehe mich um und erblicke die bröckelnde Fassade des Hauses, den Efeu, der allmählich schwindet. Ich kann es auch schaffen, diese Umgebung zu verlassen, all meine Sicherheiten haben sich in Luft aufgelöst. All das, was sich hinter diesen Mauern verbirgt, es ist aussichtslos geworden. Es war, als würde ich seit Tagen schon in einem Hamsterrad umherirren. Kaum vorstellbar, dass dies sich jemals wieder verändert.

Dann zwänge ich mich ins Innere des Fahrzeugs, keiner Konsequenzen bedacht, dränge meinen Körper zusammen und lege ihn in den großzügigen Fußraum.

Ein paar Meter fahren wir, dann kann ich den stürmischen Frühsommer erkennen. Kronen von Linden ragen ineinander.

Sie halten es so dicht beisammen aus und können sich niemals vom anderen wegbewegen. Erscheinen sicher und geborgen zu sein. Ich hingegen fühle mich, als würde ich fallen. Von oben hinab, wie eines ihrer Blätter, das nicht geschafft hat, sich auszubilden, sich nicht halten kann vor Winden, vor Regen und jeder noch so kleinen Veränderung. Lieber wäre ich stark und stabil und stünde am Straßenrand, lieber wäre ich eine von ihnen, eine dieser Linden, die gestützt wird von ihren Nachbarn. Ich denke, so fühlt es sich besser an, sich einfach niemals von der Stelle zu bewegen.

Ich zwänge meine Hände durch den schmalen Abschnitt, um zum Beifahrersitz durchzudringen. Die Tasche ist noch einen Spalt geöffnet. Doch ich schaffe es kaum, den richtigen Winkel zu finden, und erzeuge ein hörbares Rascheln. Benedikt bedient sich am Navigationsgerät, lässt sich kaum aus der Ruhe bringen. Obwohl ich nun wahrhaftig nicht unsichtbar bin.

„*Verdammt*", richtet er sich ans Display. Irgendetwas scheint ihn aufzuregen.

Ich beende meinen Versuch und schiebe den Körper wieder zusammen. Noch ragen Lindenbäume über uns, noch braust tosender Wind durch ihre Kronen.

„*Was machen Sie hier?*" Benedikt Ayari schreckt auf, nachdem er mich nun doch im Rückspiegel sichtet. Reflexartig stoppt er den Wagen. Überstürzt greift er an meinem Kapuzenshirt, als bemerke ich seine Anwesenheit nicht. Doch ich sehe ihn durch den Rückspiegel blicken, kurzzeitig schauen wir uns in die Augen.

„*Was haben Sie denn in meinem Wagen zu suchen?*", verliert sich Benedikt in der Bemühung seiner ewig anfühlenden Geduld.

Er verlässt die Rolle des verständnisvollen, besonnenen Zuhörers. Gänzlich, sodass ich automatisiert im Stillstand verbleibe. Jetzt fühle ich mich doch eher herabgewürdigt, so wie von diesem kleingewachsenen kahlgeschorenen Hauptkommissar, dessen Vernehmungsmethode mich in Furcht und Schrecken versetzt hatte. Und anstatt meiner Gefühlslage entgegenzukommen, zieht Ayari nun noch einen Moment länger an meinem Bekleidungsstück.

Erst als ich die Tür nach draußen zu öffnen versuche, scheint ihm begreiflich zu werden, dass ich lebendig bin.

„Es tut mir leid", sagt er, offenbar schockiert von sich selbst und zieht seine Hand ruckartig zurück. *„Es tut mir wirklich leid."*

Er steigt aus dem Wagen und öffnet meine Tür. *„Die Kindersicherung"*, bemerkt er.

Ich trete hinaus und sauge Umliegendes in mich auf. Auf dem Weg hierher habe ich im Fußraum gedrungen versucht, meine schmalen Handgelenke zum Beifahrersitz hindurchzudrängen. Vergebens. Nun bin ich mitgereist. Doch wir haben uns scheinbar kaum fortbewegt. Wir befinden uns an irgendeiner Gabelung, weit und breit keine Ortschaft zu sehen.

„Was haben Sie sich dabei gedacht, einfach so in meinem Wagen mitzufahren?" Er klingt vorwurfsvoll, nicht wissend darüber, wie es sich anfühlt, in meinem Körper zu sein. Dann zieht er das vorbereitete Zigarettenetui aus seiner Tasche, als sei dies eine beruhigende Geste, die in jedem Fall greife, als schinde er Zeit, um gedanklich in sich zu gehen. Er reicht mir ein Feuerzeug, lässt mich ein paar Mal inhalieren, dann tippelt er unruhig vor mir herum. Überlegt oder auch nicht, jedenfalls deutlich angestochen.

„Sie steigen wieder ein", säuselt seine Stimme tief. Noch verworren in seinem Gedankengang. *„Sie kommen erst einmal mit mir."* Er scheint mir doch recht unüberlegt zu sein.

Benedikt

Benedikt Ayari stürmt die Treppe hinunter, als sei sie ihm längst vertraut. Trotzdem der Besuch nun schon fast eine Woche zurückliegt. Die schwülwarme Feuchtigkeit ist inzwischen entwichen und auch bröckelndem Gemäuer wurde begonnen entgegenzuwirken. Provisorisch, aber dennoch effizient. Vom Gestank vergangenen Freitags ist kaum mehr etwas übrig.

Nachdem ich ins Auto gestiegen war, hatte Benedikt ein Telefonat mit der Gerichtsmedizin geführt. Um dann auf schnellstem Wege dorthin zu fahren.

Nachdem wir nur wenig später dort ankamen, bat er auch mich, aus seinem Wagen zu steigen. Vermutlich vorsorglich. Seine Tasche beließ er im Fahrzeuginneren.

Ich streife nun um das Fahrzeug herum, doch öffnen kann ich es nicht. Ich befinde mich inmitten dieser Fremde, wurde auf der Gartenbank eines Leichenhauses zurückgelassen, mit einem Zigarettenetui und ein paar Schokoriegeln. Beides liegt unberührt in meinem Schoss. Wie abgestellt. Sie und ich. So lange, bis Benedikt Ayari aus der Gerichtsmedizin zurückkehren wird. Ich frage mich, wie lange es dauern wird. Ich beginne mich zu fragen, was sich dort drinnen verbirgt. Wird dort ihr Leichnam sein? Wird sie dort drinnen liegen? Pflaumenblau inzwischen und geschunden von den Unebenheiten des Waldes? Eingesperrt in eisigem Metall, in der Finsternis, in Einsamkeit und Stille. Wird sie ihn riechen, ihren eigenen Zerfall, den Tod, ihr eigenes vergorenes Menschenfleisch?

Ich lege den Schokoladenriegel bei Seite. Besser raucht es sich dort in der trockenen Hitze. Vom Winde nun kaum mehr eine Spur. Er raschelt ein paar Mal durch die Kronen, doch milder und leiser und verbreitet unpassende Harmonie.

Nachdem ich dem Etui drei Zigaretten entnommen habe, entschließe ich mich dazu, Benedikts Schritte zu verfolgen. Ich habe beobachtet, wie er den Hintereingang genommen hat und eine Treppe hinabgestiegen war. Keine unüberwindbare Hürde, denke ich mir, um zumindest einen Einblick zu erhalten. Denn die Neugier treibt mich, plötzlich ganz unentwegt und wieder etwas mehr, als ich angenommen hatte, überkommt es mich und lässt mich Benedikt Ayari hinterher steigen. Der Polizist konnte nicht erwarten, dass ich dort auf der moosbewachsenen Plastikbank verweilen und gehorsam Folge leisten würde, bis er irgendwann wieder hinaufkletterte. Ihm war doch wohl bewusst, dass ich mich nicht grundlos in seinen Wagen befördert hatte. Vermutlich war es ihm sehr bewusst. Vielleicht war es auch ihm auch gleich, wie ich mich nun im Anschluss seines Aufbruchs verhalten würde, vielleicht wartete er einfach nur darauf, dass ich mich überhaupt irgendwie verhielt. Statt stumm und beinahe reglos vor mich her zu sitzen oder schleichend und bückend Unsichtbarkeit vorzutäuschen.

Ich laufe ihm nach, abwärts der Treppenstufen. Die Tür steht noch einen Spalt geöffnet. Geradezu erkenne ich Benedikt. Stehend und lehnend an einem mittigen Stützbalken hat er sich bereits ins Geschehen begeben. Der Mediziner überprüft sein Sezierbesteck.

„Sie haben angerufen?", stellt er fest. Obwohl es offensichtlicher nicht sein kann. Die Zusammenkunft der beiden lag keine Woche zurück.

„Richtig, Ayari, Kripo-Forst." Sein abgetragenes Turnschuhpaar nähert sich.

„Nun nehmen Sie schon ihren Latz aus dem Gesicht. So kann sie ja niemand verstehen." Walther Fuszius richtet sein Brillengestell zurecht, als verleihe er seiner Bemerkung noch etwas Nachdruck. *„Hab' nichts mehr gehört von Ihnen. Seit letzten Freitag."*

„Ja, meinen Kollegen hat es entschärft. Wir mussten umstrukturieren."

„Ah, den Herrn Reiter, ja, von dem habe ich auch nichts mehr gehört." Walther Fuszius Stimme wird klarer.

„Da war dieser andere Kommissar", bemerkt er.

„Aber keine Sorge, Ihr Leichnam ist noch da."

Und Benedikt nährt sich noch ein weiteres Stück, mit sehr wachsamem Gehör.

„Meinen Sie Heyer?", platzt es aufdringlich aus ihm heraus.

„Wie bitte, wen?"

„Entschuldigung." Benedikt tritt einen Schritt zurück und nimmt Diskretion ein.

„Ich spreche von meinem anderen Kollegen, Jörg Wilfried Heyer, dem Hauptkommissar, kurz geschorenes Haar, trägt meist ein Stehkragenhemd und ..."

„Ja, ja, der war hier. Ein bisschen kleiner als Sie ..." Seine Augen rollen über Benedikts Gesicht.

Benedikt hätte es ahnen müssen. Dass er ihm auf der Spur war. Unsauber und unvorsichtig hinterließ er eine Fährte.

„Eigentlich sollte die junge Frau längst im Krematorium sein, da haben Sie Glück."

Denn der Hauptkommissar hatte den Leichnam einen Tag zuvor schon frei gegeben. Einfach so, unbegründet. Als sei dieser Fall bereits abgeschlossen.

Benedikt verfolgt den Weg zum Kühlraum.

„Hier entlang." Sie begeben sich zum Ende des Korridors. Fuszius öffnet die Kammer und zieht den Korpus der Verstorbenen heraus. Ummantelt von Plastik und eiskaltem Dunst. Nur Zehen und Kopfhaar ragen hervor. Schwarzes, festes Kopfhaar und ihre Zehen haben sich längst verdunkelt.

Dann hakt Benedikt noch einmal genauer nach. *„Wieso sollte die Frau bereits Asche und Staub sein? Wie Sie sehen, ich ermittle noch."*

Doch der Mediziner hält sich bedeckt. *„Ich denke, das wird Ihnen ihr Kollege verraten haben."* Er schiebt den Leichnam zurück ins eisige Kalt.

Nun wird Benedikt etwas indiskreter. Er richtet sich auf und dringt wieder einen Schritt näher. *„Aber das hat er nicht. Das hat er nicht und das wird er nicht."*

„Junger Mann. Ich denke, Sie wissen doch, wie das läuft."

„Wie meinen Sie das?"

„Es läuft, wie es läuft und dann ist es eben so, dass niemand mehr die finanziellen Mittel zur Verfügung stellt. Und dann gibt es nur noch zwei wie uns, die sich damit nicht zufrieden geben ... Aber zwei sind nie genug."

Da hat er recht, denkt sich Benedikt und schaut die Treppenstufen zum Ausgang hinauf. Dort, wo ich die Situation im Verborgenen beschatte.

„Scheinbar wird auch dieses Geschöpf von niemandem vermisst.“

„Aber diese Frau wurde eindeutig ermordet.“

Bestimmend schaut Walter Fuszius auf.

„Gehen Sie nach Hause und sparen Sie sich Ihre Kraft, sofern Ihnen nichts Persönliches an diesem Fall liegt.“

Vermutlich hatte er recht. Aufrichtig und erfahren, wie er war. Dieser grauhaarigere Lockenkopf mit seinen großzügig geformten Geheimratsecken. Vielleicht ein Resultat des ewigen Herumstocherns. Ein Perfektionist unpassend dieser Zeiten. Genauso karg würde seines auch einmal aussehen, würde Benedikt so weiter machen. Doch er trug sie so kurz, dass es erst auf dem zweiten Blick erkennbar wäre. Und Benedikt lag etwas Persönliches daran. Vermutlich war dieser persönliche Anteil sehr viel entscheidender als sein professioneller. Und auch Walther Fuszius hatte dies nicht verkannt.

„Herr Ayari“, zögert er einen Moment.

Dann kommt er näher, der Mediziner, als spüre er, dass beide von mir beobachtet werden. Und er tuschelt beinahe.

„Der Leichnam kam mit Flüssigkeit in Berührung, nicht sehr lange, aber ich habe Spuren aus regionalen Gewässern entdeckt.“

„Einem Neiße-Gewässer“, stellt Benedikt fest.

„Und noch etwas,, sie ist nicht am Auffindungsort verstorben. Auf gar keinen Fall. Sie wurde erst nach ihrem Ableben bewegt.“

„Und das wussten sie nicht zuvor?“

„Ich habe es nachtragen wollen, aber der Herr Hauptkommissar hat es nicht mehr wissen wollen.“

„Ich danke Ihnen“, spricht es aus Benedikt. Dankbar, jedoch voller Empörung zugleich.

„Auch mir gelingt nicht mehr alles beim ersten Blick“, hebt Walther Fuszius seine Schultern.

„Tun Sie sich selbst einen Gefallen und denken Sie an die Zeiten danach", schiebt er den Leichnam zurück, als schließe er somit die Akte.

„Verdammt!", zieht Benedikt ungeformte Kreise. Ähnlich, wie ich es oft tat, beginnt er kaum zu stoppen und wirft seine Hände über den Kopf, während sich seine Gedanken ebenso im Kreise bewegen. Dann hält er und schaut mich an.

„Wissen Sie, alles scheint umsonst zu sein. Der hält mich für naiv, der verkauft mich für dumm. Dieser Heyer", spricht er zu mir.

Offenkundig, weil er weiß, dass er im Prinzip mit dem Nichts zu sprechen scheint. Mit sich selbst, in einseitiger Kommunikation. In der all seine Gedanken Platz finden können. Denn auch dieses Mal halte ich mich schweigsam zurück. So, wie Benedikt es erwartet.

Nach ausführlicher Beobachtung hatte ich mich zurück aufs trostlose Plastik bequemt und gewartet, bis Benedikt zurückkehrt.

Nun ist er da, zurück und vollkommen aufgewühlt. Ich denke, er fühlt sich beraubt, seiner Würde, seiner Fähigkeit, ein Polizist zu sein. Klar und präzise und beharrlich. Das wird er sich nicht nehmen lassen, nicht von einem, der so gegensätzlich erscheint. Sich nicht mehr sabotieren lassen. Er hätte ahnen müssen, dass Jörg Wilfried Heyer alles daransetzen würde, Benedikts Unfähigkeit unter Beweis zu stellen. Doch das hatte er nicht. Und nun ringt er mit sich selbst und scheint einen inneren Kampf zu führen. Viel mehr gegen sich selbst als gegen den Kommissar der Lausitzer Hauptstadt.

„Ich verfluche ihn!", tritt er schwungvoll in den Sand.

„Wenn er mir noch einmal unter die Augen tritt..."

Entgleitet ihm Realität. Geballt sind seine Fäuste, aufrechtstehend am Beckenboden. Als spüre Benedikt Ayari irgendeinen Moment nach, als verirre er sich in diesem Gefühl der Aggression, in diesem inneren Kampf mit sich selbst. Dann schüttelt sich sein Kopf. Abrupt, nachdem ich mich lautstark geräuspert habe. Ein Ton, der er ihn zurück-geholt. Zumindest für einen Moment.

Ich erkenne, dass er noch immer nicht die Position einge-nommen hat, in der er gerne sein würde, dass er seine Kom-petenzen in Frage stellt, seine Art, professionell zu agieren.

Dass er sich nicht finden kann in demjenigen, der er seit über einem Jahr versucht zu sein.

„Es wäre hilfreich, wenn Sie mich nicht so ansehen", bemerkt er noch.

Ich bin mir nicht sicher, welchen Blick ich aufgesetzt habe. Meiner Meinung hat dieser sich seit den letzten Stunden kei-neswegs verändert. Dennoch behält er all diese Fragen für sich, das Löchern und Durchbohren, welches sich in meiner Innenwelt bereits abspielt, bleibt äußerlich unausgesprochen. Eine sanfte Dynamik schleicht sich ein und beide scheinen wir bereit, einander zu vertrauen. Und das ist etwas, wofür ich ihn bewundere. Denn im Prinzip hat er meine Gefühlsla-ge doch schon sehr verinnerlicht.

„Sie müssen reden, junge Frau, wenn Sie kooperieren wol-len, dann müssen Sie mit mir reden." Er schaut mich an, als tue ich im leid.

Ich werde mir Mühe geben, mehr kann ich nicht tun. Und ich werde mich seiner Person annehmen.Er wird es sein, der meine Fragen beantwortet, wie auch ich die seinen. Er ist je-mand, der sich verstehen lässt, jemand, der nicht gut genug verstecken kann.

„Ist da noch etwas?", fragt er. Doch ich schüttle meinen Kopf und stelle mich wach.

Nach Dienstschluss überquert Benedikt die Grenze. Dort drü-ben in der polnischen Lausitz haben der Oberkommissar und er sich schon getroffen, als der ehemalige Kontrollbereich noch als historisches Ereignis galt. Als Benedikt noch nicht vorhatte, sein Leben aufs Land zu verlegen. Als alles noch an-ders war, ringsherum.

Das kleine Lokal an der B 157 aber, das hat sich kein bisschen verändert. Noch immer schmücken Slogans mit *„Zigaretten billiger!"* oder *„Polnische Schönheiten!"* die einstige Touristenroute. Noch immer dekorieren minderwertige Plastikmöbel den maroden Douglasienbelag. Die Zeit scheint stehen geblieben zu sein. Doch Benedikt ist dieser Ort vertraut. Hier fühlt er sich unbeobachtet und umgeben von nützlicher Abschottung. Hier kann er zu sich kommen, für einen Augenblick.

Benedikt nippt am eiskühlen Getränk. Wäre es möglich, könnte man nun den Dunst über seinem Kopf hinwegblasen sehen. Heute Abend, da braucht er Besänftigung, trotzdem die Sonne noch deutlich im Nacken brennt.

Um ihn herum hat sich das Tempo verändert. Ein- und Auslaufende hetzen in ungewohnten Geschwindigkeiten. Es sind Kraftfahrer, etliche und kaum ein anderer hält, um in der großzügigen Raststätte einzukehren. Früher tummelten sich hier die deutschen Bürger. Fahrende hielten, um ihre Wagen zu befüllen,um sich in Sparsamkeit zu weihen. Heute sind es Arbeiter. Polnische, ukrainische, Arbeiter aus Osteuropa, die ihre Frachten über die Grenzen in den Westen bringen.

Ich habe Platz genommen, zwei Tische hinter ihm. Und der Beginn unserer Kooperation galt meinem durststillenden Verlangen.

„Ich hätte gerne eine Zitronenbrause", habe ich klar und verständlich über meine Lippen bringen können,, auf der Rückbank sitzend, nachdem er die Erwartungen unserer Zusammenkunft skizziert hatte. Und Benedikt versetzte es kaum in Erstaunen, dass doch so klare und betonte Worte nach einer Ewigkeit durch meinen versperrten Lippenspalt drangen. Stattdessen knüpfte er gekonnt dort an und vermittelte mir klar und verständlich, dass ich wohl seine einzige Hoffnung war.

„Wir gehen jetzt dort raus, dort werde ich jemanden treffen. Bleiben Sie unbemerkt! Wenn wir erwischt werden, dann ist es vorbei," schaute er durch den Rückspiegel zur hinteren Bank.

„Für Sie und für mich und für diesen Fall ... Dann werden wir beide keine Antworten finden," hatte er noch einmal eindrücklich betont, um mir den Ernst der Situation zu verdeutlichen.

Aus geringer Distanz kann ich nun hinter Benedikts heranwachsendem Haaransatz betrachten, wie sein Glas nach und nach an Schaum verliert. Wie er wartet. Darauf, dass jemand kommt, der ihm etwas von seiner Last abnimmt. Doch es dauert noch einen Augenblick und der Schaum in seinem Glas hat sich bereits aufgelöst, als sommerliche Herrenlatschen über den maroden Fußboden schleifen und sich zielgerichtet ins innere Kühle begeben.

Benedikt schaut dem Schleichenden nach. Endlich, denn seinetwegen sind wir hergekommen.

Oberkommissar Reiter geht beinahe unter, als er den kleinen Kiosk betritt. Sein Schnauzer gesellt sich zu den anderen, ebenso gedrungen bewegt er sich, als hätte auch er ganze Frachten von Hand entladen. Jedoch unterscheidet sich das hellkarierte Sommerhemd von den schweißdurchtränkten der Arbeiter, und auch sein Geruch sieht nach deutlich mehr Frische aus.

„Hallo Ben!?", schaut der Oberkommissar kurz drauf auf Benedikts halbleeres Biergetränk, nachdem er sich mühevoll im Plastikstuhl eingefunden hat.

Dietmar Reiter richtet seine Flasche an Benedikts Glas und versetzt ihm einen Stoß.

„Du bist wohl schon länger hier," verweist er scherzhaft auf das schaumlose Bier. Und Benedikt hebt für einen Moment seinen Kopf.

„Etwas länger", sagt er flüchtig. Um weiteren Fragen aus dem Wege zu gehen.

„Die haben mir einen Platz in der Reha besorgt", klingt Reiter kaum erfreut darüber, doch er fügt noch einen Trost hinterher. *„Bad-Muskau, ist ja gleich nebenan."*

„Ja", nickt Benedikt einen Moment lang, als prüfe er gedanklich dessen Wahrheit. Obwohl er in Wahrheit etwas anderes prüft.

„Du wirst mich besuchen können", fügt Reiter charmant hinterher und versucht sich weiterhin darin, gelockert zu sein. Doch es gelingt ihm nicht. Beide erscheinen befangen und ihre Konversation bleibt schleppend. Das Eis braucht einen anderen Bruch.

Kurz pausieren beide diesen wenig gelungenen Einstieg, nippen ein paar Mal vom Biergetränk und dann schweifen ihre Gedanken dorthin, wo es sich noch leichter anfühlte. Nach damals, wo sie noch füreinander einstanden, wie zwei leibhaftige Brüder. Als sie sich noch hier trafen, um ihre Gemüter zu neutralisieren. Um über Unsinnigkeiten zu diskutieren und im Anschluss Pfeile in beleuchtete Kreise zu pressen. Als sie mit Truckerfahrern am Billardtisch tranken und rangen und sich wieder versöhnten. So lange, wie einer von ihnen, beide noch sicher zurückbringen konnte.

Doch Benedikts Zunge rollt ungeduldig übers Lippenband. Er kann kaum unterdrücken, was sich dahinter verbirgt. Etwa, dass er sich mit der Vergangenheit konfrontiert fühle, sobald er dem Cottbusser Hauptkommissar vor die Augen trete und es sich einzuschleichen beginnt, dieses Gefühl von früher. Mehr und mehr und erst recht, nachdem er vor gut einer Stunde das Gebäude der Gerichtsmedizin verlassen hatte. Dass er vollkommen unüberlegt eine dieser Frauen aus der Städtischen Psychiatrie in seinem Wagen umhergefahren hatte und genau diese nun drei Meter hinter ihm sitzt und jedes einzelne Wort versteht.

Nachdenklich und in Rage versetzt, stößt sein Knie unentwegt ans Tischende. Bis Dietmar Reiter dieses Klopfen unterbricht.

„Was hat er gemacht?"

Benedikt schaut auf.

„Es ist sinnlos, alles erscheint sinnlos." Dann lehnt er sich zurück.

Abschweifend graben Reiters Finger zwischen Tabakersatz und getrockneten Knollen herum.

„Heyer räumt die Leitstelle!", setzt Benedikts Unruhe fort. *„Er will, dass ich mich entscheide. Aber im Prinzip gibt es keine Wahl. Ich habe gar keine Wahl."* Seine Finger klammern am Glasende und befreien es von angetrockneten Schaumresten.

Reiter

Wenn eine Möglichkeit bestünde, würde der Oberkommissar sanfte Worte wählen, um seinen Freund zu beruhigen. Aber die Möglichkeit besteht nicht. Es gibt keine passenden Worte zu finden. Nicht mehr, denn sie sind bereits verbraucht. Reiter schweigt und legt den trichterförmigen Stängel zwischen Ober- und Unterlippe.

Nun kann er kaum mehr verbergen, dass er derjenige war, der sich für dieses Unheil zu verantworten hatte. Für dieses Unheil namens *Jörg Wilfried Heyer*. Für diesen unausstehlichen affektierten Gesichtsausdruck, der sich zwischen die anderen gedrängt hatte. In deren Zuständigkeit nichtsahnend die Forster Leitstelle floss.

Jetzt kann Reiter nicht mehr verschweigen, von allem zuvor schon gewusst zu haben. Von Anfang an und seinen Kollegen im Dunkeln ermitteln ließ. Umsonst, für nichts, für niemanden. Um am Ende dann doch in irgendeiner Schreibtischnische dieser gläsernen Fassade zu verkümmern. Verendend zwischen Tristesse und Verzicht und Unterdrückung.

Doch aufhaltsam war es noch, vielleicht.

Reiter war nicht besonders gut darin, solche Wahrheiten zuzulassen. Er war nicht gut darin, sich zu ergeben. Und auch wenn er derjenige war, der sehr viel besser dabei wegkam, schmerzte es ihm bei dem Gedanken daran, dass alles umsonst gewesen war. Das ganze letzte Jahr. Dass Benedikt im Prinzip nur an der Nase herumgeführt wurde, so lange, bis Heyer das Ganze beenden würde. Dass es letzendes immer nur darum ging, kurzzeitig aufzutreten. Um eine kurzzeitige Präsenz zur Beruhigung aller Beteiligten. Im Hintergrund aber, da ging es um so viel mehr und ein Polizist namens Benedikt Ayari würde in solch einer Welt immer nur in Schreibtischnischen enden.

Der Kommissar zieht noch ein paar Mal an der trichterförmigen Zigarette. Dann legt er sie im Aschenbecher ab und befreit sein Gesicht von Schweißperlen.

Ich

Die Sonne kitzelt im Nacken, aus meiner Perspektive kann ich beide genauestens betrachten. Kommissar Reiter verfolgt Schritte, Bewegungen, Stimmen, wie ein scharfsinniger Wachhund. Zu sehr scheint er die Rolle des Kommissars verinnerlicht zu haben, um auch nun, im Hier und Jetzt, für jede noch so kleine Irritation bereit sein zu können. Auch, wenn er dieser wohl kaum Herr werden würde. Offenbar hat er schon eines übersehen. Mich. Denn wir beide sind uns schon einmal begegnet. Trotzdem unsere Distanz so gering ist, dass ich einzelne seiner Nasenhaare hervorblitzen sehen kann, werde ich von ihm ignoriert. Er nimmt mich nicht als Bedrohung wahr, zwischen all den anderen Staturen gehe ich unter. Wahrscheinlich sogar tat dies niemand. Niemand ging ernsthaft davon aus, dass eine Hülle wie meine jemals jemandem etwas zu leide tun konnte. In dem, was ich ausstrahlte, wie ich in mich zusammengezogen im Abseits verweilte, gleich eines scheuen Rehs, dessen Blick sofortig abschweift, wenn ihm einer zu nahe kommt.

Ich laufe zum Kiosk, denn ich habe noch Durst. Ein inniger Blick dringt zu beiden hinüber und es scheint, als bin ich in Vergessenheit geraten. Sie sind vertieft in ihren Austausch und Reiters Gefahreneinschätzung beschränkt sich auf umherwirbelnde Lederstiefel und ununterbrochenes LKW-Klappen. Trotzdem das Logo des Klinikums offensichtlich unter meinem Becken baumelt.

Ich kratze mein letztes Kleingeld mit dem zusammen, was mir Benedikt zuvor im Wagen gab, um mir eine weitere Zitronenlimonade aus dem Kühlregal zu kaufen. Die zimmerwarmen im Kasten sind deutlich billiger, doch ich brauche eine Erfrischung. Von oben pustet warme Luft auf mich herunter, der Klimakasten hat ausgedient. Mein Haar ist speckig und durchnässt von der Frühsommerhitze. Ich denke, der Frühsommer nähert sich dem Ende. Von jetzt an wird es trocken bleiben. Ein eisgekühltes Getränk ist nun gerade das Einzige, was mir zumindest innerlich einen Hauch Abkühlung verschaffen kann. Denn so wahrlich ist mir noch nicht bewusst geworden, mich nun vollkommen außerhalb meines Sicherheitsbereichs zu befinden. Vollkommen ungeschützt und angreifbar. Vollkommen alleine mit diesen Fremden. An einem anderen Ort, in einem anderen Land, das mir höchstens aus Erzählungen von früher in Erinnerung geblieben ist. Und bin ich noch immer nicht in der Lage, mich zu orientieren. Meine Gedanken zu sortieren und meine unüberlegte Aktion, in einen fremden Wagen eingestiegen zu sein, zu realisieren. Es gilt jetzt, dranzubleiben an dem Inhalt dieser Tasche. An Benedikt Ayari.

Noch einen Moment verbleibe ich im Kiosk, bevor ich mich nach draußen begebe, und schaue durchs Fenster. Noch immer sitzen sie dicht aneinandergerückt, ich erkenne die Intensität ihres Austauschs. Sie sind vertraut miteinander, sie sind eng miteinander verbunden. Ehrlich und aufrichtig, nicht affektiert, nicht vorgetäuscht. Es erscheint eine bedingungslose Beziehung zu sein. Ich kann sie spüren, ich sehe Besonderheit zwischen diesen zwei Seelen, sie sind es noch. Sie können nonverbal im gleichen Rhythmus schwingen. So eine Rhythmik war uns auch gegeben. Carla und mir. Und nun befinde ich mich in gleichbleibender Monotonie. Es ertönt nur noch ein Ton, ein immer leiser werdender, bis er irgendwann erlischt.

„Wir haben nichts erreicht in den letzten Tagen."

Ich erhalte nun wieder Anschluss an das Gespräch der beiden, nachdem ich das erste Drittel der Flasche in einem Zug geleert habe.

Benedikts Fäuste landen im Tisch.

„Verdammt." Er schüttelt seinen Kopf.

Ich reduziere den Abstand, um den genauen Wortlaut zu hören, und setze mich in die Bank hinter ihnen.

„Heyer ist nicht des Falls wegen gekommen? Stimmt's?"

Doch der Oberkommissar schweigt und zieht kraftlos an seiner Trichterzigarette. Beinahe sieht es danach aus, als blicke er mir ins Gesicht. Seine Augen sind träge und starr geworden, wehrlos bleibt sein Blick im Geradeaus haften.

„Der will mich fertig machen, dieser Mann, damit wir aufgeben, aber wir geben nicht auf, richtig?" Benedikts Hand streift über seine, doch die Leere in Dietmar Reiters Gesicht, die bleibt.

„Weißt du, diese Frau, diese eine Frau. Die weiß so viel mehr. Die ist mein Schlüssel. Ich spüre es", klingt seine Stimme nach Hoffnung. Danach, dass er nicht aufgeben wird, auch wenn er alleine weiterziehen muss.

„Benedikt, verirre dich nicht darin. Denke an Darja und die Kinder. Denke nicht an die, die sowieso schon verloren sind."

Noch aufmerksamer schenke ich beiden Gehör.

Verloren, in seinen Augen sind wir verloren, denke ich.

Und dieser Satz beinhaltete all das, was Carla veranlasst hatte, diesen Plan zu entwerfen. Um uns eben aus dieser Verlorenheit herauszuholen. Um uns befreien zu können. Um eben genau das auszulösen, was gerade passierte. Um uns zu sehen!

Natürlich waren wir verloren. In dieser Welt dort draußen gab es für uns nur noch solche Orte zum Überleben wie eben dieses Haus. Einen Ort, an dem wir geduldet wurden, in dem wir ferngehalten wurden von all den anderen dort draußen. Doch zwischen all dieser Leblosigkeit gab es eben auch genügend Wut und genügend davon, um für zu kämpfen.

Trotz ausreichender Schlucke gekühlter Zitronenlimonade wird meine Kehle zugeschnürt. Ich muss mich räuspern. Ein bisschen lauter. Dann geht es wieder.

Doch im selben Moment, beginnt Benedikt sich umzudrehen. Er erschrickt, als er unsere Distanz bemerkt. Als er bemerkt, dass ich nähergekommen bin, dass ich mich nicht darangehalten habe, in Entfernung zu bleiben und genüsslich im Sonnenschein am Strohhalm herumzukauen. Sondern dass er meinen Atem nun in seinem Nacken spüren kann und ich jedes einzelne Wort verstehe.

Ich rutsche zur Mauer heran und streife die Kapuze über. Unsichtbar sein, das könnte gelingen. Doch Benedikt Ayari hält nach allem noch immer etwas von Loyalität und von dem, was wir zuvor vereinbart hatten. *„Abstand halten!"*

Und kurz darauf wird mir die Kapuze aus dem Gesicht geklappt.

„Ich kann Sie sehen, deutlich. Sie sind nicht unsichtbar!"

Und trotzdem es offensichtlich erscheint, verweile ich noch einen Moment in Schreckstarre. Ich hatte es geahnt, hier gab es ja nichts von dem, um tatsächlich unsichtbar zu werden. Obwohl ich soeben noch ungesehen neben beiden umherschlendern konnte, war dies nur ein Gefüge der Zeit. Denn jetzt bin ich nichts mehr davon, sondern fühle mich sichtbar wie eine Leuchtrakete.

„Wer ist diese Frau, Benedikt?" Beide kreisen um mich herum.

Doch bemerken sie, wie wenig erfolgreich sich diese Taktik erweist. *Schleichen*, denke ich mir, *unauffällig und zurückhaltend. Das wäre jetzt besser.*

Ich entscheide mich dafür, mir die Kapuze selbst aus dem Gesicht zu nehmen, die Sonne macht es ohnehin unerträglich, den wattierten Stoff auf dem Schädel auszuhalten. Unterdessen haben sich beide vor mir platziert und ihre Körper einen Hauch zurückgenommen. Aufrecht sitzend mit überschlagenen Beinen werde ich von zwei Augenpaaren begutachtet wie ein frisch geschlüpftes Küken. Ich frage mich, ob es Benedikt

Ayari erst in diesem Moment gewusst geworden ist, dass er mich etwa halbstündig in seinem Wagen und anschließend zur Gerichtsmedizin und dann auch noch hierher mitgenommen hatte. Zuvor hatte sein Ausdruck anders ausgesehen,. Jetzt, da blickt er irgendwie kräftiger, beinahe beirrt.

„Warte ..." Reiters müde gewordenes Erinnerungsvermögen erwacht.

„Sie sind eine von diesen ... von diesen Frauen aus der Stadtklinik." Meine Stirn wirft sich in Falten.

Ich ziehe die Kapuze zurück nach vorn. Dietmar Reiter springt auf.

„Das darf doch nicht wahr sein! Wie kommt sie hierher?" Er schwenkt den Kopf seitwärts zu Benedikt.

„Ich bin dafür nicht verantwortlich, sie saß einfach so in meinem Wagen." Er wirft die Hände in die Luft.

Als sei tatsächlich ich diejenige gewesen, die sich vorgenommen hatte, die Grenze zu überqueren. Doch schnell revidiert er seine Verteidigung. Und er bemerkt, dass es nun doch sein Einfall war, mich mit hierher zu nehmen, in ein fremdes Land.

„Aber ja, ich denke, sie werden mir behilflich sein." Er schaut mich an, als erhoffe er, dass ich schon jetzt reden würde, wie ein Wasserfall. Doch wie automatisiert beginne ich nur zu nicken. Denn ich hatte ja beinahe geschworen, kommunikativer zu werden. Nur weiß ich nicht so recht, wie das funktionieren soll, mit einem halben Brocken zwischen den Stimmbändern. Denn es ist nun so, dass etwas Panik ausgebrochen ist zwischen den beiden Männern, zwischen ihnen und der gesamten Stimmung um mich herum. Und ich beginne zu wippen und mich zu fokussieren, um diese Last von mir abzuwenden.

„Und nun?", erkundigt sich Reiter, als hätte Benedikt tatsächlich einen Plan für all das hier besessen. Doch Benedikt fehlt plötzlich das Wort. Noch zuckt er mit beiden Schultern, wie ein Junge, der nicht zu Ende dachte. Er setzt sich zu mir. Kurz wippt er mit, im gleichen Takt.

Und ich erkenne, wie seine Gedanken förmlich über ihm stehen. Sie erscheinen mir irgendwie verworren.

KAPITEL 7

Ungefähr zwei Wochen zuvor

Wir beenden schon bald unsere Isolation. Eigenständig und ohne Erlaubnis.

Carla lässt sich nicht reglementieren, zumindest nicht, wenn sie es für unangebracht hält. Jegliche Kontrollen fallen innerhalb des Geländes vollkommen nachlässig aus. Es fehlt an Personal, an abgeriegelten Türen – wie wir feststellen können. Die Mitarbeiter der Psychiatrie setzen auf Verstand. Demnach gibt es keinen Halt mehr dafür, dass wir uns wieder hinauswagen. Nicht für Carla. Für sie ist es die Luft, ohne die sie nicht atmen kann, dort draußen unterwegs sein zu können, fernab der Zivilisation.

Also bewegen wir uns an diesem Vormittag wieder einmal an der Zaunwand entlang und schlüpfen durch heruntergetretenen Maschendraht.

Carla atmet tief ein und streckt sich, als sei sie nach Wochen der Isolation entkommen. Ihre Gesichtszüge jedoch beginnen kaum aufzublühen.

„Der Mensch kann sich nicht damit identifizieren, mit dem unbekannten Bedrohlichen hier draußen. Er tritt seine Welt mit Füßen." Carla deutet auf zersetzte Plastikteilchen, auf Bierdosen, die zusammengedrückt in Grashalmen stecken, als wir am Vormittag schon in die Weite dringen.

„Siehst du? Überall werden Dinge abgeladen, als gehöre jeder Platz auf der Welt ihnen." Ihre Stimmlage beinhaltet Tristesse, sie wird geprägt von Wehmut, von Idealismus. Doch für mich besitzt sie auch etwas Romantisches, wenn Romantik so aussehen kann, dass wir nun wieder mitten durchs Nichts streifen und sie mir die Welt mit ihren Augen erklärt.

Vor zwei Tagen ist sie ernster geworden. Ein Funke ihrer Fröhlichkeit ging verloren. In dem Moment, als der Streifenwagen hielt. Ich konnte es fühlen. Und noch immer hält es an. Dass sie anders spricht, dass sie anders schaut. Und sie in mir auslöst, mit aller Macht ihre Gefährtin sein zu wollen. Sie irgendwie beschützen zu wollen, auch wenn ich nicht weiß, wie das funktioniert.

Ein paar Kilometer sind wir schon unterwegs. Vollkommen umgeben von Lausitzer Wildnis. Es ist ein anderer Abschnitt, einer, den sie mir noch nicht gezeigt hatte. Wir entfernen uns dem westlichen Teil der Stadt. Wildvögel steigen von Ast zu Ast, Eichhörnchen tarnen sich im Rindenausbruch. Es klingt ähnlich wie an anderen Tagen, nur heute kann ich es noch besser erspüren. Wir konzentrieren uns darauf, so sehr, dass wir beinahe das Gras wachsen hören, wäre es nicht vorm Verdursten.

„Komm, wir nehmen den linken Pfad", schlägt Carla an einer Gabelung vor.

Auch hier war sie schon einmal gewesen. Alleine, nicht mit mir.

Zum Ende des Weges nimmt sie Geschwindigkeit auf. Vertraute Bewegungen reißen mich mit. Jetzt sehe ich, wie ihr Lachen zurückkehrt. Großzügig spreizen die Lippen nach oben und lassen etwas Zahnfleisch hervorblitzen. Es ist wunderschön, ganz plötzlich und frei. Es ist fast so, wie ich es vermisste.

Im Hintergrund nähern sich Motorengeräusche, wir sind unweit von der Bundesstraße entfernt. Scheinbar verläuft sie parallel. Wir erreichen eine Lichtung. Karg und umgeben von Buchen und Kiefern. Ein Wohnwagen wurde dort abgestellt. Vergessen und sich selbst überlassen. Junge Triebe versuchen, sich durchzukämpfen und den verrottenden Polyester mit der Natur zu vereinen. Doch die Lichtung ist trocken. Sie kämpft ums Überleben.

„Lass uns nachsehen." Carla stürmt drauf los. Und rüttelt am fest verriegelten Türschloss herum.

„Es wäre ideal", sagt Carla. Und ich weiß nicht wofür. Im selben Moment jedoch nimmt sie Anlauf. Mehrmals, bis mich ein muffiger Gestank zum Würgen bewegt. Ungefähr so, als würde das Innere verwesen. Carla jedoch hält es nicht davon ab, hineinzusteigen. Im Gegenteil. Sie beginnt die hinterlassene Küchenzeile zu durchstöbern. Während ich noch mitten im Überwindungsprozess stecke.

„Nun komm schon", ruft es nach draußen zu mir.

Dann wage ich, meinen Kopf hindurchzustecken und den Geruchsherd zu lokalisieren. *„Nur tote Mäuse"*, beruhigt mich ihre Stimme. Sich ein wenig ergötzend meiner Geruchsempfindlichkeit.

Zwei Sitzbänke samt Küchenbereich, mehr wurde scheinbar nicht hinterlassen. Wir durchstöbern die längst nicht mehr fahrbaren 10 Quadratmeter inmitten feuchtwarmer Hitze, wie zwei ausgehungerte Tiere. Doch eigentlich bin ich nur ihretwegen dort hineingestiegen, um herauszufinden, wofür dieses mobile Heim *ideal* sein kann. Und verhalte mich zurückhaltend im Suchen und Finden.

Carla scheint vor allem daran interessiert zu sein, das Objekt in alle Richtungen zu erkunden, und klettert am Mobiliar hinauf, um die Luke zum Dach zu öffnen.

„Und in der Nacht können wir die Sterne beobachten." Sie lässt kindliche Fantasien in die Lüfte steigen. Aufgeregt wie eine heranwachsende Jugendliche. Inzwischen habe ich mich durchgerungen, die verwesenden Mäusekörper nach draußen zu kehren, sodass es sich nun wieder ein- und ausatmen lässt, ohne den eigenen Würgereiz zu spüren. Doch die Luft erschöpft mich, also lasse ich mich aufs Polster nieder und sehe Carla dabei zu, wie sie sich durchs Fenster hindurchzwängt. Betrachte ihre Silhouette, ihren kleinen runden Po. Wie er leichtsinnig wackelt, zwischen dem Dunst aus Fruchtfliegen. Ich fühle mich von ihrem Anblick provoziert. Erinnere mich an den kleinen rosafarbenen Warzenvorhof, der ges-

tern über dem Handtuch hervorstach. Dann bemerke ich, wie es zwischen meinen Schenkeln pulsiert.

Ich hatte einmal eine körperliche Begegnung erlebt. Mit einem männlichen Charakter, irgendwann, irgendwo. Seine starken Pranken hatten meinen Körper erkundet. Ohne mich darauf vorzubereiten, drang er in mich ein. Ich erinnere mich daran, dass es mir die Luft abschnürte. Dass ich aufschrie wie eine Löwin, mich wild von ihm riss und mich erschrockene Augen verfolgten, weil ich sie nicht auf meinen Reaktionen vorbereitet hatte. Danach war ich für sämtliche Annäherungsversuche sensibilisiert. Und hatte es nie wieder so weit kommen lassen.

Nun aber ist es vollkommen anders. Nun ist es so, dass ich es einfach nicht mehr abwarten kann, bis ihre zarten Hände meinen pulsierenden Körper erkunden.

Südtropische Bedingungen um uns herum beschleunigen dies. Es ist, als füllen sich meine Lungen mit Aphrodisiakum. Hier drinnen kann ich dem nicht entkommen. Ich kann und ich will es nicht. Sodass ich ins feste Fleisch meiner Oberschenkel greifen muss, um nicht versehentlich laut aufzustöhnen.

Carla löst ihre Position und klettert an der Küchenzeile graziös wieder hinab. Sie bleibt stehen. Und schaut mich an, wie ich aufatme, wie ich von Scham umgeben bin, wie ich meine schwitzende Stirn mit den bloßen Händen abtupfe.

„Ist alles in Ordnung?", erkundet sie sich und kostet den Moment noch ein wenig aus.

Ich frage mich, ob sie sich auch nach mir verzehrt. Ob sie es ebenso kaum aushält, diese Entfernung zwischen uns, mich nicht zu berühren.

Dann beginnt sie ihren Körper selbst mit sanften Berührungen zu überqueren. Die Fingerspitzen gleiten Hals abwärts in Richtung Dekolleté. Ausschweifend, über das weitgeschnittene Poloshirt. Jetzt stehe auch ich auf. Stelle mich vor sie. Aber wage nicht, auf sie zuzulaufen. Keuchend jetzt nach Luft ringend und bemerke, wie mir plötzlich die Luftzufuhr genommen wird. Von zwei hauchzarten Lippenpolstern. Von ihrer Zunge, die meine zu streicheln beginnt. Es ist ein Kuss, ein richtiger Kuss, der alles in mir zum Erschüttern bringt. Als befinde ich mich vollkommen anderswo als im Hier und Jetzt, als in diesem Wohnwagen, wie weggetreten aus diesem Moment. Solch etwas Mächtiges. Sodass beinahe mein Körper zum Schweben abhebt. So mächtig kann es wohl sein, mit ihr, obwohl es zuvor schon so lebendig war.

Ihre Hände gleiten sanft über meine aufgestellten Armhärchen. Und ich verspüre – statt Fluchtgedanken – ein immer stärker werdendes Lustgefühl.

„Wir gehören zusammen", sagt Carla, während sie meinen Hals küsst.

„Wir beide gegen all die anderen." Dann streift sie ihr Shirt von sich. Ihre Warzen sind aufgestellt knorpelfest und auch mir streift sie nun das Shirt über den Kopf. Sodass unsere Warzen sich gegenseitig berühren. Zum ersten Mal sind wir uns so nah. Und es fühlt sich an, als würden wir nun vollkommen miteinander verschmelzen.

Es dauert nicht sehr lange, da sind wir beide entblößt. Sitzen voreinander und breiten unsere Zungen über dem Körper der anderen aus. Sie sind ungestüm und voller Leidenschaft. Es fühlt sich gigantisch an, verlangt mehr. Wie sie riecht, wie sie schmeckt, so besonders und dennoch verdorben. Kurz darauf, da trete ich noch weiter von mir in eine vollkommen fremde Dimension. Lediglich ihr Geruch umgibt mich noch, während ich dort für ein paar Sekunden verweile. Ich kralle meine Nägel in den sandigen Holzboden. Bis es kurz darauf vorüber ist. Dieser Höhepunkt, dieser einzigartige Moment. Mit ihr.

Wir haben es vollbracht. Wir sind uns so nahegekommen, wie man sich einander nur sein kann.

Ich liege in ihrem schweißigen Arm, er schmeckt salzig und nach vergorenen Trauben.

Ich bin mir sicher, nichts kann uns beiden jetzt noch etwas anhaben.

Inzwischen haben ihre Nippel an Steifheit verloren und zerschmelzen zu einer formlosen Weichheit. Carla fährt über meinen stupsigen Nasenrücken.

„Deine Wunden sitzen tief. Ich kann es spüren", sagt sie leise.

Ich hingegen bleibe schweigsam und presse mich noch näher an sie heran.

„Diese Menschen da draußen, sie haben dir Schreckliches angetan, nicht wahr!?" Sie schaut hinab zu mir, blickt direkt in mein Gesicht. Ich möchte im Augenblick verschwinden. Unsichtbar werden, meinen Atem nun wieder stilllegen. Kurzzeitig und schon wieder.

Ich möchte nicht über ein Früher sprechen und zu ernsten Themen übergehen, während sich mein Gesicht in ihrem Busen vergräbt. Ich möchte dort verweilen und es auskosten, so lange wie möglich.

Ich weiß nicht, woher sie diese Vermutung nimmt, weshalb diese Befürchtung nun über mir schwebt wie eine zunehmende Regendecke. Ich kann mich kaum an meine frühere Vergangenheit erinnern. In mir jedoch fühlt es sich jetzt schmerzlich an. Weil da vor ungefähr zwei Wochen nicht viel war. Und noch viel mehr davor, da war da gar nichts. Carla scheint es zu wissen. Es fühlt sich an, als könne sie lesen, von meiner ausdruckslosen, wohl kaum wandelbaren Körpersprache. Und ich hatte mich so bemüht, nicht sichtbar zu sein.

„Du musst eine unwahrscheinliche Wut auf die Menschheit haben." Sie spitzt die Situation nun noch mehr zu.

Und ich beginne mich zu fragen, wie viel Wahrheit sich tatsächlich dahinter verbirgt. *Habe ich die Menschen gehasst?* Ich weiß es nicht. Ich habe sie eben gemieden. Weil es sich besser so lebte, nur für mich allein zu sein.

Für Carla aber scheine ich Zuneigung zu besitzen. Eine bedeutungsvolle, innige Zuneigung, welche rasant in mir heranreift. Ich denke, es könnte das Gefühl der Liebe sein.

Carla schiebt mich sanft von ihrem Busen. Sie beugt sich über mich, küsst mich. *„Es wird Zeit, dass wir die Dinge verändern, wir zwei gemeinsam."*

„Es wird Zeit", sagt sie.

Ab diesem Moment bleibt Carla anders, sie ist konzentriert, fokussiert, als sie mich am Morgen danach im Speisesaal erwartet, um mich von ihren vielen Ideen in Kenntnis zu setzen.

In der Nacht sei sie von unzähligen Einfällen überrannt worden. Sie schäme sich vor sich selbst, doch sie habe mit sich gerungen. Es gab nur diesen einen Plan, nur diese eine Möglichkeit, zur Veränderung.

„Wir können die Menschen nicht erreichen. Aber so haben wir eine Chance, eine winzige Chance", wiederholt sie sich.

„Nur so werden die Leute hinschauen", schmettert sie mir voller Wucht vors Erdbeermarmeladenbrot.

Doch ich bin nicht darauf vorbereitet, dass sie über Nacht wachliegend einen Plan für uns ausgeklügelt hat. Einen Plan, der eigentlich nur ihrer war. Ich bin noch viel zu sehr im gestrigen Liebesakt versunken und noch immer voll von Erregung gepackt, wenn ich auf ihre wohlgeformten Lippen blicke. Denn ich weiß nun umso mehr um deren Fähigkeiten.

Ihretwegen jedoch versuche ich, mich zu beherrschen und diejenige zu sein, die sie nun braucht. Weniger zerbrechlich und konzentriert an ihrer Seite.

Resolut bleibt sie bei sich und berichtet davon, dass immer erst etwas Gewaltiges geschehen muss, um den Verstand der Leute anzuregen. Dass Grausamkeit Wachheit schafft, dass Leid erst gesehen wird, wenn es greifbar ist. *„Sieh dich um!"*, spricht es aus Carla voller Geistesgegenwärtigkeit. *„Wir würden eine von ihnen erlösen."*

Und kurzzeitig verschwimmt ihr Gesicht vor meinen Augen. Doch ich habe richtig gehört.

Im Prinzip erscheint ihr Plan völlig unkompliziert. Er verlangt Gleichgültigkeit und Stumpfsinn. Pragmatismus und Rationalität. Im Prinzip verlangt er nach einer Person, die ich noch vor ungefähr zwei Wochen war. Einer Person ohne Reue.

Carla schaut mich an, ihr Blick erscheint fest entschlossen, und er dringt tief in mich ein, als suche er sich einen Platz zum Rasten.

Ich klappe das Brot übereinander. Eines kann ich ziemlich deutlich deuten. Mir vergeht der Appetit.

Carla eilt mir nach, als ich mich vom Tisch entferne. Jetzt ist sie es, die mir nachläuft. Völlig unverhofft.

„Warte doch", verfolgt sie mich flehend.

So, als löse sie sich sekündlich aus ihrer furchteinflößenden Hülle, um mich zurückzuerobern. Sie hat mir Angst eingejagt, ihre starrsinnige Mimik, obwohl wir doch gestern unseren Höhepunkt erreicht hatten. Ich bleibe stehen und werfe einen Blick zurück, bis ihre Atemfrequenz an meiner Nase andockt. Es ist noch derselbe Geruch und derselbe Rhythmus. Zum Glück. Denke ich. Es ist noch Carla.

Ich entferne mich sanft von ihr, während sie weiterhin dort verharrt. Umgeben von etlichen Frühstücksgedecken, den Arm an die Wand gelehnt, und sie pustet. Während die Blicke der Frauen an ihr kleben bleiben.

„Ich brauche dich, so sehr!", haucht sie mir nach und ich verzehre mich danach, wie dies nachschwingt.

Innig und zart, als erkläre sie mir, dass ich die Luft zum Atmen sei, dass sie ohne mich nicht sein kann. Und stelle mir im selben Moment vor, dass wir zwei woanders sein könnten. Woanders als hier. An einem friedlichen Ort, nur wir zwei, und wir nichts weiter brauchen als uns.

Ich möchte sie küssen, vor all den anderen hier, und allen beweisen, wie mutig ich bin und dass ich etwas verspüre, dass sie nicht spüren können. Keine von ihnen kann sich in diesem Moment auch nur vorstellen, wie sich das anfühlt, denn sie sind taub und leblos und keine von ihnen würde jemals so wie ich wieder zum Leben erweckt.

Carlas Plan beginnt sich schleichend über uns zu werfen. Zuerst sind es nur die letzten Worte ihrer Gespräche, dann sind deren Inhalte kaum mehr andere. Doch ich sehe nur, wie sehr sie strahlt und ihre Kraft auf mich abfärbt. Ich fühle mich stärker, anerkannt, irgendwie besonders. Besser als all diese anderen Frauen. Und bevor ich mich versehe, stecken wir längst mittendrin.

Morgens beginnen wir den Tag unter ihnen. Am Nachmittag tauschen wir uns aus, heimlich, abgeschieden, dort im kleinen Waldabschnitt. Woanders lassen wir uns nicht mehr gemeinsam blicken.

Für Carla scheint es so viel mehr zu sein als nur das Auslöschen eines einzigen unwürdigen Daseins. Für Carla gibt es nicht mehr viel, abseits davon. Carla geht auf wie ein Funke, der immer größer wird und beinahe alles um sich herum entzündet. Wie ein Waldbrand, der sich kaum mehr kontrollieren lässt. Und dieses Feuer entzündet auch mich. So sehr, dass ich vergesse, dass dieser Plan auch ein Ende beabsichtigt. Ein Ende, welches ich nicht hatte kommen sehen.

Es dauerte nicht sehr lange, bis auch ich glaubte, dass ihre Absichten, die in der Tat und außer Acht jeglicher Moral, die einzig Zielführenden waren.

Von nun an verbrachten wir jeden Tag in den sogenannten Gruppen. Carla begann sich langsam den anderen Frauen zu nähern, während ich den Part der stillen Beobachterin einnahm. Jede nach ihren Fähigkeiten. Das hatte Priorität und zusammen ergaben wir das perfekte Plusminus. Sie bezeichnete uns nicht als delinquent, nicht als boshaft. Carla sah die Chance, der eigenen Feigheit zu entkommen. Sie hatte recht. Im Prinzip hatte sie verdammt recht. Und ihre Theorie war in meinen Augen unumstritten. Wir waren Erlöserinnen, von allem drum herum. Wie eine Kettenreaktion. Würde eine erlöst, würden es die anderen auch. *Und erst ein Waldbrand würde alles fade, marode in den Wäldern wieder zum Leben erwecken.*

Am Nachmittag begebe ich mich erneut zur täglichen Gesprächsgruppe. All diese Frauen, sie sind blind vor Kummer. Sie sind innerlich zerfressen. Vielleicht habe ich mich ähnlich gefühlt. Vor nicht allzu langer Zeit, vor ungefähr drei Wochen. Doch nun steche ich heraus, aufrecht sitzend, der Runde zugewandt, als sei ich selbst etwas Besseres als sie es sind. Als sei ich ihnen etliche Schritte voraus.

Ich versuche, taktisch vorzugehen, baue mir ein inneres Gerüst auf, in dem ich beginne zu kategorisieren.

Es gibt Frauen, die sich aufgegeben haben und nur noch darauf warten, bis ihr Herz irgendwann einfach zu schlagen aufhört. Andere von ihnen aber scheinen abseits von sich selbst zu existieren und dabei gar nicht so lebensmüde zu sein. Diejenige, die nicht schlafen kann zum Beispiel. Sie wiederholt sich immerzu, als habe sie vergessen, dass dieses Thema schon gestern und schon vorgestern die Runde vereinnahmt hatte. Doch sie erfreut sich erneut an den gut gemeinten Ratschlägen und Tipps der anderen Teilnehmerinnen und seufzt jedes Mal erleichtert auf, voller Dankbarkeit. Und dabei habe ich erfahren, dass ihre Schlafproblematik surreal sei. Denn eigentlich schlief sie tief und fest. Diese Befürchtung habe sie aus der Vergangenheit mitgebracht. Lebte sie denn nicht nun sehr viel besser?

Ich schweife ab, weg von ihr.

Eine andere erinnert mich ein wenig an mein vergangenes „Ich". Sie hat beide Beine überm Stuhl angewinkelt und lässt kaum etwas zu sich durchdringen. Mimik und Gestik verharren im Stillmodus. Trotz mehrfacher Versuche der Gespächsführenden bleibt sie reaktionslos. Ich möchte mich selbst nicht in der Auserwählten wiederfinden. Doch irgendetwas lässt mich bei ihr bleiben.

Vielleicht mag ich den Kontrast zwischen mir und ihr, zwischen dem, was ich war und nun glaube zu sein. Vielleicht genieße ich es, auf der anderen Seite zu stehen, und empfinde dabei so etwas wie Hochmut.

Ich beginne dennoch in alte Muster zu verfallen und entkleide sie beinahe mit meinen stechenden Blicken, bis sie mir gleiche zurückwirft. Garstig und angewidert zugleich, sodass Aversionen entstehen.

Ich selbst hätte vermutlich ähnlich reagiert, ich, als ich noch so war. Doch nun löst sie damit aus, dass ich sie schnellstens aus meinem Blickfeld verschwinden lassen möchte. Warum störe ich mich nur so sehr an jemandem, der so unscheinbar ist? Hatte ich mich selbst schon zu sehr von mir entfremdet und konnte dies nicht sogar eine Warnung sein?

Heute

„Also gut", gibt der Oberkommissar nur von sich, als er mit drei Flaschen Bier zurückkehrt. *„Dann werden wir besser auseinandergehen."*

Dietmar Reiter hat sich dafür entschieden, zu keinem Teil dieser Angelegenheit werden zu wollen. Es hat sich dafür entschieden, nach unserem gemeinsamen Getränk im Hintergrund zu bleiben und sich sämtlicher Angelegenheiten zu entziehen. Er hat sich auch dafür entschieden, zu urteilen, über seinen Freund und die einzige Hoffnung, die es für diesen Fall zu bewahren gilt. Denn alle anderen sind schon fort und trotzdem Dietmar Reiter seinem Kollegen Benedikt Ayari sein vollstes Vertrauen schenkt, hält er sein Vorgehen für fragwürdig. Und für riskant. Doch vermutlich ist es dafür bereits zu spät.

Nachdem ein paar Wasserspritzer in meinem Gesicht gelandet sind, hat sich die Panik um mich herum wieder gelegt. Ich kann Luft holen und mein Kapuzenshirt von mir streifen, während die Stimmen beider Herren allmählich Sanftmut annehmen.

Jetzt sind ihre Stimmen noch immer etwas gediegen, trotzdem beide eine andere Meinung teilen. Und ich bemerke, dass sie einander versuchen zu verstehen. Doch der Oberkommissar braucht Zeit, um sich daran zu gewöhnen, nicht mehr das erste Wort zu behalten, das erste und vorrangige Wort. Jetzt sitzt er eher daneben, zwischen Benedikt und dem splitternden Holzbankende, und lauscht dabei, wie ich mich aufzurichten versuche. Denn bereits erste Schlucke bekämpfen meinen hinaufkletternden Brocken. Und ich spüre, dass innerer Frieden einkehrt, als assoziiere ich aus dem Bier einen sicheren Moment mit ihr, als befände ich mich kurzzeitig in einer Begegnung mit Carla.

Und irgendwie fühle ich mich nicht gerade unwohl, so zwischen diesen beiden Polizisten, die ihren Meinungsaustausch aussichtslos beendet haben und nun ihre Blicke wieder auf mich richten. Doch sind diese dabei nun sehr viel fragloser, als noch vorhin.

„Seien Sie so gut, und machen Sie es meinem Kollegen nicht so schwer", seufzt Dietmar Reiter vom anderen Ende der Bank.

Als liege vor ihm selbst eine solche Hürde. Dann nimmt er einen langen Zug vom Flaschenhals, dreht an einem trichterförmigen Zigarettenstummel herum und steckt ihn sich zwischen die Lippen. *„Im Notfall bin ich da!"*, sagt er noch, schaut schnell wieder fort, als sei seine Aussage schon gleich wieder verweht und der süßlich duftende Qualm seines Stummels zieht zu uns herüber.

Benedikt hält an einem heruntergetrampelten Maschendrahtzaun. Nicht unweit entfernt des Haupteingangs, doch immerhin weit genug. Hier lässt er mich aussteigen und verkündet, mich nun schon in der morgigen Früh wieder dort abzuholen. Genau dort, denn niemand sollte von unserem Treffen erfahren. Dem zwischen ihm als Forster Polizeibeamter und mir, einer mutmaßlichen Zeugin.

Und dennoch vergewissert er sich noch einmal.

„Sie werden kommen?" Und ich nicke ihm zu und denke mir, dass es im Prinzip nicht nötig gewesen wäre, mich erst hierher zurückzufahren und wir die Dinge hätten längst angehen können. Doch offenbar hatte er nicht die Zeit dafür, sich meiner Wenigkeit anzunehmen, offenbar kostete ich zu viel Zeit und war nicht dafür geeignet, in alltäglicher Geschwindigkeit präzise Antworten zu erteilen.

„Ja", sage ich, damit ihn auch mein Wort erreicht.

Kaum fünfzig Schritte entfernt hinter den hochgewachsenen Birken führt der Pfad entlang, den wir vor etwa einer Woche genommen hatte. Dort hatte sich all das abgespielt, was mich und Carla nun voneinander trennte.

Ich stelle mir vor, wie unschuldig die Sonne das Leuchten des Grüns entfachte, wie zart und karg die Blättlein noch waren und nun, nachdem die Tage vorangegangen sind, da ist alles noch viel lebendiger. Ein Wiederspruch, ein unsichtbarer, aber spürbarer Wiederspruch.

Es war einfach so weitergewachsen, als wäre nichts geschehen. Lebendig, denke ich mir, warum waren die Blätter nicht eingegangen? Sie hatten sich abgewendet von dem, was sich an diesem Tag dort zugetragen hatte. Hatten nicht einen Hauch Mühe investiert, hinzusehen. Mit all ihrer Gewalt waren wir im Vergleich doch so sehr unbedeutend. Wir waren nichts. So waren ihre Worte. Carlas Worte.

Und wie ich nun gerade dorthin blicke, da spüre ich eindringlich, wie ihre Wahrheit durch meinen ganzen Körper fährt.

Und nun bin ich nichts für sie. Ich bin nichts, wenn ich ihr im Speisesaal meine Blicke zuwerfe, ich bin nichts, wenn wir uns zum Rauchen auf der Terrasse begegnen. Ich bin dort nichts, wo zwischen uns so viel passierte. Wo vorher noch die Funken sprangen, dort hat sich alles in Luft aufgelöst. Und ich weiß, dass es sich nun nicht mehr lohnen wird, zu warten, denn dieses Nichts ist so groß, es wird sich nie mehr füllen lassen. Lieber bleibe ich taub in mir, taub und lasse das Nichts einfach größer werden, bis ich eines Tages von innen verstaube. Vielleicht wird dann auch der Brocken bedeckt. Gerade zeigt er sich schon ziemlich träge.

Nun ist wieder solch ein Moment. Carla und ich begegnen uns im Korridor. Unfreiwillig. Sie ist nicht alleine und ich habe nicht vorgehabt, ihr über den Weg zu laufen. Lieber wollte ich den Weg in mein Zimmer alleine bestreiten, ohne ins Visier der anderen zu geraten. Aber daraus wird nun nichts. Carla ist in irgendein Gespräch verwickelt. Sie und ihre Begleitung empfangen mich bereits, bevor die Schwingtür zurück ins Türschloss fällt. Automatisch laufe ich leiser. Keine Aufmerksamkeit erregen. Was nun wahrhaftig vollkommen unmöglich ist. Denn kaum eine andere Person um uns herum ist zu sichten.

Mit Händen in den Hosentaschen und Kaugummiblasen, die vor ihren Gesichtern zerplatzen, gaffen sie abwertend in meine Richtung. Es tut weh, so von ihr empfangen zu werden. Es tut weh, auf der anderen Seite zu sein. Und ich spüre deutlich, dass es ein für alle Mal vorbei ist. Dass es kein *Wir* mehr geben wird. Dass die Distanz zwischen uns nicht größer sein könnte. *Also gut,* denke ich mir. Dann wird es mir es leichter fallen. Ich hatte ihre Vereinbarung sowieso schon gebrochen.

Ich muss wissen, ob es ihre Handschrift war. Noch bevor ich am nächsten Morgen zurück zum Treffpunkt kehre, brauche ich Argumente. Irgendetwas, das mich Benedikts Tascheninhalt näherbringen lässt. Einen Beweis. Einen Vergleich. Am besten eine dieser Zeichnungen.

Ich ziehe langsam an ihr vorbei. Noch immer leisen Fußes. Sie soll mich in aller Ruhe begutachten können. Soll ihr begreiflich werden, was sie angerichtet hat. Soll im Glauben bleiben, dass ich noch immer auf unsere Rückkehr warte. Soll mich für naiv halten. Und nicht fähig dazu, unbemerkt in ihr Zimmer zu steigen.

„*Hallo,*" sage ich, als wäre es eine Kampfansage. Eine stille, scheue, dennoch vernehmbare.

Dann laufe ich über den endlosen Flur und verschwinde am Ende des Ganges.

Ich werde bis zum Abendessen warten, dann sollte mir niemand im Wege sein.

Ausschau haltend verharre ich nun seit einer Weile dort. Inzwischen haben sich die Türen zum Speisesaal geschlossen. Ein paar Frauen drängeln sich noch vor der Medikamentenausgabe, ein paar führen Unterhaltungen mit Angestellten. Mein Vorhaben, mich am Schlüsselkasten zu bedienen, erscheint vorerst aussichtslos, doch ich weiß um die Leichtsinnigkeit und warte auf den passenden Moment.

Ein hängender Bund an der Tür verschafft mir den Weg zu Carlas Zimmer. Im Prinzip zu allen Räumlichkeiten dieses Gebäudes, doch ich weiß, dass nur dieses eine Zimmer von Bedeutung sein wird.

Zweimal nach rechts drehen, dann springt das Türschloss auf. Ihr Zimmer wurde geordnet hinterlassen. Lediglich ein paar Wäscheteile liegen herum, ein paar leere Wasserflaschen, ein zusammengefegter Haufen Dreck in der Mitte des Raumes. Es fühlt sich andersartig an, nicht nach ihr. Obwohl es kaum anders aussieht, als es in meiner Erinnerung geblieben ist. Ihr Duft riecht fremd, nach verbrauchter Luft und nicht mehr so wohltuend blumig. Jetzt ist es nur noch ihr Schweiß und vielleicht sogar der einer anderen.

Ist es meine Distanz, meine Wut, meine Verletzung, die meine Wahrnehmung verändert? Oder sind es tatsächlich andere Frauen, die sie mit auf ihr Zimmer genommen und in ähnlicher Weise wie mich begehrt hatte? Ich möchte es nicht verinnerlichen und mich nicht länger als nötig diesem Gefühl aussetzen und konzentriere mich darauf, weshalb ich eigentlich hier bin.

Der Wäscheberg auf dem Stuhl hat abgenommen, unter ihm kann ich schon von Weitem Papierenden hervorblitzen sehen. Vorsichtig trage ich obere Schichten ab, dann fallen mir erste Skizzen entgegen.

Skizzen der Ostmoderne und andere außergewöhnliche Architektur. Gleich die erste entnehme ich dem Stapel. Ein Felsen mit Gesicht, eine Schlucht, das sogenannte „Eiserne Tor". Sie hat Talent, sie zeichnet glaubwürdig. Genauso glaubwürdig sie mir einst entgegentrat, vor ungefähr vier Wochen.

Rechts unten in der Ecke sichte ich, was ich benötige und es durchfährt mich eine schauderhafte Gänsehaut. Von Kopf bis zu den Fingerspitzen. Denn ich ahne, es wird ihre sein, ihre Handschrift, auf diesem rätselhaften Papierquadrat.

Ungefähr eineinhalb Wochen zuvor

„Uns bleibt nicht mehr viel Zeit!" Das ist das, was Carla sagt. Immer wieder. Sie sagt, dass sich die Situation zuspitzen wird und dass wir gedanklich nicht zu tief ins Thema eindringen dürfen. Sie sagt es mit Bekümmerung, mit Sorge um mich, so-dass ich kaum einen anderen Weg einschlagen kann. „Das hier, das darf uns nicht verändern. Hörst du!?" Sie fährt über mei-nen nackten Busen, nachdem wir uns wieder geliebt haben.

Ich bin heute Nachmittag ergebnislos ins Wäldchen ge-kehrt. Doch es gab keinen Platz mehr für weitere Frauen, nach dem ich mit meinem vergangenen Selbst konfrontiert wurde. Mit einer, die sich so verhielt, wie ich es einmal tat.

„Bin ich schwach?", frage ich Carla.

„Du bist kräftig!", bestärkt sie mich.

„Du bist sehr stark und mutig." Meine Augen spiegeln sich in ihren.

Und dennoch beginne ich zu zweifeln. Ich richte mich auf und entferne mich von ihrem warmen Leib.

Woher sie das wissen will? denke ich und schaue ins Dunk-le nach draußen. Sie weiß so viel von mir, wie ich in dieser finsteren Nacht erkennen kann. Nichts. Im Prinzip wissen wir doch nichts voneinander. Und vertrauen nur auf ein ge-meinsames Gefühl.

Kann das alles sein? Kann das ausreichen? frage ich mich und im gleichen Moment möchte ich mich wieder an ihren warmen Körper lehnen.

Denn dieses Gefühl war so unbeschreiblich groß, dass es alles andere erlöschen konnte.

„Es ist spät. Wir sollten zurückkehren." Ich versuche, reserviert zu bleiben.

Doch Carla nimmt auch nun wieder meinen Trübsinn auf, verspürt mein plötzliches Misstrauen.

„Du bist sehr stark. Ich weiß das!" Sie steigt mir nach.

„Du hast dich nur im Verborgenen aufgehalten", haucht sie in meinen Nacken, dann landen dort ihre Küsse.

„Morgen, wenn wir uns wieder hier treffen, brauchen wir eine Entscheidung", sagt Carla. Und Carla sagt: *„Die Zeit ist unsere Bedrängnis."*

Denn sie werden kommen und uns auch noch das letzte bisschen Würde nehmen.

Ein Zeitlimit zu setzen war nicht gerade das, was mir dabei verhalf, eine Auswahl zu treffen, trotzdem hatte ich ihre Worte verinnerlicht. Und wieder behielt Carla recht. Denn nie konnten wir sicher sein, dass sich die Lage nicht rasch verändern würde. Dass uns jemand auf die Schliche kam und uns einfing und festhielt. Dass jemand in die Nähe des Wohnwagens dringen würde, dass sie bemerkten, dass wir tagtäglich das Gelände verließen, wir beide gemeinsam.

Und dennoch begann ich mich nun selbst unter Druck zu setzen. Bisher hatten wir uns noch immer im Entstehungsprozess befunden. Darin, jemanden Geeignetes auszuwählen, gewissermaßen unter der Berücksichtigung von Moral und Vernunft. Hier ließ es sich eine Weile aushalten, hier baute sich so etwas wie Spannung auf und brachte mich und Carla auf noch ganz andere Art und Weise zusammen, trotzdem wir uns nun seltener erlebten. Es verlieh uns Besonderheit, anders oder gar besser zu sein als der Rest unter uns. Das war das, was wir fantasierten. Wie waren wie zwei Kämpferinnen im Auftrag der Gerechtigkeit und glaubten, niemand von den anderen besaß überhaupt eine Vorstellung davon, was dies bedeutete.

„Und was dann? Was kommt als Nächstes …"

Carla unterbricht mich.

„Wir können nicht im Voraus planen." Ihre Hand berührt mein bebendes Herz.

„Es wird sich alles fügen. Einen Schritt nach dem anderen. Okay?"

„Okay", erwidere ich, nachdem ihre Finger meinen Brustraum verlassen, und werde von ihrer Fähigkeit gedrosselt, mich glauben zu lassen, alles läge in ihrer gutherzigen Hand.

Dann stellte ich mir diese Frage vorerst nicht mehr. Denn genau das hätte mich davon abgebracht, jemanden auszuwählen, dem wir im Anschluss das Leben nehmen würden. Einen Schritt nach dem anderen, dachte ich und immer noch konnten wir jederzeit abbrechen und unser Vorhaben in ein anderes umwandeln.

In den nächsten Tagen nehme ich meinen Pfad wieder auf. Dieses Mal dort, wo es sich am besten beobachten lässt. Im Gang. Nichts soll meine Entscheidung behindern. Es braucht nichts als die Einsamkeit der anderen. Ich denke mir, wo wird Traurigkeit deutlich, wenn nicht dort. Und irgendwie gelingt es mir dort noch immer, unsichtbar zu sein. Ich entscheide mich für Ellie. Sie erscheint groß und gebückt, wenn sie durch die Flure läuft. Ihre schwachen Augen hängen im Gesichtsinneren und ich ahne, dass sie diejenige sein wird, die sich nach dem großen langen Ende verzehrt. Danach, endlich nicht mehr die dürren langen Beine übers PVC schleifen zu müssen, die schon so entkräftet und ermüdet sind.

Ich hatte einmal gehört, dass der Tod erst der Anfang sei, von dem, was darauffolgte. Dass der Tod Schönheit in sich trug und sehr viel weniger Finsternis besaß, als die Leute ihn zumeist betrachteten. Er brachte Erlösung und Heilung, er brachte Hoffnung für diejenigen, die sich nur noch ihres Überlebensinstinktes wegen unter uns hielten.

Ellie war eine von ihnen. Ellie war meine Wahl. Auch wenn sie meine kleine Schwester hätte sein können, müsste sie doch noch viel zu viele Jahre in dieser leblosen Welt verbringen. Ein Gedanke, der mir die alles entscheidende Entschlossenheit gab.

„Ich weiß, dass du die Richtige finden wirst", hatte Carla mir am gestrigen Abend zugesprochen, bevor wir Hand in Hand zurückgelaufen waren.

Und hatte damit längst nur noch mir die Entscheidung überlassen.

Sie hatte den Blick bereits auf andere Dinge gelegt, darauf, was wir mit unserem Vorhaben auslösen würden. Wie uns die Leute erhören und ansehen würden. Endlich, da würden sie uns ansehen. Und es würde ihnen bewusstwerden, was sie taten mit ihrer Tatenlosigkeit. Endlich würden wir ein Zeichen setzen. Unser Zeichen! Endlich würden wir gesehen werden. Und Carla sprach von allen Frauen. Den Blick würden wir auf uns alle richten. Bereits am darauffolgenden Abend greifen die Schritte ineinander. Carla gibt sich mit jener zufrieden, welche ich an diesem Vormittag auserkoren hatte, so wie ich es erwartete, vertraute sie auf mein Gefühl.

„Du musst es spüren, das Leid dieser Frau." Und das hatte ich.

Wir verloren kaum Zeit, sodass Carlas durstige Blicke bereits am Abend um Ellie kreisen. Draußen auf der Dachterrasse. Heimlich und es sieht von Weitem danach aus, als sehe ich unserer ersten Begegnung zu. Beide rauchen, sehen zum Mond hinauf und Carla nutzt ihren unglaublichen Charme, um das junge Mädchen für sich zu gewinnen. Sie geht mit Freude daran, Ellie für einen Moment aufleben zu lassen. Als seien diese ihre letzten würdevollen Stunden. Wie eine Wächterin schwebt Carla über ihr, voller Macht und Bestimmung über das Leben dieser jungen Person. Und sie weiß, dass sie es jederzeit beenden kann. Zusammen mit meiner Hilfe. Zusammen mit mir.

Ihre Hand erreicht Ellies Schulterrücken, langsam zieht Carla das Mädchen an sich heran. Dann schaut sie sich um, um mir ihren Erfolg zuzuwerfen. Obwohl sie weiß, wie sehr ich dieses Szenarium bereits in mich aufgesogen habe. Es ist, als brauche sie Applaus für ihre großartigen Künste. Die Kunst, so rigoros zu sein.

Es lässt sich kaum ertragen, wie dicht sie beieinanderstehen. Wie Carlas Arm auf den Schultern einer anderen liegt. Einer anderen Schulter als meiner.

Es ist Kummer, der entsteht und sich gegen beide richtet, und ein winziger Pfropfen, der sich einzunisten versucht. Doch ich gebiete ihm kämpferisch Halt und stoße ein aufgesetztes Husten von mir. Gegen die Scheibe möchte ich klopfen, mit der bloßen nackten Hand, so lange, bis mich die Folgen erwecken. Doch stattdessen werde ich zum Gehen aufgefordert. Von der Hand, die soeben noch auf einer fremden Schulter lag.

Heute

„Hier." Ich klopfe seitlich am Hosenbund.

Benedikt entriegelt das Fahrzeug. Dann steige ich ein, dieses Mal neben ihm. Ein Stück bewegen wir uns fort, bevor ich das *„Eiserne Tor"* aus der Jackentasche ziehe und ihm während der Fahrt direkt übers Lenkrad halte.

„Eine Zeichnung?"

„Dort." Mein Finger zeigt ins rechte Ende. Dort unten, wo Carla sich verewigt hat.

Das Fahrzeug gerät beinahe ins Wanken, so fassungslos erscheint Benedikt von diesem Anblick zu sein.

„Der Zettel!", sagt er und löst seinen Gurt, greift zur Aktentasche hinüber und zieht das Papierstück heraus.

Über seine Arme blickend wird mir begreiflich, wie sehr ich doch richtig lag. Auch wenn die Gravur unter der Zeichnung recht blass versehen wurde, so sind beide Schriftarten doch identisch.

Ich hatte es in dem Augenblick gewusst, als er mir dieses undurchschaubare Schriftstück vor die Augen gelegt hatte. Ich hatte ganz genau gewusst, dass diese ihre Handschrift war. Doch ich wollte es einfach nicht begreifen. Wollte nichts mehr davon hören. Ich wollte diejenige nicht sein, die so viel mehr wusste als jede andere und dennoch hatte Benedikt mich eines Besseren belehrt.

„Danke!", sagt er und legt die Stirn aufs obere Lenkrad.

Und ich bemerke seine Erleichterung. Wie er innerlich zur Ruhe kommt, ähnlich ruhig wird wie auch ich.

Dann wählt er eine Nummer auf seinem Telefon. Nicht irgendeine, seinen Notfallkontakt. *„Wir brauchen dich noch einmal."* Und die Stimme am anderen Ende des Hörers klingt rau und zögernd, doch ich erkenne ihren Klang. Es ist der Oberkommissar dieser Kleinstadt.

Nicht viele Worte wechseln sich zwischen beiden und dennoch erkenne ich Einigkeit.

„Sie müssen jetzt wirklich endlich beginnen zu reden!", richten sich Worte nun an mich. Und so ist es auch. Benedikt hat recht. Ich komme nun nicht mehr drumherum. Ihm diese Zeichnung zu reichen war die Entscheidung, genau dafür. Zu reden. Über das, was mir noch in Erinnerung geblieben war. Reden, über mich und über Carla und wie um alles in der Welt es nun so weit kommen konnte, wie es gekommen war.

Ich beginne also zunächst einmal überhaupt damit etwas mehr als nur ein paar unbedeutende Worte loszulassen. Als wir nach kurzer Zeit schon ans Ziel gelangen. Wenn auch etwas zaghaft und förmlich und in befremdlichem Ton.

„Guten Tag Herr Reiter", sage ich und trete hervor. Es strapaziert mich, als die Töne nach außen dringen und fühlt sich an, als hätte ich ganze Sätze gesprochen. Vielleicht ange-

passt dieses abstrusen Momentes, überrascht von mir und meinem Mut.

Wir befinden uns unweit gelegen, in vollkommenem Kontrast am südlichen Stadtrand. Auch dieser hier scheint kein Teil zu sein von dem Rest dieser finsteren Kleinstadt.

Hier schmücken jedes Haus akkurat gewachsene Kiefern, angestrichene Fassaden werden von Stucken verziert. Kaum einen Kilometer hinter all diesen Villen, da sieht die Welt deutlich farbloser aus.

Nachdem Dietmar Reiter uns hereinbittet, folgen wir seinen schwungvollen Schritten. Er wirkt kräftiger und sehr viel sicherer auf den Beinen als noch beim letzten Mal.

Es stehen zwei Stühle abwärts des Schreibtischs, darüber ein Geweih. Die Trophäe vergangener Jagdsaison, eingestaubt und festmontiert. Jetzt schwindet all das Muntere und Hoffnungsvolle, das gerade noch mit uns einkehren wollte. Jetzt fühle ich mich wie auch anderswo. Vielleicht sogar ein bisschen bedrückter, denn von allen Seiten beobachten mich ausgehauchte Tieraugen.

„Whiskey, Sekt, ein Wasser?", fragt der Kommissar, als seien wir zum Geschäftsgespräch eingetroffen. Beide nehmen Platz unterm angebrachten Hirschgeweih. Ich verbleibe in seinem Visier, so ist es mir sicherer.

Schon merkwürdig. Zwei Kommissare, direkt vor mir. Der eine im sommergerechten Morgenmantel, trotzdem der Tag sich schon bald dem Ende neigt. Der andere in selbsterwähltem Polizeikostüm. Mit klassisch hellblauem Stehkragenhemd, das über dem Hosenbund hinausragt und deutlich mehr nach Freizeit aussieht als nach Verbindlichkeit.

Beide blicken aufs Papier und sie vergleichen. Sie sehen sie auch. Diese Ähnlichkeit.

„Eindeutig, das scheint ein und derselbe Verfasser zu sein." Auch Dietmar Reiter scheint vom Anblick verblüfft.

„Verfasserin", wage ich mich, ihn zu berichtigen.

Beide schauen auf. *„Verfasserin?"*

Ich habe nichts zu befürchten. Ich habe beobachtet, wie der Türriegel verschlossen wurde, ich habe gesehen, in welche Straße wir eingefahren sind.

Und außerdem ist sie nicht hier. Ich werde reden müssen, deshalb bin ich gekommen.

„Lassen Sie sich Zeit." Benedikt bemüht sich, etwas Druck abzubauen.

Doch stattdessen beginnt er mich eher zu beunruhigen. Er kommt näher, füllt mein Glas mit Wasser auf und hockt sich nieder vor meinen Schoß.

„Sie wissen noch, was ich Ihnen über Berlin erzählt habe?" Er schaut mich mit großen Augen an, fordert somit meine Aufmerksamkeit.

Ich höre zu, doch ich sehe auch all diese Augen um mich herum. Und seine sind nun noch ein weiteres Paar, welches an meinem Körper haftet.

„Mein Kollege hier, der ist einer von den guten Leuten." Ich versuche, mich auf seine Stimme zu fokussieren.

„Dietmar hat mich damals hierhergeholt. Mich und meine Familie. Als ich an einem wahnsinnigen Tiefpunkt war, da hat er mich gerettet und hierhergeholt."

Ist es nun so gut, hierhergeholt worden zu sein? Denke ich mir.

Er schaut weg, dann nachdenklich hinab. Kurz wird er ernst, beginnt mit den Augen zu zittern, doch beherrscht er sich schnell wieder und bemüht sich um Sachlichkeit.

„Wer weiß, wo ich ansonsten wäre?" Und kurz fürchte ich um seine doch recht eindeutige Emotion. Aber er hält sich zurück und sein Körper verschwimmt nun wieder hinter der Hängeleuchte im Arbeitszimmer. Dort, wo der andere Körper sitzen geblieben ist.

Ich bin mutig. Eine andere Wahl habe ich nicht. Ich habe nur die Wahl, an Unwissenheit zu verenden oder daran, dass die Wahrheit mich zerbricht. Doch zerbrochen bin ich schon. Und was zerbrochen ist, lässt sich nie mehr richtig zusammenfügen.

„Carla hat es gemalt." Ich trete entschlossen hervor Richtung Lampenschirm.

Ich schaue nicht in erwartungsvolle Gesichter. Ich sehe sie nicht. Nur ihre Körper, bequemt in Armlehenstühle, sehen sich Carlas *Eisernes Tor* an.

Ich trinke mein Wasser leer und bemerke, dass ich innerlich frei bin. Keine Einengungen durch den Brocken zu befürchten.

„Carla? Wer ist Carla?" Sehe ich nun doch etwas Erwartung hervorblitzen. Oder besser gesagt, es klingt danach.

Ich bleibe stehen, unterm halbgekreisten Lichtkegel. Ein wenig Mut entschwindet.

Es ist nicht so leicht, ihnen diese Frage zu beantworten. Es ist nicht getan mit einer kurzen Erklärung. Carla ist so viel, aber irgendwie auch nicht. Carla war viel, vor ungefähr vier Wochen. Jetzt weiß ich nicht mehr, wer sie ist. Ich meine, im Prinzip weiß ich nichts. Ich weiß lediglich, dass ihre Handschrift jener auf diesem Zettel gleicht. Und das zu sehen beängstigt mich. Wie sie beide nebeneinander aufgebahrt sind. Ihre Zeichnung neben dem zerknitterten Stück Papier.

Ich halte es bei den Tatsachen. Es ist ja bereits über meine Lippen gekehrt.

„Carla ist eine der anderen Frauen."

Dietmar Reiter füllt seinen Whiskey auf, kippt ihn herunter und erhebt sich.

„Jetzt fällt's mir wieder ein." Er tritt hervor, sodass wir beide nun unter der Lampe stehen.

„Sie und ihre Freundin, sie habe ich doch vom Feld aufgelesen. Ihre Freundin war ja ganz verstört." Die Hände stützen sein wankendes Becken.

Etwas mulmig wird mir nun, und es lässt sich kaum verbergen in dieser Helligkeit. Kurz stoppt mein Herz, er hatte mich doch erkannt. Mich und Carla und nun hatte er ein Bild von uns.

„Ist sie das?" Er kommt mir nun noch näher.

Doch nicht absichtlich, eher unvorsichtig. Ich bleibe stehen.

„Sie waren Freundinnen?"

Ich nicke. Denn im Prinzip waren wir nichts weiter, doch eigentlich waren wir nicht einmal das.

Etwa vierzig Zentimeter trennen mich von Dietmar Reiters kurzen Bartstümmelchen, sein Atem dringt bereits herüber. Ich wundere mich, warum nun gerade Dietmar Reiter das Wort ergriffen hat. Kaum aus dem Morgenmantel gestiegen, stand er doch eigentlich eindeutig ablehnend zu dem, was Benedikts Ayari begonnen hatte. Vielleicht ist es der Whiskey, Erinnerung an frühere Erfolge, die so plötzlich in ihm aufleben. Doch Dietmar Reiter ist leichtsinnig. Wie bereits zuvor schon einmal. Vielleicht ein schlechtes Gewissen, das plagend in seinem Inneren herumirrt. Doch er ist nicht so einer wie Benedikt. Ganz und gar nicht. Direkt und unbedacht überfallen mich seine Gedanken.

Etwas flehend dringen meine Blicke an ihm vorbei. Ich schaue herüber zu Benedikt. Und auch er schaut zu mir, als erkenne er längst mein Empfinden.

„Ich denke, wir sollten eine Pause einlegen."

KAPITEL 8

Ungefähr eine Woche zuvor

Trotzdem die Zeit uns so sehr drängt, beschließe ich, einen Moment auszusetzen. Ein paar Stunden zumindest, von einem Nachmittag zum nächsten Morgen. Ich möchte ihre Nähe spüren und zugleich möchte ich ohne sie sein. Vielleicht reicht es aus, einfach nur an ihrem Kissen zu riechen, das im Wohnwagen liegend von ihrem Duft besetzt ist. Ich möchte Kraft schöpfen, vor dem alles entscheidenden Schritt.

Noch ist es hell, ein Vorteil, den ich nutzen will. Und dies, ohne in Absprache mit Carla zu gehen. Selbst wenn sie kommen wird, so wie jeden anderen Abend, dann habe ich doch genügend Zeit, um alleine zu sein und genügend Zeit, um rechtzeitig zu gehen. Jetzt im Frühsommer, da sind die Tage schon länger und die Sonne steht an diesem Nachmittag noch ziemlich weit oben.

Noch bevor wir uns kannten, da hatte ich nicht gewusst, was all dies um uns herum bedeutet. Wie es sich anfühlen kann, *zu existieren*. Doch in diesem Moment glaube ich, immerhin ansatzweise zu begreifen, was Carla damit meint. Wie es sich anfühlen kann, wie zerbrechlich und verletzlich wir doch sind. Wie wir die Welt herum aufnehmen, wenn wir etwas fühlen. Etwas so Starkes fühlen, das sich Leben nennt. Und vielleicht ist dieses Gefühl fehl am Platze, sind wir doch kurz davor, einen Herzschlag zu beenden. Doch je näher ich dem Ende unseres Plans entgegenrücke, umso stärker spüre ich mein eigenes Leben. Alles um mich herum still und nur konzentriert auf Atmen, auf Puls, auf meinen winzigen Radius um mich herum. Und so streife ich durch den kleinen Birkenwaldabschnitt, als gebe es in diesem Moment nur mich selbst und die zartgrünen Triebe der Jungbäume. Geradeaus, auf dem Weg zum stillgelegten Wohnwagen. Und dann knackt es unter meinen Füßen, totes, abgestoßenes Holz. Das in der Trockenheit dazu verurteilt ist.

Mir wird bewusst. Ellie wird diesen Weg nur einmal gehen. Dass es noch nicht finster genug sein wird, wenn wir uns dort begegnen, dass diese ihre letzten Schritte sein werden, bevor sie den Wohnwagen erreicht. Die allerletzten Schritte auf dem Weg zur Erlösung.

Glänzend liegt die Sonne auf dem Grün, alles erscheint butterweich und es riecht so ätherisch frisch, so unverbraucht, als sei der erste Tag auf Erden angebrochen. Ein ehrwürdiger letzter Weg, denke ich, den jedes Lebewesen erleben sollte, bevor es sich aus dieser Welt entfernt. Vielleicht sogar gleicht dieser Weg dann der Absolution und ist das Schönste und Begreifbarste überhaupt, was einem jeden Lebewesen zuvor widerfahren konnte. Trotzdem dieser doch nur ein einziger kleiner Pfad, inmitten eines kargen Wäldchens bleibt, unglaublich graziös mit all seinen schimmernd tanzenden Blättlein.

Das Knarren der Tür reißt mich aus dem Schlaf. Ich war kurzzeitig eingedöst. Auf dem Kissen, welches noch von ihrem Duft umgeben, nun in meinen Armen liegt. Für einen Moment hatte mich die Wärme des Nachmittags erschöpft und mich diesen Tag als einen gewöhnlichen erleben lassen. Einen gewöhnlichen, der mir Geborgenheit verspricht und dennoch überhaupt nicht hierher passt. Die Tür knarrt nicht so wie an jedem anderen Tag, seitdem wir hierhergekommen sind. Sie knarrt aufgebracht und erschrocken, wie die Person, die sich an sie lehnt und sie einen Spalt offenstehen lässt, um die warme Luft hineindringen zu lassen. Und dessen Aufregung meinen Geist nun vollkommen ins Gegenwärtige zurückholt.

„Ich habe dich gesucht", spricht es wütig aus ihr heraus. Keinerlei Gespür dafür, dass ich mich in halber Wachheit befinde. Wie eine Hüterin steht Carla da, als fürchte sie davor, dass jemand eindringt. Sie erscheint aufgebracht, ja beinahe apathisch. Als habe sie einen langen Weg zurückgelegt, als

sei ihr irgendetwas zugestoßen. Nicht so befremdlich, wie ich sie bereits kannte. Nein. Sie erscheint hilflos und vollkommen verwirrt zu sein. Ich richte mich auf und schüttle den restlichen Schlaf von mir.

Ich sehe, dass ihre Augen müde geworden sind, dass sie träge sind und sich mühen, offen zu sein.

„Was ist los? Was ist passiert?", ich sehe sie nur ungern an.

Doch Carla hält mich im Arm, drückt fest, als falle sie beinahe.

„Ich weiß nicht, ob ich das kann?", beginnt sie unerwartete Zweifel aufkommen zu lassen, obwohl sie seit Tagen von nichts anderem sprach.

„Wir sollten noch etwas warten", sagt sie gierig und entschlossen. Dann öffnet sie einen halben Liter Bier.

Ich beginne mich zu fragen, ob meine Beobachtungen nicht des Truges waren.

Ob sie zu Ellie solch starke Sympathien entwickelt hatte, um jetzt so kurz vor dem Ziel zu stoppen?

„Kannst du sie nicht entbehren?", frage ich, obwohl ich weiß, dass sie sich nur an diesem einen Tag begegnet waren. Doch das allein, das war es nicht.

Carla setzt sich nieder und verrät mir, dass sie sich davor fürchte, was als Nächstes kommen würde. Dass sie glaube, ich sei so viel stärker als sie. Im entscheidenden Moment. Dass sie alles vor Augen sehen könne, nur eben diesen letzten, aber alles entscheidenden Schritt noch nicht.

„Was, wenn es schief geht? Wenn sie etwas bemerkt, wenn sie uns verrät?"

„Nein!", sage ich und halte meine Ohren zu.

„Ich werde nicht länger warten. Entweder morgen oder wir lassen es."

Eine andere Wahl lasse ich ihr nicht.

Und in diesem Moment kehren sich die Rollen wieder einmal um. Jetzt muss ich für uns beide einstehen, denn ihr gelingt es scheinbar nicht mehr. Es wird die Panik sein, die sie heimsucht, so kurz vor dem Ziel. Doch ich ertrage es nicht noch länger, in dieser Warteposition zu sein. Ich möchte uns beide wiederhaben, ich möchte, dass diese Sache beendet wird! Und Carla wieder zu der wird, der ich vor vier Wochen begegnet war.

Ich nehme ihr die Flasche Bier aus der Hand und richte mich noch einmal auf. Mache mich groß, während sie dort unten in der Ecke hockt, wie eine dieser anderen Frauen auftritt, ganz und gar unerträglich.

Ich stecke den Flaschenhals zwischen meine Oberschenkel und beuge mich zu ihr herüber. *„Carla"*, betone ich ihren Namen eindrücklich.

„Du wirst bei mir bleiben, du lässt mich jetzt nicht im Stich."

Ich sehe Schweißperlen sich langsam über ihrer Stirn ausbreiten. Die Poren verkünden einen Wall an Flüssigkeiten. Ihr Blick klart auf. Sieht nach Erschrockenheit aus und nach Furcht, doch sie scheint diesen Moment zu überwinden. Und dann ist es, als breche ein Stück ihrer Fassade ab, welches im Wall des Schweißes herunterrutscht.

„Du hast so recht", sagt sie. *„Ich bin dir so dankbar."*

Sie legt beide Arme um meinen heruntergebeugten Hals, küsst diesen und haucht mir ins Ohr, als wolle sie noch mehr von mir. Doch ich schrecke zurück, innerlich. Bleibe währenddessen distanziert. Und mir wird klar, dass selbst die nicht vollendet dachte, die seit Tagen mit diesem Plan vollkommen verschlungen war.

Carlas Gesichtsfarbe gelangt wieder zurück. Jene Unruhe löst sich auf, ganz still und heimlich und jede kehrt in ihre gewohnte Rolle zurück, als hätte es diesen Einbruch soeben nicht gegeben.

Ein Musterbeispiel umkreiste mich seit Wochen, da war es nicht allzu schwergewesen, die richtige Haltung anzunehmen. Doch es strengte mich an, so konzentriert sein zu müssen, irgendwie dominant und energisch. Vielleicht kein Wunder, dass die Kräfte auch Carla allmählich ausgingen.

In der Nacht davor lieben wir uns noch einmal. Und ich ersehne, dass es endlich vorüber sein wird. *Morgen wird es vorüber sein*, denke ich mir und dann haben wir uns wieder. *„Je schneller wir es durchziehen, umso besser"*, sage ich, nachdem Carla mir ihre Errungenschaften entgegenhält. Eine volle Verpackung, noch ungenutzt. Daneben irgendwelche Muntermacher.

„Sie wird mich begleiten, für einen Tausch."

Und dieser sollte im wahrsten Sinne des Wortes einer werden.

Ellie würde etwas bekommen, wofür sie ihr Leben geben würde, und wir, wir waren bereit, ihr dieses Leben zu nehmen.

Eine Überdosis Zolpidem sollte ihr unwürdiges Dasein beenden. Vollkommen naheliegend für jemanden wie Ellie. Es war kaum zu vermeiden, dass sie auf solch ein Angebot einging. Nicht umsonst war sie unaufhaltsam vor Dr. Wielandts Zimmer herumgeschlichen, als sie mir so plötzlich unter die Augen trat. Ich muss ihre Retterin gewesen sein. Ihre Ebnung für den Ausweg.

Er erscheint leicht, der nächste Schritt, der mir doch so unheimlich war, verdammt leicht. Im Prinzip war er so viel leichter, als ich erahnen konnte, und ich besaß kaum Skrupel bei dem Gedanken daran, dass sie auftauchen würde.

Wir würden jemanden opfern, der sich in gewisser Weise freiwillig hingab, jemanden, der keinen Sinn mehr in seiner Lebendigkeit sah. Einen Menschen, der gewissermaßen bereits leblos war. Zumindest der Köper ließ das Blut noch durch ihre Adern fließen.

Ich hatte ein kleines Feuer entfacht. Daran kann ich mich gut erinnern. Wie gut doch das trockene Geäst entzündete, sekündlich war es in Flammen aufgegangen.

Ich sehe mich noch genau dort sitzen, auf dem entrindeten Baumstamm und es doch eigentlich viel zu warm für ein Feuer war. Doch ich spüre noch, wie ich hineinschaue und meine Augen mit der Glut verschmelzen.

Ich bin ruhig, vollkommen ruhig und gelassen. Doch es kommt mir vor wie eine Ewigkeit, dort zu sitzen und zu warten und die lodernden Flammen am Leben zu halten.

Es hat länger gedauert. Deutlich länger als erwartet. Inzwischen ist es schummrig geworden, bis sich schließlich zwei Frauenstimmen zwischen zartgrünen Birkenblättchen bemerkbar machen. Zwei Frauenstimmen. Nicht nur eine, die etwa vor sich hin lamentiert, es sind zwei. Carla hat es also geschafft. Ellie ist gekommen. Ich springe auf. Meine Ruhe verfliegt. So wie das Geäst über dem Feuer davon schwirrt. Und plötzlich bemerke ich den Fluss meiner Adern, pochend strömt er von Kopf bis Fuß. Jetzt ist auch mir ein wenig schummrig. Und in der halben Helligkeit kann ich nur Umrisse der beiden erspähen. Zu lange hatte ich ins Feuer gestarrt.

Ich wende mich den Stimmen zu, als sie mich erreichen. Doch irgendetwas ist merkwürdig. Kurz blinzle ich, reibe mir übers geschlossene Lid. Die andere Frau, sie sieht so anders aus. Die andere Frau, sie hat dunkle Haare, die andere Frau, das ist nicht Ellie.

Aber wer, wer ist sie dann?

Plötzlich steht Carla also da, mit dieser fremden Frau. Die Hände in den Hosentaschen, wird sie von dieser Fremden umschlungen. Wieder ist sie jemand anderem nahe. Ich kenne sie nicht. Habe sie zuvor nie gesehen. Doch diese Nähe kann nicht auf dem kurzen Weg hierher entstanden sein. Oder doch? Vermutlich hatte Carla sich bereits am Vorrat bedient, denn beide verbreiten Gelächter und Frohsinn. Unpassend erheitern sie sich daran, einander zu betatschen. Es ist, als wiederhole sich das Bild auf der Terrasse. Nur intensiver, nur inniger. Wieder nähert Carla sich einer anderen Frau. Einer, die ich nicht bin. Wieder überrennt es mich. Und ich glühe innerlich, als gehöre ich zum Teil des qualmenden Aschehaufens zu meinen Füßen. Obwohl ich doch ahne, dass diese Frau in die Rolle der Ellie treten wird. Doch nun könnte sie aufhören, ihre Hand auf dem fremden Schulterblatt abzulegen. Vor meinen bloßen Augen.

Schwankend laufe ich beiden entgegen. Meine Ruhe ist nun gänzlich verflogen. Es dreht sich und auch ich drehe mich. Doch scheinbar ignorieren mich beide. Ihr Stimmenwirrwarr ist noch deutlich und keineswegs mir zugewendet. Also ziehe ich einen großen Kreis. Genügend Abstand, sodass sie mich kaum vernehmen. Ich setze mich wieder zu Boden. Ich stagniere, innerlich wäre es mir lieber, noch eine Weile zu warten. Noch etwas zu sitzen und mit mir und der Glut alleine zu sein. Doch ich komme nicht dazu, mich mit Fluchtgedanken auseinanderzusetzen, denn kurz darauf eilt Carla hinzu. Sie setzt sich zu mir, um ihre Not zu vermitteln.

„Was hätte ich tun sollen?", sagt sie, und lässt die dunkelhaarige Schöne an Ort und Stelle zurück.

Carla hatte sich mit meiner ursprünglichen Wahl hinter der Pforte verabredet, um den Schleichweg übers Feld zum Wäldchen zu nehmen. Doch genau diese war nicht gekommen. Keine Ellie, keine andere Person. Carla hatte gewartet und gewartet, bis sie schließlich begonnen hatte nach ihr zu suchen. Im Inneren des Hauses. Und sie war aufgelöst und in Panik geraten. Also hatte sie sich selbst etwas zur Beruhigung eingeworfen. Als sie dann auf dem Weg zum Wäldchen wieder an der Pforte vorbeilief, da hatte sie Ellie plötzlich neben einer anderen Person stehen sehen. Gestikulierend unterhielt sie sich mit dieser älteren Frau, die des Öfteren in den Gruppen das Wort übernommen hatte, wegen ihres Schlafproblems. *Ausgerechnet mit dieser,* dachte Carla. Beide wartend darauf, abgeholt zu werden. Von ihr. Es hatte sich herumgesprochen, dass es Frauen gab, die andere Frauen versorgen würden.

Carla hatte sich kaum beruhigen können, doch sie sah es als ihre Aufgabe zu handeln und keinesfalls alleine zurückzukehren. Dann hatte sie um beide einen großen Bogen gemacht. Viel zu riskant, zwei Frauen. Wo doch nur eine von ihnen benötigt wurde und die andere vollkommen aus unserem Raster fiel. Doch Carla war davon überzeugt, dass es noch am selben Tag passieren musste. Also war sie wieder ins Haus gelaufen, um sich umzusehen. Sie hatte die Frauen genauso wie ich analysiert, um eine auswählen zu können, sie hatte genügend Wissen darüber, welche ihrem Angebot nachkommen- und sich still und heimlich zusammen mit ihr entfernen würde.

Wenn Carla aber Ellie und die andere Frau erst zum Wäldchen gebracht hätte, dann wäre alles verloren gewesen. Dieser Ort, dieser Plan. Wir hätten nicht mehr den Mut besessen, einen zweiten Anlauf zu wagen. Doch an diesem Tag waren wir darauf vorbereitet. Dieser Tag galt als perfekt, dem Leben eines anderen Menschen ein Ende zu bereiten. Wir waren darauf vorbereitet, zu morden.

Und dieses Gefühl, diese Überzeugung lässt sich äußerst selten aufbringen. Ich kann es bezeugen. Carla hatte verdammt recht mit dieser Vermutung. Erst in dem Moment, als ich die beiden vor mir stehen sah, begriff ich, dass auch ich das Zeug dazu habe. Ich habe das Zeug zu morden. Auf jeden Fall an diesem Tag.

Carla winkt die Fremde herbei. Und ich bemerke, wie sehr sie die Situation doch beherrscht. Da ist sie wieder. Die alte Carla von vorgestern, von vor drei Wochen. Der es gelingt, jedem Gemüt etwas Leichtigkeit zu verleihen. Kontrolliert und gleichzeitig so unbekümmert, voller Enthusiasmus, Idealismus, voll davon, zu glauben, die Welt verändern zu können.

So wenig diese Carla auch hierher passt, genieße ich es für einen Moment, sie wieder bei mir zu haben. Doch dieses Bild kann ich nicht lange halten. Es halten sich Blicke, klebend an der jungen mitgebrachten Frau mit großen dunklen Augen. Sie ist hübsch, ziemlich hübsch. Das Haar offen und am Rücken herunterhängend, ihre Stirn besetzt von Schweiß und von Ruß.

Gedanklich gehe ich die Stuhlreihe der Gruppe durch. Den Speisesaal mit jenen Frauen, die um Carla herumgeschwirrt waren. Es gab präsente Frauen, wie etwa die mit der angeblichen Schlafproblematik, unscheinbare, wie der Spiegel meines Selbst. Aber diese, dieses Gesicht, diese Augen, hätte sie sich selbst weit abseits aufgehalten, sie wären mir in Erinnerung geblieben. Und ich bin mir nicht sicher, ob sie überhaupt zu uns gehört. Sie trägt Tageskleidung. Kurze Jeans, zwei Shirts übereinander und knöchelhohe Boots. Keine aus diesem Haus hatte jemals so ausgesehen. Selbst die anderen trugen bodenlange Kittel oder Vorbinderschürzen. Selten offenes Haar und wenn doch, dann war es in der Regung auseinandergefallen.

Ich sehe, wie sehr sie mit der Wärme kämpft. Sich das Gesicht am Shirtende trocken wischt.

Das Feuer kann nun erlöschen. Es ist doch kaum ein geeigneter Tag dafür und generell habe ich es nur entzündet, um dieser finsteren Stimmung etwas Wärme zu vermitteln. Ringsherum habe ich drei Stämme zu Sitzflächen gelegt, welche wir nun etwas abseits ziehen. Zu stark brennt die letzte Glut noch auf, sie ist entkräftet, doch klammert sich an jeden noch so winzigen Hauch des Windes.

Beide lassen sich nieder. Ich mich direkt gegenübersitzend und beginne zu starren.

Verfalle ins Hier und Jetzt von damals, auf dem Gang. Verfalle darin, jede einzelne Bewegung von Carla zu inspizieren. Ihre Hand weicht vom Schulterrücken, dann lehnt sie sich zurück. Streckt beide Beine nach vorne und begegnet meinem Starren mit schnipsenden Fingern. *„Marianna"*, unterbricht die Schwarzhaarige.

„Ich bin Marianna. Ich glaube ... kennen wir uns nicht."

Ich höre einen starken osteuropäischen Akzent heraus. Zuvorkommend, freundlich, als wolle sie auch mich von sich überzeugen. Doch eigentlich möchte ich nicht wissen, wer sie ist, wo sie herkommt, in welcher Beziehung sie zu Carla steht, *inzwischen*. Ich möchte beiden nicht dabei zusehen, wie sie beieinandersitzen und ihre Oberkörper sich berühren, wie sie an ihren Zigaretten ziehen und Kringel zum Himmel formen. Ich möchte nicht, dass sie meine innere Glut entzünden.

Ich stehe auf. Laufe hinein in die brühende Hitze des Wohnanhängers. Unterm Sitzeck, da stehen gelagerte Vorräte. Alte, abgelaufene, zusammengetragen aus sämtlichen Streifzügen. Ein paar Bier, zwei Flaschen Prosecco, ein halber Liter Fernet Branca. Sie sind warm, doch schmackhaft genug, um sich an ihnen zu bedienen. Von drinnen kann ich nun durchs Gardinenquadrat nach draußen blicken. Zwei Köpfe bewegen sich im gleichen Takt. Sie sind gegensätzlich, ihre Haarprachten. Die eine grell und brüchig, die andere dunkel und voll.

Warmer Proseccoschaum dringt mir unters Shirt, ich lasse ihm seinen Lauf. Der nächste Schritt ist kaum einen Funken entfernt. Dort unterm zerfledderten Sitzpolster. Etwa fünf Zentimeter unter mir. Da ruhen sie und warten auf ihren Einsatz. Sie sind so unscheinbar, so klein und dennoch so unfassbar mächtig. Kaum vorstellbar, dass sie in mehrfacher Dosierung ausgewachsene Menschenkörper paralysieren können. Erst ermüdend, dann erschlaffend, dann lähmend bis zum vollständigen Stillstand.

Hinterm Gardinenabschnitt wackeln ihre Frisuren, noch immer quicklebendig und frohgestimmt und eine von ihnen nichtsahnend.

Da ist er wieder, er klopft schon am unteren Knorpelspangenende und alles ist wieder so, wie es war. Ganz sekündlich, dieser Umschwung. Als erwachte ich seit Ankunft dieser Fremden aus meinem irrsinnigen Traum voller Zuversicht. Zuversicht, irrsinnige Gedanken, die hier nichts zu suchen haben. Denn die Wahrheit ist sehr weit davon entfernt. Die Wahrheit ist, dass ich eigentlich auch die andere kaum kenne. Im Prinzip ist auch Carla mir vollkommen fremd.

Ich trinke weitere kräftige Schaumweinschlucke, so gut es mir gelingt. Dann lässt er nach, dieser innere Klopfer.

Ich begebe mich zurück, nehme wieder den Platz gegenüber ein. Als Beobachtende. Darin bin ich gut. Ihre großen dunklen Augen verfolgen mich. Sie soll es also sein. Einfach so, wie ausgetauscht. Und ich sehe keine geringste Lebensmüdigkeit. Ich sehe eine junge und attraktive Frau in den besten Lebensjahren. Neugierig und fröhlich erscheint sie mir, naiv. Vollkommen naiv, einfach so einer fremden Frau in den Wald zu folgen. Doch dies kann täuschen und ich habe mich scheinbar in letzter Zeit des Öfteren getäuscht. Also vergrabe ich diese Gedanken, denn alles, was zählt, ist unseren Plan zu beenden. Und eines, das erweckt absolute Verachtung, gar eine Form des Hasses, lässt es in mir aufleben. Es ist die Nähe zwischen beiden. Es ist offenes und großzügiges Blickeaustauschen mit Carla und je mehr ich sie in mein Visier nehme, umso größer wird der Drang, diesen Plan zum Ende zu bringen. Es ist, als beginne ich, all mein Hab und Gut beschützen zu wollen und alles von ihm abzuwehren, was auch nur in seine Nähe kommt. Koste es, was es wolle. Selbst wenn dabei ein junges frohgestimmtes Leben zu Ende gehen muss.

Carla löst sich von der ansehnlichen Mitgebrachten. Von Marianna. Doch ihren Namen möchte ich in diesen Stunden erst gar nicht verinnerlichen. Dann geht sie hinein. Nun sind wir zwei alleine hier draußen. Und nur ich habe das Wissen über das Ende dieses Abends. Schnell soll er vergehen, denke ich mir. Schneller als die Glut zur Asche wurde.

Und ich beginne in dieser vor mir herumzustochern. Wir schweigen, dennoch sehe ich kurz zu ihr herüber. Zarte Haarsträhnen verdecken ihr Gesicht. Doch sie lächelt. Ich kann es spüren.

Kaum ein Wort fällt mir ein, das ich ihr entgegenbringen kann. Kaum ein Wort, um diese Todesstille zu brechen. Ich vermeide es, meinen Blick abzuwenden. Und höre, wie sie in ihrer Hosentasche herumkramt, um einen angefangenen Zigarettenstummel zurück ins Leben zu rufen. Wie ihr Feuerzeug angestrengt den letzten Gaspfropfen aufsaugt. Es raucht erneut und es zieht direkt zu mir. Aufdringlich und prägnant.

Dann kommt Carla zurück. In den Händen trägt sie Prosecco, irgendwo dazwischen ein gefalztes Stück Tageszeitung.

„Dann werden wir mal davon probieren." Sie faltet den Abschnitt der letzten Woche auseinander, freudestrahlend dabei. Öffnet die langhalsige Flasche und setzt sich nun ein wenig abseits. Es ist so weit, ich spüre es, unliebsames Kribbeln von den Fersen bis zum Ellenbogen. Trotzdem ich doch all meine Empfindungen zu unterdrücken bemühe. Vielleicht ein letztes Aufleben, eine letzte Empfindung an diesem Abend, bevor ich der Ekstase verfallen werde.

Zuerst dippen unsere Fingerspitzen in Zeitungspapier. Salzartige Kristalle darin, die uns aufputschen. Ein paar Mal, dann ein paar Schlucke Schaumwein. Wir beginnen munterer zu werden. Carla rückt näher. Sie rückt zu mir. Küsst mich, küsst die Dunkelhaarige. Ungeplant übernimmt sie die Führung. Doch ich versuche weiterhin unter Kontrolle zu sein. Carla setzt sich auf ihren Schoss, zieht einen Träger herunter. Lässt etwas Brust hervorblitzen, küsst ihren Warzenvorhoff. Marianna stöhnt auf. Schaut zu mir herüber. Wieder liegen Strähnen überm Gesicht, wieder kann ich spüren, wie frei sie sich fühlt. Frei und gelöst. Aber doch nicht bei ihr. Es sind meine Gefühle, sie gehören zu mir, nur in mir darf Carla solche Gefühle auslösen. Nicht aber in einer anderen!

Dann beginne ich Tempo zu fordern. *„Einmal noch",* sage ich.

Ich höre kichern. Stimmen beginnen zu singen. Carla noch immer an ihrem Busen. Erotik spielt sich vor meinen Augen ab, nichts mehr als das. Und der Plan beginnt immer mehr zu schwinden. *„Noch mehr",* rufe ich laut. *„Noch mehr."*

Und ringsherum zieht der Wind seine Kreise.

Carlas Augen sehen in meine. Ihre Augen, sie lassen meine nicht los. Es erscheint, als sprechen sie zu mir. Als sagten sie: *„Jetzt!"* Als gäben sie mir ein Zeichen.

Ich erinnere mich nicht mehr an die Abfolge unseres Plans. Nicht mehr daran, wie wir diesen letzten einen auschlaggebenden Schritt in die Tat umsetzen wollten. Vollkommen überlagert werden meine Erinnerungen daran, überlagert von ihren Blicken. Ich höre zu. Aufmerksam höre ich zu, wie ihre Augen mit meinen sprechen. Wie sie mir befehlen zu handeln. Jetzt, in diesem Moment.

Wie im Sekundentakt greife ich zu meinen Füßen. Das Scheit unter mir, es ist noch groß genug. Zu moosig war es, kaum wurde etwas von ihm abgetragen. Marianna erhebt sich. Ich höre etwas. Es ist schrill. Klingt fast bedrohlich. Dann hole ich aus. Mit beiden Händen. Ein fester Schlag. Wie ein Aufprall. Ein sekündlicher Aufprall, gegen ein Hindernis. Adrenalin stößt in mir auf. Plötzlich bin ich unendlich und dennoch voller Panik.

Das vordere Ende verdunkelt sich. Blutspritzer landen überall. Der Ton wird greller. Noch einmal holt das Holzscheit aus. Marianna fällt zu Boden. Doch ich kann mich nicht zurückhalten, auch wenn ich es wollte. Doch eigentlich will ich es nicht. In diesem Moment möchte ich noch fester und noch fester schlagen. Noch einmal und noch einmal. Dann müssen meine Ohren pausieren. Zu sehr dröhnt es noch vom letzten Schrill. Ich halte sie zu, mit beiden Händen. Und setze mich dorthin, wo das Holzscheit zu meinen Füßen gelegen hat. Jetzt ist es zerbrochen. In der Mitte durch zwei, trotzdem ein Ende noch in meinen Händen liegt. Vor mir Reglosigkeit, alles verschwommen, die Stille nun bleibt.

Einmal atme ich durch. Jetzt verstehe ich den schrillen Ton. Im Nachgang. Jetzt hat er mich erreicht. Es war ein *„Halt!"* gewesen und ein *„Stopp!"*. Aber dafür ist es jetzt zu spät. Marianna liegt am Boden und ihr dunkles Haar verliert sich im Aschehaufen. Damit ist es vollbracht, unser Werk, unser Plan. Er ist vollendet. Und all meine letzten emotionalen Reserven damit verschwunden. Alle, die ich einmal besessen hatte, in den letzten vier Wochen.

„Los!", höre ich ihre Rufe, doch sie dringen nicht zu mir. Ich bleibe still und bin bewegungslos. Es rauscht und saust durch mich hindurch.

Die Zeit hat sich verlangsamt, so wie der Zeiger über dem Türbrett im Gruppenraum. Langsamer, viel langsamer dreht er und ist beinahe davor zu stoppen. Doch in Wahrheit ist einiges an Zeit schon vergangen.

„Los jetzt, pack schon an!"

Und ich kann mich kaum regen. Es fühlt sich an, als wäre alles zuvor nie geschehen. Wie erwacht aus einem Traum und der Schleier noch liegend in meinen Augen. Ich spüre nichts mehr, was ich verstehen kann. Rein gar nichts mehr, was ich zuvor schon erlebte. Und das kann selbst aufsteigendes Sputum nicht verändern. Doch es ist nun still und ich kann beide Hände von den Ohren nehmen. Während sich mein Mageninhalt leert, kniet Carla zu Boden. *„Werde fertig"*, sagt sie schroff.

Doch ich werde mich nicht besinnen. Ich werde dort bleiben, wo ich bin. Im Nichts und im Nirgendwo.

Übergestreifte Gummihandschuhe entkleiden Marianna. Erst befreien sie den Rumpf, dann die Beine. Wir hatten uns überlegt, wie sinnvoll es wäre, einen unserer Anzüge zur Schau zu stellen. Sie sollten wissen, dass wir es waren, die Geschwächten und Verstoßenen, die sie vergaßen. Sie sollten sehen, was sie taten. Nein, was sie getan hatten. Einen Suizid herbeigeführt, für alle zur Schau gestellt.

„Nun komm schon." Carla streckt mir ein paar Handschuhe entgegen.

Das Unterteil lässt sich nur schwer entkleiden. Sodass ich ihr Becken etwas anheben muss. Ich schaue weg, weg vom klebenden Blut, das sich trotz dunkler Kleidung absetzt.

„Sieh nur hin", meint Carla demonstrativ.

„Du warst das. Es ist wichtig, dass es dir bewusst wird. Für den weiteren Prozess. Du hast es so nicht gewollt, aber du hast es getan. Du hast es ganz alleine getan."

„Ich?", frage ich mich selbst statt sie. *Ich war das nicht. Niemals.*

Es sind diese merkwürdigen Gefühle in mir, sie sind einfach nicht zu greifen. Ich fühle mich fernab meines eigenen Körpers. Als liege auch ich am Boden. Doch da ist keine Angst, keine Reue, die letzten Stunden sind einfach nicht passiert und wir sitzen nun hier und machen die Drecksarbeit.

Weiterhin ziehen wir am Unterkörper herum, noch ist er beweglich. Wir tauschen ihre gegen Kleidung der Klinik und entzünden noch einmal die Feuerstelle. Es soll alles hinein, was mit diesem Abend in Verbindung gebracht werden kann. Mariannas Kleidung, die leeren Bierflaschen, der Zeitungsabschnitt, die ungenutzten Zolpidem. Auch die beiden Holzscheite, so friedlich abseits liegend, als könnten sie keiner Fliege etwas zu leide tun. Alles landet im Feuer, um Spuren auszulöschen. Spuren, die auf uns zurückführen würden.

Es rußt und qualmt, alles miteinander. Nicht mehr lange und die Dunkelheit erreicht ihren Höhepunkt. Als brächten wir frisch geschossenes Wildbrett zum Aushängen ins Jagdgemach, befördern wir dann ihren Körper. Doch ihr Körper ist leichter, leichter als ein ausgewachsener Keiler. Eher so leicht wie ein zartes Reh. Und wir schlängeln uns durch die Jungbäume hindurch, sodass wir den Wohnwagen nicht mehr sichten. Dort, abseits unserer Lichtung, haben wir gestern etwas Erde abgetragen, um den Leichnam heute über Nacht dort zwischenzulagern. Viel zu gefährlich wäre eine Lagerung im Wohnwagen gewesen, in dem unsere DNA an allen Ecken klebte. Dort aber ist es weit genug entfernt, und unter uns, beginnt das Moos schon zu wachsen.

„Du musst wieder zu dir kommen, hörst du!?" Und ich höre es nicht. Ich verstehe nicht weshalb sie *„Halt"* und *„Stopp"* gerufen hatte und andererseits plötzlich so unbefangen erscheint.

Wir leeren die letzten Schlucke Prosecco, während wir Marianna mit Kieferngrün und Laub bedecken. *Marianna*, habe ich ihren Namen nun doch verinnerlicht. Nur für zwei Nächte soll sie hier liegen bleiben, denn sogleich müssen wir zurückkehren. Ich überdecke den Schädel mit Zweigen, dunkelrote Pigmente verzieren ihr Gesicht. Dort, wo sich zuvor noch Strähnen kringelten, liegt ihr Haar nun dicht an den Schläfen. Verklebt vom eigenen geronnenen Blut.

Das ist das Letzte, woran ich mich erinnere. Dass ich noch einmal zurückblicke und versuche, Leben in ihr Gesicht zurückzuzaubern. In ihr bildhübsches, rehzartes Gesicht. Doch es gelingt mir nicht. Es ist, als sei sie bereits leblos zu uns gestoßen, als hätten wir sie in der Grube liegend längst reglos vorgefunden, blutversehen und kreidebleich und sanft getarnt vom Kieferngrün.

Wir lassen sie zurück. Beide entfernen wir uns nach und nach vom Wäldchen. Eine von uns vorneweg, die andere hinter ihr her. Wir gehen nicht Hand in Hand oder dicht aneinander. Jede von uns geht für sich alleine. Es ist dunkel und leise und in den Kronen hören wir nur ein paar Vögel herumstreifen. Ein paar Rufe von Käuzen und anderen Nachtaktiven. Die munter zwitschernden vom Vormittag, sie haben sich allesamt entfernt. Plötzlich ist er weg, dieser Zauber, wie erloschen mit der letzten Glut. Als hätten wir soeben auch „uns" dort hineingeworfen, in die lodernden, qualmenden Flammen. Denn auch ein Uns hätte uns verraten können. Da war sich Carla ganz sicher. Nach dem einen Schritt folgte der nächste, noch bevor ich den ersten überhaupt hatte begreifen können. Und dieser nächste Schritt beinhaltete, sich von nun an zu distanzieren. Und das tun wir, auf diesem sich ellenlang anfühlenden Weg zurück, distanzieren wir uns voneinander.

Heute

Das Forster Polizeipräsidium wäre mir kaum ins Auge gefallen, hätten wir an diesem Tag nicht dort gehalten. Es befindet sich hintergründig in einem Kasten. Eckig, kantig, kraftlose Fensterrahmen aus nussigem Holz, seitlich bröckelt Putz herunter. Rauchgelber Putz, ähnlich der Wandfarbe des ellenlangen Flures. Immerhin etwas Vertrautheit.

Genau dort muss der Zettel gelegen haben. Ich sichte den Treppenabschnitt des Hintereingangs. Ich stelle mir vor, dass es in dieser Nacht unerbittlich geregnet hatte. So wie es zumeist regnete. Kurze und sanfte Güsse kamen kaum mehr. Ich stelle mir vor, wie Benedikt die Türe öffnete und ins Nichts rief. Wie jemand in den Straßen verschwand. Davoneilend und welche Ungewissheit mit diesem Moment eintraf.

Genau wie jetzt. Wir sind mittendrin, mittendrin in dieser Ungewissheit.

„So, so, Herr Reiter. Sie also hier." Es klatscht seitlich auf seine Schulter. Beide schrecken wir auf. Es entsteht noch immer das gleiche Gefühl, welches ich in der Enge mit ihm zusammen erleben musste. Sein Auftreten, unsagbar bedrohlich. Wie eine Krähe umkreist er uns, Hauptkommissar Heyer.

„Und ich hätte gedacht, dass Sie längst zur Reha sind, wie ärgerlich." Er klingt wahrlich beängstigend, so dass sich unsere Rücken gleichzeitig ans Fahrzeug pressen.

Dietmar Reiter scheint vom gleichen Gefühl umgeben zu sein. Ich sehe ihm an, dass er sich unterlegen fühlt. Ich bemerke Vibrationen auf dem hitzewarmen Blech. Es gelingt ihm kaum, ein Wort herauszubringen.

„Herr Heyer, lange nicht gesehen", versucht er sich kontrolliert. Doch seine Stimmlage klingt verändert. Eher schwach und unterwürfig, ganz und gar nicht nach dem, den er noch im Jagdzimmer gekonnt versucht hatte zu verkörpern.

„Stecken Sie Ihre Nase nicht in fremde Angelegenheiten. Und vergessen Sie nicht, dass wir eine Vereinbarung hatten.

Vielleicht sagen Sie es ihm am besten gleich, er hat anscheinend noch nicht wahrhaben wollen, dass die Forster Leistelle schließt." Zynisch lacht er. Inspiziert uns noch kurz, bevor er kopfschüttelnd weiterläuft.

„Welch ein Bild. Sie und diese Mutistin."

Dann läuft Jörg Wilfried Heyer am hinzukommenden Benedikt vorbei. Hätte er jetzt ein paar Haarfusseln besessen, denke ich mir, würde die Sonne nicht auf seinem Glatzkopf spiegeln. Doch oben drauf, da ist nur Haut, helle, glänzende, glattrasierte Haut.

„Guten Tag, Herr Ayari. Wirklich interessant, was sich zusammenfügt." Benedikt schaut ihm unglaubwürdig nach und äußert sich ebenfalls kopfschüttelnd.

Heyers Glatzkopf läuft davon.

Es war das letzte Mal, dass ich ihm begegnet bin. Danach habe ich ihn nicht mehr gesehen.

Als wir eingestiegen sind, sind beide vor mir verändert. Die Begegnung mit Kommissar Heyer hinterlässt Spuren. Dietmar Reiter bewegt sich spürbar unterdrückt, sein Tonus ist ruhig und überaus vorsichtig. Beide Hände liegen im Schoss, statt sich wie zuvor seitlich unterm Fenster zu bequemen.

„Was will er denn noch hier?", geht Dietmar Reiter ins Gespräch, trotzdem er sich dort deutlich unwohl fühlt. Benedikt zuckt beide Schultern, konzentriert darauf, das Fahrzeug aus der Parklücke zu lenken.

„Ich dachte er wäre mit anderen Dingen beschäftigt.", sagt er und schaut in den Rückspiegel. Seine Augen gesellen sich zu meinen. Ich schaue weg. Es ist nicht meine Angelegenheit, nicht meine, sondern eine zwischen beiden.

Der Oberkommissar war nicht besonders gut darin, etwas für sich zu behalten. Er hatte aufgrund eigener Moral entschieden, sich nicht erpressen zu lassen. Seinem Freund und Kollege zur Seite zu stehen. Natürlich hätte er im selben Moment noch in seiner Morgenzeitung umherblättern können, mit einem lauwarmen Zitronenmelissentee und zwei Schokocroissants. Ein paar Reha-Sportübungen unterm hellen Wohnzimmerfester. Doch das hatte er abgewählt. Trotz Bedenken, trotz Gefährdung aller Beteiligten sich drei Schmerztabletten eingeworfen und mir und Benedikt am Morgen das Tor geöffnet.

Er hatte so aufwühlend geklungen am Telefon, da hätte er ihn niemals abwimmeln können. Seinen besten Freund und Kollegen.

Und so sitzt er nun da, mit hochgezogenen Schultern, starrt geradeaus, verloren, wie eh und je und ist sich seiner Anklage bewusst. Nun befinden wir uns auf der gleichen Seite. Nun wird auch Kommissar Reiter reden müssen. Genauso wie ich.

Wir fahren noch ein paar Kilometer bis ins Ortsinnere. Dann macht Benedikt halt. In einem gewöhnlichen Wohnviertel. Beide verlassen den Wagen und mich in ihm zurück. Ich sehe, dass Reiter zusammensackt, immer kleiner wird er, als er zu reden beginnt. Und Benedikts Augen erscheinen sich kaum von ihm lösen zu können.

Ich öffne die Tür und lehne mich zurück. Diese Diskussion werden sie alleine führen müssen. Ich kann es mir nicht erlauben, zusätzliche Informationen aufzunehmen, in meinem Kopf ist nicht genügend Platz dafür.

Kurz schließe ich die Augen, während die Rückenlehne nach hinten fährt. Es ist still um mich herum. Angenehm still und ich kann mich kurzzeitig herausnehmen. Höchstens ein, zwei Fahrzeuge fahren in den nächsten Minuten an mir vorbei. Es erscheint eine gut bürgerliche Wohngegend zu sein. Eine für Familien mit Kindern. Ich blinzle auf. Sehe mich noch einmal nach ihnen um. Beide sind nicht mehr zu sichten. Da fällt mir ein hölzernes Zaungeflecht auf. Unscheinbar hält es Heckenbewuchs vom Gehweg ab und hinter ihm sitzen zwei Eichen. Jetzt steige ich aus. Sehe noch einmal genauer hin. Zwinkere mit beiden Augen. Plötzlich ist sie verflogen, diese anfängliche Stille. Ich begreife, genau dort bin ich schon einmal gewesen. Zusammen mit Carla. Es ist das

Haus, in das wir eingedrungen waren. In dem das Fenster zur Garage offen stand. In dem wir Alkohol geplündert und Schubläden zerwühlt hatten. Kaum länger her als zwei Wochen. Nun ist das Fenster repariert und die Scherben vom einst zersprungenen Blumenkübel verschwunden. Ich laufe am Zaun entlang bis zu unserem Einstieg und dann sehe ich, wäre ich noch ein paar Meter weitergelaufen, hätte ich es schon vorher erkannt. Auf dem Briefkastenschild steht es. *Familie Ayari.*

Ich war in sein Haus eingedrungen. In Benedikts Haus, ohne es zu ahnen.

Reiter

Kommissar Reiter schleicht seinen Körper durchs Tor, als er Benedikt auf sein Grundstück folgt. Lange war er nicht hier gewesen. Das letzte Mal im Februar, als der Wind noch gegen das kirschholzrote Garagenfenster gesaust war, um es mit jedem Stoß beinahe herauszubrechen. Da konnte er alles noch dicht zusammenhalten. Der kleinstädtische Oberkommissar, da konnte er sich noch als solch einen bezeichnen. Jetzt ist nichts mehr übrig außer Enttäuschungen, Schuldgefühlen, tosender Empörung. Und dem Bewusstsein für das, was noch kommen wird. Es ist Zeit, sich aus diesen Zwängen zu befreien. Mut zu fassen, gegen Scham und Unterdrückung anzukommen. Sich zu entsinnen, dass er und Benedikt einander eng verbunden waren. Sie belogen sich nicht, sie waren aufrichtig. Reiter hatte diesen Kampf sowieso längst verloren und nun galt es, vor allem das zu retten, was es zur Genesung brauchte.

Jetzt ist das Fenster fest verschlossen und ringsherum weht kein einziges Lüftchen.

„Weißt du Benedikt. Wie lange sind wir jetzt befreundet?"

Benedikt bückt sich nach Scherbenresten. *„Hier sind ja noch ein paar."*

Reiter unterbricht. Denn auch ihm käme irgendeine Lappalie jetzt gelegener.

„Ist dir ein Topf zersprungen?" Er kniet sich gemächlich zu ihm.

„Wohl eher zerschlagen worden. Wir hatten unerbetenen Besuch. Meine Alkoholreserven wurden allesamt gestohlen."

Reiter hebt die Brauen. Ihm entwischt schalkhaftes Grinsen. Wie oft hatte er seinem Freund geraten, das Fenster zu verschließen.

„Tja, die jungen Leute sind einfach nicht mehr ausgelastet."

„Ich weiß es ja selbst. Ich hätte es längst reparieren sollen."

Und irgendwie entspannen sich Benedikts Gesichtszüge für einen Moment.

Der Kommissar spürt, dass sein Freund gerne anderes hören würde, als sich mit kommenden Bekenntnissen auseinanderzusetzen. Dass er am liebsten für einen Moment vergessen würde, dass sie eine fremde Frau im Wagen herumfuhren. Dass es einen Mord gegeben hatte, nachdem Benedikt bereits gewarnt worden war. Einen Mord. Jetzt ist es eindeutig ein Mord. Und im Wagen sitzt vielleicht sogar die Täterin.

Doch da muss er ihn enttäuschen.

„Benedikt." Er fasst noch einmal Mut. Lehnt sich gegen kaltes Backsteingemäuer und greift nach einzelnen Scherbenteilchen.

„Jörg Wilfried Heyer, er hat mich gebeten, das Feld zu räumen."

Tonteilchen fliegen wieder zu Boden.

„Was willst du mir erzählen?"

„Sie haben mich bedrängt, Ben, das ganze Jahr über. Du wusstest, dass die Leitstelle verlegt werden sollte."

Reiter erzählt ihm, wie er sich fühlte, als er im Inneren des majestätischen Reviers der Cottbusser stand. Wie er vor ihnen saß und vor ihm saßen sie zu dritt. Verkleinert, ausrangiert, ein Niemand, der doch alles gegeben hatte. Durchbohrt von Blicken des Hauptkommissars Jörg Wilfried Heyer. Sich selbst anwidernd, diesen Schritt gegangen zu sein, dennoch war es unaufhaltsam. Dass sie Wahlmöglichkeiten bestimmten. Frei verfügten über Konzessionen und Anrechte. Dass er gerade einmal *eine* Bedingung herausschlagen konnte. Jene, das Wohl seines Kollegen und besten Freundes zu sichern. Dass er dafür unterzeichnet hatte, nach dem letzten Wochenende auszusteigen und dass Jörg Wilfried Heyer nur gekommen war, um aufzuräumen. Um endlich dem nachzugehen, worauf er seit einem Jahr gedrängt hatte. Dass der Fund dieser Frauenleiche das Aus für die Forster Leitstelle bedeutete. Dass er Briefe zur Verteidigung des Präsidiums schrieb, dass sie ihn verhöhnten und dass er froh sei, dass dies nun der Vergangenheit angehören sollte. Endlich der Vergangenheit. Wenn auch die Trennung äußerst schmerzlich war. Und es tat ihm unendlich leid, seinen besten Freund mit Dingen zu konfrontieren, vor denen er ihn damals gerettet hatte. Doch er konnte ihn einfach nicht mehr beschützen. Vor niemandem mehr. Auch das musste Dietmar Reiter sich endlich eingestehen.

„Du wirst eine Chance bekommen“, spricht der Versuch, beide zu trösten, aus ihm.

„Nicht der schlechteste Einstieg, nach deinem Abschluss“, belügt er sich selbst.

Benedikt zuckt mit beiden Schultern.

„Lieber werde ich gar kein Kommissar als einer von ihnen.“

Reiter kannte seine Antwort bereits. Doch diese will er nicht akzeptieren.

Sie sammeln die runtergefallenen Scherben wieder auf.

„Du wirst es müssen, wie auch ich“, vermittelt er schweren Herzens.

Von Benedikts gelöster Mimik nun keine Spur mehr.

Heute

Wir bleiben nicht. Nach einer Viertelstunde etwa kehren beide zurück. Noch immer nicht ausdiskutiert, aber deutlich lebhafter.

„Aber ich kann es mir nicht vorstellen." Benedikt schlägt die Beifahrertür zu. Er sitzt nun auf der anderen Seite, während Dietmar Reiter Fahrersitz und Rückspiegel einzustellen beginnt. Als wäre ich nicht anwesend, verfangen sie sich im Meinungsaustausch. Sodass ich gezwungenermaßen Informationen aufnehme.

„Du hast es noch immer nicht begriffen, Ben. Du hast keine andere Wahl." Benedikt erscheint wie ausgetauscht. Er ist unruhig und verängstigt. Als fühle er sich verfolgt, schaut er immer wieder zurück. Vielleicht zur mir? Ahnt er etwas? Hat er es bemerkt? War deswegen das Fenster repariert worden, weil er Scherben und Carlas Hinterlassenschaften vorfand? Hat er gewusst, dass wir es waren?

„Doch! Ich werde mich nicht erpressen lassen. Ich bin nicht so feige wie du. So viel Macht hat er nicht."

„Er hat viel mehr Macht, als mir lieb ist, glaube mir."

„Wenn das hier vorbei ist, solltest du eine Entscheidung treffen."

„Was heißt, wenn das hier vorbei ist?"

„Dieses Herumstreunen, Benedikt."

„Du setzt die Aufklärung eines Mordes also mit Herumstreunen gleich."

„Nein! Ich meine deine Verbissenheit, in der du dich von Anfang an befunden hast. Ich meine, hinter uns sitzt eine fremde Frau." Reiter wirft einen Blick in den Spiegel.

Seine Augen sind sehr viel ausdrucksloser als die des zuvor Fahrenden. Dunkles blau, ein matter Ton. Ich schaue weg.

Dennoch beruhigt mich ihr bissiger Austausch und bringt mich vom Gedanken ab, dass ich in Benedikts Haus gedrungen war. Davon, dass Carla gewusst haben musste, in welchem Haus wir geplündert hatten, denn solche Zufälle passierten wohl kaum. Vielleicht gehörte auch dieser Carlas Plänen an. Doch warum hatte sie mich davon nicht in Kenntnis gesetzt?

Allmählich belagert ein Schleier meine Augen. Und ich kann über sie reiben so lange ich möchte, er bleibt und alles Weitere in mir scheint sich zu lösen. Ich werde schwach und schwächer. Eines wird deutlich. Ich bin erschöpft, unsagbar erschöpft.

Ich habe einmal gelesen, dass Aggressionen ermüden. Ich habe einmal vieles gelesen und doch habe ich all das Gelesene irgendwann wieder ausgeschieden. Wenn ich mir aber vorstelle, dass diese Erinnerung der Wahrheit entspricht, dann sind beide vor mir kurz davor, sich zu zerfetzen, und ich darin bemüht, ihren Worten zu folgen. Und irgendwie tut es gut. Es tut gut, dass mein Körper von dieser Müdigkeit belagert wird, dass er warm wird und gleichbleibend fließt. Und je lauter Benedikt seine Stimme erhebt, umso langsamer schlägt mein Herz. Einen Satz, den vernehme ich noch. Trotzdem meine Augen sich der Dunkelheit hingeben, sind beide Ohren noch wach genug. Es sind Worte, die meine Annahme bestätigen. Ich wusste es. Benedikt Ayari hat ein gutes Herz.

„Diese Frauen da draußen, sie sind leere Seelen. Niemand wird sie schützen, wenn wir es nicht tun."

Und dann wird es wieder still. Vielleicht noch ein bisschen stiller als zuvor, bevor beide zurück in den Wagen gestiegen waren. Und ihr Zorn erscheint plötzlich verflogen.

Vielleicht hat er mich deswegen mitfahren lassen. Weil er auch in mir eine dieser leeren Seelen sah. Weil er auch für mich Mitleid empfand.

Vermutlich hatte auch ich ein selbiges Bild abgegeben wie all die anderen, ohne es selbst zu bemerken. Vermutlich hatte ich mich schon vor langer Zeit zu ihnen gesellt, ohne es jemals bemerkt zu haben. Und wenn ich zurückkehren würde, in diesem Augenblick und diese Erfahrung der Gruppe mitteilte, dann würde die, die nicht schlafen konnte, vor Freude weinen. Aber das bin ich nicht. Denn ich bin hier. Ich sitze genau dort, hinter zwei Beamten des Forster Polizeipräsidiums.

Ich habe Benedikt noch nicht rauchen sehen, zuvor hatte er nur anderen den Tabak entgegengestreckt. Nie selbst hatte er sich dazu durchringen können, den länglichen Stängel in seinen Händen zum Glühen zu bringen. Er raucht schnell, zieht ein, pustet aus. Doch die Glut erscheint kaum verändert. Nach ein paar Zügen wirft er die Zigarette weg. Beide warten wir darauf, dass der Oberkommissar den Hörer auflegt. Dass er zur Terrasse zurückkehren wird und dass das Rauchen zumindest meine Unruhe vertreibt.

Gleich werden wir Gewissheit haben. Gewissheit darüber, ob es ihre Handschrift war. Die von Carla. Obwohl ich es doch längst weiß.

Nachdem Dietmar Reiter heute Morgen den Graphologen kontaktiert hatte, kann dieser uns bereits am Nachmittag Antworten liefern. Während wir warten und eine Zigarette nach der nächsten zwischen meinen schweißigen Fingern verglüht. Benedikt hingegen läuft auf und ab und hat mir sein gut gefülltes Etui überlassen. *„Rauchen sie nur."* Klingt er verständnisvoll, als rechtfertige er, was ich selbst nicht als rechtzufertigen ansehe. Doch in seinen Augen rauchte man wohl nicht. Oder nur dann so viel, bis es aus den Ohren kam, wenn das innere Seelenleben wütete.

Viel mehr aber sieht er danach aus innerlich zu brodeln. In seiner völlig betonten Bewegung. Er sieht danach aus, seit Tagen ununterbrochen wach zu sein. Vom ratterndem Gedankenkarussell einfach keine Auszeit zu finden. Hingegen mein Inneres ansonsten ziemlich karg erscheint, scheint Benedikt Ayari auch noch außerhalb zu fungieren. Im Vergleich zur mir führt er ein Leben. Ein gewöhnliches bürgerliches Kleinstadtleben. So wie die meisten dieses Ortes und auch Dietmar Reiter.

Unterm Steißbein stützend bemüht der sich den Hügel zur Terrasse zurück. Sehr viel bewegungsarmer reiht sich sein Tonus irgendwo zwischen Benedikts und meinem ein. Und sein Gesichtsausdruck trägt Klarheit. Klarheit, die ich hatte kommen sehen.

„Sie ist es", sagt er. Als kenne er Carla, wie ich sie kannte. Meine Ohren beginnen zu glühen, sodass sie vermutlich tatsächlich qualmen.

Ungefähr eine Woche zuvor

Ewas Zeit sollte von nun an vergehen, damit sich alles beruhigen konnte. Doch beruhigen mussten wir vorerst nur uns selbst. Niemand anders schien sich beunruhigt zu fühlen.

Selbst Ellie, die einen Tag später an mir vorbeischlendert, scheint ihren alten Tonus beibehalten zu haben.

Kaum ist sie daran interessiert, dass ich unter ihr hocke und mir vorstelle, dass es beinahe „sie" getroffen hätte! Vermutlich hat sie unsere Zusammenkunft längst vergessen.

Hier sitze ich und warte. Darauf, dass sie mir ein Zeichen gibt. Wenn Marianna unten vor dem Eingang liegt, dann wird es wieder wie vorher werden. Sagte Carla. Wenn wir die Zeit des Abwartens überstanden haben.

Ellie auf dem Gang bei lebendigem Leib zu erleben, lässt mich vermuten, dass alles niemals geschehen war. Keine von diesen Frauen fehlt und meine auserkorene war noch immer am Leben. So, als hätten wir unseren Plan in unseren kühnsten Gedanken erstellt. Nicht aber in die Tat umgesetzt. Keinesfalls.

Ich fühle mich wie vor ungefähr drei Wochen, zurückversetzt in den Moment, als ich sie noch einmal hatte wiedersehen wollen. Carla in dieser enganliegenden Jeans. Eine zaghafte Hoffnung durchfuhr meinen Tagesbeginn, nachdem mich ihr Anblick zu aphrodisieren begann.

Auch wenn ich gegenwärtig kaum anwesend bin und diese Hoffnung sich stark im Hintergrund aufhält, habe ich das

Gefühl, soeben erwacht zu sein. Erwacht aus diesem tiefgreifenden Schlaf.

Ich weiß nicht, wie lange ich hier schon sitze. Etwa Stunden oder Tage. Vielleicht habe ich zwischendurch die Wandseite gewechselt. Wurde zum Gehen aufgefordert oder habe eine Nacht schon im Bett verbracht. Ich habe Füße vernommen, unendlich viele Schuhpaare. Weiße, blaue, doch die meisten waren grau und im gleichen unauffälligen Stil designt. Vorne gespitzt und an der Ferse mit hellerem gummierten Absatz. Sportschuhe mit Tragekomfort. Als wollten sich alle zum gemeinsamen Bewegen aufmachen. Doch in Wahrheit waren diese dieselben wie meine. Auch Ellie trägt solche an ihren Füßen. Ellie. Sie ist noch am Leben!

Je öfter ich ihren Körper an mir vorbeiziehen sehe, umso stärker glaube ich daran, niemals dort draußen gewesen zu sein. Niemals am Fluss oder an der Tankstelle. Niemals auf den Wiesen und Feldern, niemals im Inneren der Stadt oder in der offenstehenden Garage dieses Einfamilienhauses. Niemals. Und niemals hatte es sie tatsächlich gegeben. Carla. Mein Phantasma.

Doch es ist noch nicht vorbei. Und ich werde schon bald von der Wirklichkeit erfahren.

Denn einmal brauchte sie mich noch, um ihren perfekt entworfenen Plan zum Ende zu bringen. Einmal, um mich noch einmal zu besitzen.

Also sorgte sie dafür, dass ich wieder gebrauchsfähig wurde.

In der Nacht sucht sie mich auf, als ich plötzlich erwache. Ich spüre Handwärme unter die Bettdecke kehren. Ich erkenne ihren Geruch, er ist wohltuend und gleichzeitig streng. Etwas naturbesetzt mit einem Hauch alter Parfümbestände. Er hatte heimelig gerochen, Gemütlichkeit versprechend, wenn er vor einigen Tagen noch in meine Nasenlöcher gezogen war. Jetzt aber möchte ich ihn kaum eindringen lassen und wende mich weg. Doch lasse ich es zu, dass ihre Hand hinauf zu mir fährt, um mich schließlich am Hals zu berühren. *„Bist* *du wach?"*, fragt sie und spürt mein Kinn unter ihren Fingerenden nicken.

Carla hat sich in mein Zimmer geschlichen, als wäre alles noch wie zuvor. Als würde sogleich passieren, dass wir uns einander noch näherkommen. Doch sie ist noch immer das gleiche und distanzierte Wesen, zu dem sie im Wäldchen vor zwei Tagen geworden war. Also rolle ich mich zur Wand, bevor sich so etwas wie Sehnsucht zwischen meine innere Leere drängt. Sehnsucht nach der alten Carla, von der ich nicht einmal weiß, ob es sie überhaupt je gab. Doch ich musste es annehmen, denn sonst wäre ich wohl dort an diesem Morgen in meinem Schlafgemach verendet. Der Glaube daran, dass diese Zeit vorüber gehen würde, gab mir an diesem Morgen meinen Herzschlag zurück.

Und er pokerte. Gleichbleibend und rhythmisch.

Ich nehme mir fest vor, in selbiger Distanz zu bleiben. So lange, bis das Leuchten in ihre Augen zurückkehren wird. Dennoch stöhne ich auf. Kurzzeitig, als ihre Hand meinen nackten Busen erreicht. Ein Hochgefühl gepaart mit Scham. Dann bricht sie ab und ich befreie mich aus ihrer Umarmung.

„Wir müssen sie holen." Vor wenigen Tagen noch wären ihre Fingerenden mit kreisenden Bewegungen über meinen Nasenrücken gefahren. Hätten mich beruhigt, mich gestützt. Jetzt sitzt ihr steif gewordener Körper beinahe widerwillig vor mir und legt mir etwas in die Hand. *„Nimm sie. Danach wirst du dich regen können."*

Und danach werde ich ebenso mit dem konfrontiert, was ich geglaubt hatte zu delirieren.

Das Blattgrün geht verloren in dem obigen Grau. Herunterhängend und trüb sind die Wolken. Es ist ein Tag, der passender nicht hätte sein können. Hintereinander bewegen wir uns mit ebenso hängenden Körpern hinein ins finstere Dickicht. Jetzt ist er ein Waldabschnitt wie jeder andere. Einer, den ich vor dreieinhalb Wochen noch gemieden hätte. Düster und trist und irgendwie beängstigend. Zwei Tage waren vergangen, seit wir diesen Weg das letzte Mal gegangen waren. Zwei Tage und alles hat sich dennoch so verändert. Nichts mehr ist zu spüren von Magie, von dem zarten Frühsommerduft. Viel mehr quälen uns jetzt die Mücken und sie summen von allen Seiten an uns heran. Nicht schnell genug kann Carla ihre Schritte nehmen. Ich habe Mühe, ihr zu folgen. Versuche, ihre Fußabdrücke einzufangen, doch sie verschwinden, nachdem sie die Füße abrollt. Es ist einfach viel zu trocken. Noch immer hat es keinen Regen gegeben, obwohl der Himmel über uns etwas anders verspricht, obwohl er scheinbar kurz davor ist zu weinen.Ich erinnere mich daran, dass wir den Wohnwagen kaum zu Gesicht bekommen. Dass wir ihn nur aus der Ferne streifen. Denn Carlas Fußstapfen drängen sich durch einen benachbarten Pfad und sie versuchen gar nicht erst zu halten.Marianna wurde hineingelegt, in einen Plastiküberzug. Wir schieben sie zusammen auf einen Schubkarren. Sie war noch einmal hier, *Carla*, denke ich. Doch ich frage nicht weshalb und bleibe schweigsam.

„Du schippst das Loch wieder zu", entweichen ihr ein paar müde Worte. Es stehen zwei langstielige Schippen bereit. Daneben ein sandiger Haufen. *„Ich laufe runter zum Fluss. Wenn du fertig bist, dann kommst du nach."*

Sie lässt mich dort alleine zurück. Den Körper schiebend auf eiernden Rädern entfernt sie sich. Vor mir befindet sich ein Loch. Ein leeres Loch. Die Grube, die wir ein paar Tage zuvor ausgehoben hatten. Niemand dort drinnen. Kein Gesicht, keine Augen, kein schwarzes festes Haar. Nicht einmal das Grün umliegender Kiefernbäume. Ich beginne mich nicht zu fragen, warum sie mich hier alleine zurücklässt oder warum wir dieses Loch nicht gemeinschaftlich verschließen. Doch ich sehe ihr nach. Wie sie sich durch den Zuckersand quält. Wie die Reifen allmählich im Boden verschwinden. Es ist eben nur ein Wäldchen. Geprägt und gegerbt vom Sonnenüberschuss.

Ich weiß, dass Carla erst aufhören wird, wenn sie den Körper ablegen kann. *Dort, wo er sichtbar sein wird.* Das hatte sie genauso ausgesprochen.

Nach ein paar Schippen Sand, ist Carlas Rücken verschwunden. Ich kann im Nachhinein nicht behaupten, dass ich ein Zeitgefühl besaß oder ob es mich anstrengte, wieder und wieder Sand in dieses Loch zu schippen. Es war eher ein Automatismus und die Sehnsucht danach, dass es endlich zu Ende sein würde, die mich dazu bewog, nicht aufzuhören. Und dennoch wusste ich nicht, ob diese Sehnsucht noch das erfüllen würde, was mich vor zwei Tagen noch vollkommen überzeugte. Das Ergebnis mühevoller Arbeit. Etwa wie der Ertrag besonders seltener Pflanzgewächse. Nur eben nicht sichtbar. Aber spürbar. Obwohl ich nicht wusste, ob ich dazu überhaupt noch fähig war.

In diesem Moment halte ich daran fest, einfach nur eine Schippe Sand nach der anderen in diesem Loch zu versenken. Ohne dabei ein einziges Mal abzusetzen. Scheinbar endloser Kräfte ausgesetzt.

Plötzlich ist der Haufen abgetragen und die Grube gefüllt. Abschließend bedecke ich sie mit losem Laub. Dann verschwinde auch ich.

Schmalspurige Reifen weisen mir den Weg. Carla ist weit gekommen. Als ich den Fluss erreiche, sichte ich nichts außer weiterer Schubkarrenabdrücke. Wieder sind es einige hundert Meter. Es erscheint, als habe sie den ganzen Weg alleine bestritten. Vielleicht auch mit plötzlicher Kraft ausgestattet wie meiner. Fälschlicher Kraft, die nicht mehr sein konnte. Und so irre ich ihren Spuren nach, als sei die Suche nach ihr vergeblich. Durstig, ermüdet, orientierungslos. Bis ihre Spuren sich allmählich in der Dunkelheit verlieren.

Noch immer hat es nicht geregnet. Ich höre den Fluss, wie er sich zäh über Wasser hält. Kaum ein Fisch kann sich in ihm noch verstecken. Ich weiß es, ich weiß, dass wir hier einmal waren. An diesem Fluss, da hatten wir einmal gesessen. Als ich begonnen hatte, mich lebendig zu fühlen. Doch jetzt spüre ich noch ungefähr so viel wie das eingerollte Geschöpf unterm Sacküberzug.

Meine Füße haben sich zusammengeschoben. Ich lege beide Schuhe ab und kühle sie am Fluss. Jetzt wird sie warten müssen. Denke ich mir. Wenn sie überhaupt auf mich wartet. Ein Stück laufe ich tiefer hinein, bis auch meine Knie unterm Wasser verschwunden sind. Ein wohltuender Reiz. Dann werden auch meine Arme nass. Es regnet. Endlich. Und kurzzeitig fühle ich mich wie ein Teil dieses Flusses. Wie ein Stück Zuflucht für seine hungrigen Bewohner.

Es hätte nicht sein müssen, dass ich ein Loch aushebe, um im Anschluss all meine Kräfte darin zu investieren, es wieder zu verschließen. Es hätte ausgereicht, nicht mehr als den Fluss zu kennen und ein paar abgelegene Pfade neben ihm. Aber ihr, ihr war nichts genug. Nicht das, was wir hatten und schon gar nicht ich selbst.

Etwas streift mein Gesicht. Ganz plötzlich. Eine Hand. Sie steht neben mir. Im Wasser.

Carla hat mich entdeckt. Und als fänden ihre Worte keine Beachtung mehr, klatscht sie mir noch einmal mit schnellen sanften Klopfern aufs äußere Wangenende. Erst dann entweichen Töne ihrer starren Mimik. *„Da bist du ja wieder"*, stellt sie umgehend fest. Ich schüttele mich, jetzt ist es kalt geworden. Meine Zehen sind kaum noch beweglich. Sie lösen sich aus schlammigen Flussansammlungen und begeben sich zurück auf den Gehweg. Es hatte nicht gereicht.Das, was von oben gekommen war. Nur oberste Schichten wurden bedecket und darunter versinken meine frierenden Zehen im weich warmen Zuckersand.

Carla setzt sich nieder. Sie raucht und sie trinkt Bier. Vielleicht war sie noch einmal zurückgelaufen und hatte mich aus der Ferne schippen sehen? Doch auch sie sieht danach aus, nun wieder entkräftet zu sein. Fokussiert schaut sie ins Wasser. *„Ich kann es nicht mehr"*, sagt sie. *„Ich kann es nicht mehr."*

Ein wenig zu dunkel ist es schon, doch ich erkenne den eingerollten Körper kopfüber im Abhang hängen. Sie hat ihn ausgeschüttet. Aus dem kippenden Karren. Den Leichnam, und ich wage mich kaum näher heranzutreten. Ich hatte nicht bemerkt, wie das geschehen war. Wie der Karren nach vorne kippte, flussabwärts hinunter. Ich war im Getümmel der Fische versunken. Und kurz davor gewesen mich mit ihnen zu vereinen.

„Es sind noch einige hundert Meter", stellt sie fest. *„Der Sand ist viel zu trocken. Wir müssen ein Stück des Flusses nutzen."* Ich nicke. Trotzdem meine Füße sich noch an der Wärme des zuckrigen Sandes bereichern. Entkleide meine Hose. Dann rollen wir den leblosen Körper hinein. Steif und starr ist er kaum noch. Es könnte alles unter diesen Säcken sein. Holzlatten, Kiessäcke oder ähnlich geformte Baustoffe. Doch durchs Wasser schwebt er wie Leichtmetall, während eine von uns vor ihm, die andere hinter ihm, durchs algige Gewässer streift. Ich stelle mir vor, dass er nicht zwischen uns ist. Dass da nichts ist und nur wir beide. Ich bemerke ihn kaum noch in meinen Händen. Und sowieso ist es auch an diesen viel zu kalt, sodass ich sämtliches Empfinden verliere. Mein Körper trägt mich und scheint ebenso durchs Wasser zu schweben. Ich folge nur einem hellen Haarschopf. Hin und wieder erwischt mich Unrat des Flusses. Schilf und Geäst, scharfkantige Steine, an denen ich hängen bliebe, zöge Carla mich nicht weiter. Ich höre plätschern, höre tosenden Wind, wie er vergeblich versucht, das nächste Unwetter zusammenzubrauen. Ein paar Tropfen fallen noch mal, doch sind es nicht mehr als zuvor.

Schon bald erreichen uns erste Laternen. Wir steigen am nächstgelegenen Flussufer hinaus.

Carlas Blut tropft herunter. Von der Wade bis zur Ferse. Ein paar Mal wurde auch sie vom Unrat befallen, ich erkenne gleiches an meinen Beinen. Lange Striemen, jedoch nur oberflächlich geschürft. Wir eilen zurück, um den Karren zu holen.

Ich glaube, es ist kurz vor Mitternacht. Wo ist sie hin, die Zeit, ich erinnere mich nicht daran, dass so viel dazwischen lag.

Sanften Schubes werde ich angetrieben, da ich immer wieder zu halten beginne. Ich halte und ich atme tief ein, immer wieder schiebt sie mich weiter. So als verleihe sie meinem müde gewordenen Motor neuen Antrieb. Und doch bleibt er nicht im Gange. Mit jedem Schritt wird es mühseliger. Mühselig, den inzwischen labberig gewordenen Köper zurück auf den Karren zu laden, mühselig, dass ich nicht mehr anhalten darf. Ich bin fern von mir selbst, verlangsamt, träge. Ich schleife ebenso labberig neben Carla daher. Dann kippe ich ein wenig zu sehr zur Seite, stolpere über beide Beine und falle. Etwas zieht mich am Kapuzenkragen hinauf. Ich schlage nach ihm. Nach ihrer Hand. Ich erwische sie. Grabe meinen Kopf in die Knie. Jetzt schlägt sie zurück. *„Komm schon, stehe auf"*, brüllt sie energisch und ihre Hände landen auf meinen Schläfen. *„Du bist verantwortlich dafür. Und jetzt willst du mich im Stich lassen?"*

Denn auch Carla hat das Ende ihrer Kräfte längst überschritten. Ich schlage um mich, treffe sie. Sie trifft mich zurück, hält mich fest, bis ich aufhöre. Ein schriller Schrei gerät zwischen uns. Meine Stimmenbänder vibrieren. Dann hört auch sie auf. Wohl eher aus Angst, dass uns jemand hören könnte. Erschöpft setzt sie sich zu mir, streicht über meine geschundenen Schläfen. *„Du wirst hierbleiben und dich ausruhen."*

Ich kehre aus meinen Knien zurück an die Oberfläche. Aufgebracht kramt Carla in ihren Hosentaschen. Sie legt Feuerzeug und Zigaretten vor mir ab. *„Du bleibst hier sitzen, bis beide aufgeraucht sind. Dann kommst du zum Tor. Hörst du?"* Ich bin nicht sicher, ob sie sich auf mich verlassen kann. Ob ich den Weg alleine zurückfinden werde. Doch sie hat keine Wahl. Sie hat nur die Wahl, etwas zu riskieren. Dann läuft sie zurück, holt Hinterlassenes und überlässt sich selbst dem schweren Schubkarren.

Sobald sie sich davonbewegt, zünde ich die erste an. Bald schneller schlägt mein Puls, nachdem Rauch in meine Lungen dringt. Immenser Rauch, kurzzeitig belebt er mich. Ich werde wacher, unerwartet, und beginne ihr zu folgen.

Ich wäre lieber sitzen geblieben oder hätte mich zurück in den Fluss begeben. Ich hatte keine Muße mehr, mich ihren Worten zu unterstellen.

Doch es gibt keinen Halt für meine loslaufenden Füße. Ich sehe ihren Zopf im Laternenkegel, auf und ab schwingt er im Gleichtakt. Wie ein Pendel hypnotisiert er mich, als befehle er mir, ihm zu folgen.

Es ist leer auf den Straßen, auf dem Psychiatriegelände brennen kaum noch Lichter. Carla hatte alles zuvor ausgekundschaftet. Bis ins kleinste Detail und entsprechend abgewogen, welchen Weg wir nehmen konnten, ob es überhaupt möglich war, zu Fuß zurückzukehren. Ich hatte nichts von all dem vernommen. Ich war unbrauchbar geworden und bin es noch jetzt. Wie ein Blitz, der mit all seiner Kraft, mit all seiner angestauten Energie irgendwo einschlägt und im Anschluss vollkommen entladen davonzieht.

Uns trennen etwa dreihundert Meter, bis ihr Zopf schwungvoll im Schatten der Hausmauer verschwindet.

Dort warte ich. An der Ecke bleibe ich stehen und hocke wieder zu Boden. Ebenso, dass mich die dunklen Hausmauern verschlingen. Unsichtbar bin ich. Sie kann mich nicht sehen. *„Hier bin ich"*, flüstere ich eilenden Schritten zu. Carla ist umgekehrt, läuft auf mich zu, pustet erleichtert Luft von sich. Bückt sich zu mir herunter, streift über meine Schultern. Noch immer ist sie so seltsam. Seltsam befremdlich, obwohl doch alles vorbei sein müsste. *„Ich brauche deine Jacke"*, sagt sie. Ohne zu zögern. Und ohne zu zögern, lege ich sie ab. Ich bemerke ohnehin nicht mehr, ob mir warm ist oder kalt. Und gleich werde ich angekommen sein und nichts weiter tun müssen, als auf Carla zu warten. Darauf, dass sich ihr Wesen wieder füllt. Mit dem, was ich beinahe vergessen habe.

Und einmal kann ich es noch erleben, als sie zwei Mal an meiner Türe klopft und sich zu mir legt, sie noch ein letztes

Mal mit ihren Fingern über meinen Nasenrücken fährt, mich innig im Arm hält, als verabschiede sie sich, da kehrt sie noch einmal zurück. Die Tiefe in ihren Augen. Das Leben in ihren Adern und ihr Herzschlag pocht über meinem. Endlich kann ich halten. Endlich muss ich nicht mehr laufen oder durchs Wasser ziehen oder irgendwelche anderen Dinge ausführen. Endlich darf ich ruhig sein, atmen und einfach nur ihren Herzschlag spüren.

So lange, bis wir gemeinsam von tosenden Sirenen unter meinem Fenster geweckt werden. *„Wir sind jetzt ruhig"*, sagt Carla. *„Wir werden von nun an schweigen."*

Ich weiß, dass Marianna dort unten liegt. Dass Carla sie dort unten drapiert hat wie eine zerbrochene Porzellanfigur. Wir waren zu dritt an diesem Abend, zu dritt und doch muss ich es leugnen. So wie ich leugnen muss, dass ich diejenige war, die das Holzscheit in ihren Händen hielt. Denn wenn ich nicht leugne, dass ich es war, dann mache ich mich selbst zur Täterin. Und die Frage sollte nicht lauten, wer die Tote war. Nein! Wer war die Frau, die Marianna im Schatten der Hausmauer abgelegt hatte? Wer war diese Frau, die soeben mein Zimmer verließ? Deren Haarfusseln ich in die Toilette entsorge.

Heute

Der Kommissar bringt Limonade mit Eis. Serviert auf einem Tablett, als verbrächten wir den Frühsommerabend voller Heiterkeit. Ich wage mich kaum an den Tisch heran. Meine Nägel sind schwarz, meine Hände beschmutzt. Schweiß perlt an beiden Augenbrauen herunter.

Ich suche den Waschraum auf. Spritze Wasser ins Gesicht, reinige Arme und Füße. Das Gesicht im Spiegel ist mir unbekannt. Lange hatte ich mich nicht angesehen. Mein bräunliches Haar, schon ganz lang gewachsen.Meine Wangen errötet, von lästigem Ausschlag befallen. Ich schrubbe sie mit Seifenschaum. Ich bemerke, dass ich mich länger nicht mehr gewaschen hatte. Dann bin ich tischrein.

„Ihre Mitpatientin und Sie. Wie ist ihre Beziehung zueinander?"

Eine Beziehung zu Carla, die gibt es nicht mehr. *„Gewöhnlich"*, sage ich.

„Aber Sie waren zusammen. Sie beide alleine.Ich habe sie zurückgebracht, wissen Sie nicht mehr?"

Natürlich wusste ich es. Doch ich gebe mich schweigend.

Das Eis ist geschmolzen, als ich es wage, das limonadengefüllte Kristallglas in meinen Fingern zu halten. Ich denke, jetzt sind sie sauber genug. Sauber genug, um nicht auffällig zu sein.

„Sie waren sich näher, als sie zugeben wollen."

Wieder entsteht Bedrängnis. Ein Freiluftverhör auf der Sommerveranda des kleinstädtischen Hauptkommissars.

„Lass das, Dietmar", schreitet Benedikt ein.

„Du kannst nichts wieder gutmachen, Benedikt. Du solltest aufhören, diese Frau zu schützen."

Benedikt schweigt.

„Es war vor allem ihre DNA zu finden", gibt Dietmar Reiter eine weitere gewonnene Erkenntnis preis. Unachtsam wie üblich. Das Telefonat, die Limonade. Er hatte es bereits gewusst.

Er wiederholt es. *„Ihre DNA, es ist Ihre DNA auf der Kapuzenjacke der Toten."*

Wie ein Blitz trifft es mich. Ich stehe auf. Das Kristall geht zu Bruch. Dann renne ich los.

Ich renne über Blumenbeete, über frisch gesäte Gemüsetriebe.

„Ich wusste es!", ruft Benedikt mir nach. *„Ich wusste es von Anfang an."*

Doch ich renne weiter. Stolpere ein paar Mal, doch kann ich mich auf beiden Beinen halten. Ich weiß nicht wohin. Sehe mich von hohen Mauern eingekesselt.

Jetzt haben Sie mich!, denke ich mir. Wenn sie mich kriegen, habe ich keine Chance mehr. Keine Chance mehr auf die Wahrheit. Die einzige Konsequenz, die sich nicht ertragen ließe. Alles andere wird nicht anders sein als vor der Begegnung mit Carla. Es wird nicht weniger kraftlos und eintönig sein, nicht weniger als es schon ist. Vielleicht sogar noch ein bisschen schlimmer, vielleicht sogar deutlich schlimmer. Doch ohne die Wahrheit zu erfahren, wird es ganz und gar nicht mehr aushaltbar sein.

Ich habe Glück, eine wildgewachsene Kiefer verschafft mir den Weg nach draußen. Ich habe auch das Glück, dass sie mich laufen lassen.

Ich habe ihr Vertrauen missbraucht, wie auch Carla das meine. Vielleicht habe auch ich Carlas Vertrauen missbraucht. Zumindest habe ich sie verraten.

An der Hauptstraße angekommen, mache ich halt. Nur mäßig wird der Asphalt befahren. Ich halte und ich atme, so tief ich kann. Niemand der beiden hinter mir, ich habe eine Chance. Eine geringe Chance. Also laufe ich direkt hinterm Fahrrandbewuchs. Ich laufe dorthin, wo ich meine Antworten finden werde. Ich werde zu ihr laufen und dieses Schweigen beenden. Ich werde sie aufsuchen und sie wird mit mir reden. Warum sie in dieser verregneten Nacht einen Zettel unter einen Stein gelegt hatte, warum sie diesen zuvor eigenhändig beschrieben hatte und warum mir dies verborgen blieb. Warum ich Luft für sie geworden war, obwohl sie mir versprochen hatte, dass alles anders werden würde. Alles anders, nach dem Tod dieser jungen Frau, deren Namen sie zuvor bereits kannte. Ich bin mir nun sicher, die beiden sind sich nicht erst an diesem Abend begegnet. Genau das wird sie mir beantworten, wenn ich die Psychiatrie erreiche, um mich mit haftenden Blicken vor sie zu stellen. So vertrauenswürdig war ich an ihrer Seite. Ich hatte ihr doch alles geglaubt. Fast alles.

Es tropft warmer Frühsommerregen an meinen Lippen herunter. Der Seitenstreifen allmählich versumpft, lässt mich glauben, zwei Betonklötze zu tragen. Doch ich halte nicht, um dem Strömenden zu entkommen. Ich schüttele es ab, das Tropfen, die Nässe, drücke beide Augen zusammen und lasse den Regen langsam am Nacken herunterlaufen. Etwa zwei Kilometer, dann noch einen. Durch die Viertel dieses Ortes. Vielleicht ein allerletztes Mal. Denn ich weiß, dass sie mir sehr wohl auf den Fersen sind. Ich werde nur dort halten, nur dort, dann werde ich mit all meinem Wissen weiterziehen.

Jetzt bin ich weit genug entfernt. Links und rechts kein Leben mehr zu sichten. Ich habe einen Bogen geschlagen, einen viel zu weiten Bogen. Ich habe mich verirrt. Bin scheinbar orientierungslos. Ich sehe, wie Vögel über den Kronen kreisen, wie sie allmählich zusammenkommen, weil die Dunkelheit einkehrt. Noch immer tropft es, doch tropft es nun milder. Viel zu lange bin ich umhergeirrt, ich habe den Anschluss zur Stadt verloren.

Eine Lichtung, die sich vor meinen Augen auftut. Und hinter ihr, da fließt das Bächlein, in dem wir einst unsere nackigen Füße badeten. In dem uns Fischlein umkreisten, als gäbe es solche noch immer, wie Zuckersand am Meer. Das Bächlein, durch das wir die eingewickelte Marianna zogen, unsere Beine sich ähnliche Wunden zufügten. Wo alles anfing und alles zu Ende ging.

Jetzt lege ich eine Pause ein. Unter einer starkgewachsenen Birke. Etwas abseits steht sie, von den anderen Riesen, als brauche sie ihren eigenen Platz. Sie erscheint mir recht, um unter ihr zu rasten. Um meine schweren Beine auszustrecken, sie erscheint sich von den anderen zu unterscheiden. Alleine die Dicke ihres Stammes, geradlinig in die Höhe getrieben und auch ihre Krone ist allen anderen voraus. Selten hatte ich solch Exemplar getroffen, nie sogar hier, niemals mehr seit Jahren. Ich verspüre Ehrfurcht, dass sie mir erlaubt, unter ihr zu sein. Dass sie mir Schutz bietet. Unter ihr, während erneuter Guss zu rieseln beginnt.

Ich könnte unter ihr bleiben, stelle ich fest, als ich den Blick in die Ferne richte. So lange, bis sie mich eines Tages von ihrer Rinde abziehen würden. Wenn ich diese Wahrheit nicht zwingend wissen müsste, würde ich so lange bleiben, bis ich eines Tages in ihren Wurzeln verschwinde.

Mein Körper würde ihr Kraft spenden, um weiterhin zu gedeihen, um noch größer und mächtiger zu werden und all die anderen noch um Längen zu überragen. Das immerhin ergäbe einen Sinn. Doch war ich nicht so weit gelaufen, hatte meinen ausgehungerten Körper nicht so weit geschleppt, um am Ende einfach die Augen zu schließen. Noch nicht, noch ist der Zeitpunkt nicht gekommen. Doch ich bleibe. Ich warte den nächsten Guss noch ab und auch den nächsten, der sich schnell hinter den vorherigen drängt. Dann ist es düster. Nicht einschlafen, hält mich das Sausen des Windes im Hier. Wie er durch die Blätter zieht, längst abgestorbene Ästchen herunterwirft. Ganz sanft verrichtet er Aufräumarbeiten und auch jene, mich in Wachheit zu halten. Und als der letzte starke Guss nun endlich gefallen ist, kehre ich der Birke den Rücken.

Ich erkenne, dass ich nicht weit abseits des Ortes gelaufen bin. Dass sich im Schwarzen Lichter auftun, dass ich es im Prinzip nicht mehr weit zum Ziel haben werde. Noch immer sind beide Beine schwer wie Beton und ich zwinge meinen müde gewordenen Körper durch die Unebenheiten der Erde. Doch er trägt mich und lässt mich zurück in die Stadt einkehren. Er trägt mich so weit, bis ich unterm geschwungenen Torbogen wieder ins Gegenwärtige gelange. Ganz plötzlich entlocken letzte Reserven, von denen ich annahm, sie längt aufgebraucht zu haben. Doch bin ich wach, wach und fokussiert darauf, Carlas Augen zu begegnen. Und ich ahne, vielleicht wird dies mein letzter Aufenthalt dort draußen im Freiengewesen sein.

Mein gegerbter Körper ist vollkommen durchtränkt, die Hosen hängen am Gesäß herunter. Ich hinterlasse Spuren auf dem kaltgrauen Linoleum. Inzwischen hat sich die Nässe da draußen beruhigt. Es war ein starker, lang erwarteter Regen gewesen. Mehrere Güsse mit kleineren Pausen. Eine

Flut oder ein Wall, der vom Himmel fiel. Es lässt sich wohl kaum verleugnen, dass ich draußen war, dort draußen und nun bin hier. Und alles erscheint, als wäre ich wochenlang fort gewesen. Meine Knie zittern, doch mir ist nicht kalt. Denn hier drinnen staut sich noch immer die Hitze des Nachmittags. Ich hinterlasse Spuren aus Nässe und Sand, als lege ich eine Fährte. Eine Fährte zu ihr, die Treppe hinauf. Gleich werde ich endlich die Wahrheit erfahren.

Und dann bemerke ich nur, wie sich zwei Fäuste von mir richten und im Gleichtakt gegen das Sperrholz knallen. Eine fest verschlossene Tür, vor der ich wenige Tage zuvor schon einmal stand. Doch nun ist mein Gefühl ein anderes. Nein, ich besitze keines mehr. Keines mehr für Carla.

Drei Mal klopfe ich. Drei Mal laut und einmal noch deutlicher. Bis sich hinter dem Holz etwas zu regen beginnt. Ich höre eine Stimme, die sich leise erschrickt, ein paar Latschen und ebenso zaghaftes Schließen. *„Hallo?"*, fragt sie und kurz darauf sagt sie es noch einmal *„Hallo."* Als sie mich vor ihrer Zimmertür stehen sieht. Als wäre ich irgendjemand. Freundlich reserviert und dennoch erwische ich kurzes Grinsen. Etwa so, als hätte sie nach all dem Ganzen hier genau solch ein Auftreten erwartet. Als erwartete sie, dass ich eines Tages vollkommen durchnässt vor ihrer Zimmertür stehen würde und wie verrückt geworden nach Antworten suche.

„Wir laufen ein Stück", sagt sie und tritt im Schlafanzug heraus.

Es ist längst hell und auf den Fluren regen sich schon die Ersten. *„Hier entlang"*, sagt sie, befehlsbehaftet. Und plötzlich bemerke ich, dass ich genau dies schon kenne. Ich kenne Carla und ihr Tempo, ihre Art, die anderen in Richtungen zu weisen. Doch jetzt bemerke ich den Unterschied und es gibt einen zwischen aufrichtiger Entschlossenheit und dem des angestauten Jähzorns. Ich bemerke ihre Verbissenheit und das Konstrukt, mit ihrem Gegenüber zu interagieren. Rücksichtslos, bedingungslos und beinahe autoritär. Es gab immer nur sie, immer nur sie und niemals uns zwei. Und während mir diese Erkenntnis deutlicher nicht hätte ins Bewusstsein geraten können, da schmecke ich Salz auf meinen rissigen Lippen, wie ich es schon einmal vernahm. Doch gegenteiliger könnte der Anlass nicht sein. Es ist tröpfelndes Salz. Es sind Tränen.

Sie greift nach meiner Hand. Ein letztes Mal berühren wir uns. Doch diese Berührung ist nicht annähernd mit all den anderen zu vergleichen. Sie ist in etwa so, als fuhren keine Adern durch ihre Hände, kalt und labberig, und kurz davor sich loszulösen. Und sofern ich noch Empfindungen in mir aufnehmen kann, spüre ich diese ganz genau.

Dann bremst Carla. Eine Treppe tiefer im unteren Geschoss. Da ist er wieder. *Benedikt.* Er ist hier. Er und sein treuer Begleiter Oberkommissar Dietmar Reiter. Sie hatten geahnt, dass ich zu ihr gehen würde. Natürlich hatten sie das. Sie hatten mich gelesen, so wie auch ich aus ihnen zu lesen versucht hatte.

Ich hätte es mir denken können und dennoch hätte es rein gar nichts daran geändert, noch einmal zu ihr zurückzukehren.

Ich sehe, wie sich ihre Blicke begegnen, Carlas und Benedikts. Wie still es wird, ganz regungslos um uns herum. Ich erinnere mich an eine ähnliche Begegnung zwischen beiden. Eine Etage höher, in selbig grellem Licht. Vor wenigen Tagen. Kurz nachdem der Leichnam gefunden wurde und Benedikt voller Verlorenheit in Begleitung des Cottbusser Kommissars durch die Flure streifte. Sie hatten sich ähnlich angesehen, ähnlich lange und intensiv. Doch nun erscheint Benedikt weniger schwach und sie ist es, die ihren Blick baldigst von seinem nimmt. Sie ist es, die sich kurz zu mir wendet und sich dicht an mich stellt, als brauche sie ein Schutzschild. Doch ich trete zurück.

Wir begeben uns in die kleine beengende Sitznische, in der ich einst schon einmal weilte. Nun sitzt *sie* neben mir statt dieser überaus eifrigen jungen Ärztin. Ich schaue an uns beiden hinab. Carla in kurz sommerlichem Schlafanzugzweiteiler, zu ihren Füßen zwei ausgeblichene Badeschuhe, darunter Zehennägel, bunt gestrichen in Blau- und Orangetönen. Ihre Haut ist glatt, als hätte sie zuvor ein Bad genommen und sich danach kräftig eingeölt. Doch ihr Atem riecht noch nach Morgen. Meine Hosenbeine, inzwischen getrocknet, hängen ausgedehnt über den löchrigen Schuhen. Es klebt Schmutz unter beiden Sohlen, Reste vom Schlamm und vom Wildblumenfeld. Wir beide haben unterschiedliche Nächte verbracht. Eindeutig. Während ich halb erfroren vor mir hin phantasiert hatte, hatte sie womöglich nicht einen Gedanken an mich vergeudet. Wäre ich dort draußen verendet, hätte sie es nicht bemerkt.

Jetzt sitzen wir beide nur noch nebeneinander. Nichts mehr als das. Da ist nichts mehr. Und wir sind genau dort, wo wir vor ungefähr vier Wochen begonnen hatten.

Auch Benedikt verhält sich fremd, als sei auch zwischen ihm und mir nie eine engere Verbindung entstanden. Als hätte ich nicht in seinem Wagen gesessen oder gemeinsam an seiner Seite beinahe Ermittlungen angestellt. So war es doch. Wir hatten beide das gleiche Ziel verfolgt Beinahe besessen davon, nach Antworten zu suchen. Aber nein! Er ist der gleiche wie vor eineinhalb Wochen, als er in die Nische trat, um mich zum Gespräch abzuholen. Auch zu Benedikt hatte ich Vertrauen gefasst, wie zu niemandem sonst als zu Carla und nun sind beide hier neben mir und es ist einfach nichts mehr da, keine Sympathien für niemanden.

Mir wird schwitzig in den Händen, wieder sehe ich hinab. Ich möchte nicht erkannt werden, ich möchte fliehen. Alles dreht sich und ich schwanke seitlich an Carla heran. Ich hätte dort sitzen bleiben sollen unter dem großgewachsenen dichten Birkenbaum. Ich falle kopfüber nach vorne.

„Bleiben Sie bei mir." Benedikt klopft auf meine Schulter. Auch Dietmar Reiter, inzwischen hinzugekommen, packt mich unterm Arm. Nun sind wir alle zusammen, hier auf engstem Raum und niemand hätte auch nur ahnen können, wir sehr wir alle miteinander verstrickt waren.

„Wir brauchen Hilfe", ruft er. *„Wir brauchen Hilfe."* Ich befinde mich im Schwebezustand. Zu meinen Füßen eilt es hin und her.

„Sie ist unterkühlt. Eindeutig."

Als ich aus meinem Dunst erwache, liege ich auf der Sitznischenbank. Die Beine nach oben gewinkelt, umhüllt von knisterndem Folienbezug. Kurzzeitig bin ich bewusstlos gewesen und plötzlich sind beide wieder fort. Benedikt und Kommissar Reiter. Doch nicht sie. Sie ist noch da, sie ist geblieben und vergräbt ihr Gesicht in Zeitungspapier. In etwa so, als warte sie auf die wöchentliche Vitalkontrolle. Ich sehe Schürfe an den Knien, an den Waden, überall an den Beinen lange Striemen. Ich habe das Gleiche zu beklagen. Das Gleiche, da wir Gleiches erlebten.

So ist uns doch ein und das Gleiche widerfahren, in den letzten dreieinhalb Wochen. Und noch vor einigen Tagen und noch eine Woche zuvor.

Wer bist du?, denke ich mir. Jetzt, wo ich viel mehr über sie weiß, als sie ahnt. Jetzt wo ich sicher weiß, dass sie mich belogen hat.

Unstimmigkeiten entstehen auf dem Flur. Ich blicke ums Eck. Frau Kellermann ist es, die sich den Kommissaren in den Weg stellt.

„Ich bitte Sie, zu gehen. Ihr Kollege hat die Ermittlungen doch bereits eingestellt. Lassen Sie unsere Frauen endlich in Ruhe." Doch Benedikt sieht danach aus, als würde er in diesem Moment alles riskieren.

Auch wenn ihm bewusst war, was er zu befürchten hatte so hatte er seine Existenz doch in den letzten Tagen schon aufs Spiel gesetzt. Seit Tagen schien er nur noch frontal und keineswegs mehr lateral beeinflussbar. Benedikt richtet sich auf. *„Frau Kellermann, Wir haben hier zwei Verdächtige in einem Mordfall. Wir werden jetzt diese Frauen vernehmen, ob sie es wollen oder nicht."*

Sie presst beide Lippen übereinander. *„Dann sehe ich mich gezwungen, Ihren Kollegen Herrn Heyer zu informieren."*

„Machen Sie das. Das wird mich nicht daran hindern, einen Mord aufzuklären."

„Nun, also doch ein Mord?", flüstert die große Blonde.

„Das haben wir nie ausgeschlossen."

Frau Kellermann erscheint entsetzt zu sein. Offenbar hatte sie andere Informationen erhalten. Informationen, die nicht der Wahrheit entsprachen.

„Herr Heyer hat die Ermittlungen eingestellt, nicht wahr?" Frau Kellermann stimmt nickend zu.

„Wissen Sie, ich bewundere Ihr Engagement, ganz ehrlich. Aber die Tote hätte auch eine Ihrer Frauen sein können. Wollten Sie dann nicht wissen, wer sie ermordet hat?" Frau Kellermanns Mundwinkel bleiben starr. *„Dort drüben"*, sagt sie und verweist auf einen altbekannten Raum. Dann tritt sie zur Seite.

Benedikt und Dietmar Reiter nehmen uns mit. In den Raum, in welchem mir bereits in Gegenwart Kommissar Heyers jegliche Luft zum Atmen genommen wurde. Doch ich bin schlapp, viel zu schwerfällig, um mich davon noch einmal beeindrucken zu lassen. Niemand besitzt hier noch Reserven. Ich denke, wir alle haben sie verbraucht.

Dietmar Reiter begleitet uns seit zwei Tagen nun schon immer einen Schritt zu langsam, immer ein bisschen gekrümmt. So lässt er sich auch in diesem Augenblick sanft und gemächlich nieder.

Benedikt, der inzwischen wie wahngetrieben nur noch nach vorne schaut. Seine Pupillen erscheinen vergrößert, seine schwungvollen Lippen trocken und rau. Als hatte er selbst das Schlucken vergessen. Nur Carla, Carla hatte sich ihre Kräfte gespart und stattdessen all die anderen um sich herum in Bewegung versetzt.

Nun sitzen wir zusammen. Carla, Benedikt, Kommissar Reiter und ich.

Benedikt liest noch einmal vor, was er mir bereits zugetragen hatte. Die üblichen Informationen der Kripo. Dinge,
von denen ich eigentlich längst wusste. Er gibt sich weiterhin professionell, diese Rolle vertritt er gekonnt. Denn spätestens jetzt, ist ihm ganz und gar nicht mehr abzunehmen,,
dass er noch genügend bei Kräften ist.

Wieder liegt dieses Bild vor uns. Das Opfer, die Tote, die
kreidebleiche Marianna. Hübsch drapiert an der Hausmauer gelegen. Noch immer kann ich den Anblick nicht ertragen.
Und noch etwas liegt da. Der Zettel. Auf einem Tisch vor uns.
Die Stühle ringsherum gestellt, zwischen uns etwa einen Meter Abstand. Carla starrt in Benedikts Gesicht. Beide Arme
ineinander verschränkt. Wenig beeindruckt von dieser Zusammenkunft. Ich ahne, sie hatte es so erwartet.

Ich hingegen sitze gebeugt, wie der Kommissar. Die Sprache zumindest wurde mir nicht verschlagen. Im Gegenteil, ich
fühle mich sprechbereiter denn je. *„Darf ich rauchen?"*

Benedikt öffnet sein Etui. Wie immer ist es gefüllt und allen zur Verfügung gestellt.

Carla greift ebenso zu, doch ihr Blick lässt nicht ab von seinem. So wie sie ihm damals auf dem Flur begegnet war, ungefähr so, vielleicht noch einen Hauch intensiver schaut sie
ihn an. Ihre Augen sind weit geöffnet, sie sind klar.Sie machen
mir Angst. Als würde ihre Imagination sein Augenlicht aus-
saugen. Ich wende mich weg. Dann spricht sie.

„Du erinnerst dich nicht mehr." Sie pustet Qualm in sein
Gesicht.

Benedikt hustet auf. Seine Gesichtsfarbe schwindet. Ich
sehe Trauer in seinen Augen, Furcht. Ihre Präsenz scheint ihn
stark zu beunruhigen. Ich bemerke furchtsames Kribbeln. *„Sie
sind es"*, sagt er. Und ringt großzügig nach Luft.

KAPITEL 9

Carla

Carla ist verloren, als sie durch die Flure läuft. Ihre Bewegungen sind arm, sie sind eingefroren und überfüllt vom Schmerz. Einem unendlichen, lähmenden, qualvollen Schmerz, der tiefer nicht hätte sein können. Der Boden unter ihr klebt am Sohlenbelag, es ist Blut, verschmiertes, ausgeblichenes, altrotes Blut. Blut, das vergossen wurde, wie auch das ihre an diesem einen Tag, der kaum eine Woche hinter ihr lag. Dieser Tag, der ihr alles genommen hatte.

Soeben, da waren diese Männer gekommen, drei Männer, die sich um sie herum versammelten. Sie erinnert sich kaum an ihre Fragen, nicht sehr daran, was ihre zerschlagene Stimme geantwortet hatte. Sie hatte sich einfach nur zur Wand gedreht und zum Boden gesehen und gehofft, dass sie endlich wieder verschwinden würden. Nur den Klang ihrer Füße hatte sie aufgesogen, unruhiges Tippeln und dass einer von ihnen beim Herantreten schlürfte, als wäre sein Schuhwerk etwa fünf Nummern zu groß. Sie waren gekommen, um sich zu vergewissern. Um zu bereinigen, was an diesem Nachmittag geschehen war. Dass niemand der Männer einen Fehler begangen hatte und die Dinge nun einmal passierten. Sie passierten, solche Unfälle. Im Eifer des Gefechtes. Als gehörten solche Ereignisse zum alltäglichen Geschehen. In den Zeiten des Umbruchs, da gab es Opfer. Es hatte Opfer gebraucht, es hatte sie immer gegeben. Als wäre solch etwas nicht zu verbüßen, wie die Tatsache, dass aus friedlichen Absichten blutrünstige Kämpfe entstanden. Niemand hatte sie dazu aufgefordert. Niemand hatte Carla dazu gedrängt, sich an diesem Samstagnachmittag ins Gemenge zu begeben, obwohl sie doch wusste, dass sie auftauchen würden. Uniformierte, in langen schwarzen Hosen und Schutzwesten. Kurzwaffen, die an ihren Gürteln hingen, jederzeit griffbereit. Sie allein trug Verantwortung dafür und für das, was geschehen war. Dafür hatte sie soeben unterzeichnet. Denn die anderen, die anderen hatten sich soeben davon befreit.

Verschwommen waren die Worte unter tränenden Augen eines elendig langen aneinandergereihten Textes. Und dann waren sie gegangen, kurz nachdem die Stiftminedem Papier entwichen war. Und nur Carlas entseelte Hülle hatten sie zurückgelassen. Mit herausgerissenem Herzen, mit all ihrem Schmerz. Mehr existierte nicht mehr seitdem, denn alles andere hatten sie ihr genommen.

Sie will ihnen noch nachsehen, als sie bereits aus dem Zimmer sind, doch zu lang dauern Carlas Reaktionen. Sie muss wissen, wer es von ihnen gewesen war. Wer derjenige war, der seinen Hinterkopf getroffen hatte. Doch nur ein paar wattierte Locken ragen in der Ferne, schlürfenden Schrittes, die Türe zum Flur hinaus. Sie weiß, dass er haselnussbraune Augen besaß, Augen, die sich in ihren verfingen. Die sie stachen, als durchdrangen sie die ihren. Dieser Mann, so angsterfüllt, starr und erschrocken von seiner eigenen Tat. So imposant er sie ansah, als sie am Boden lag. Der ihre Hand hielt, als sie schrie, unendlich laut schrie, während sie den Vater ihres ungeborenen Kindes verlor. Als sterbe sie mit ihm zusammen. Und das tat sie auch. Sie schrie seinetwegen und sie schrie, als wäre sie Protagonistin ihres eigenen grauenvollen Traumes. Der in Wirklichkeit wirklich war.

Als die Polizisten das Klinikum verlassen, ist es still auf dem Flur und Carla weiß, dass es niemals mehr lauter werden wird.

Sie war in der dreizehnten Woche gewesen, zwei Tage zuvor, da trug sie es noch in sich, dieses winzige menschliche Geschöpf. Bevor diese Krämpfe angefangen hatten. Diese unendlichen Krämpfe, die sie nun kaum mehr verspürt. Denn der Schmerz des Verlustes hat sie so sehr überlagert, dass sie keinen anderen mehr erleben kann.

Nachdem die Tür am Ende des Flures einschlägt, ist es vorbei. Niemand wird sie mehr danach fragen, was an diesem Tag geschehen war. Ein reines Gewissen, eine Tat im Affekt. Doch nicht für Carla. Carlas Erinnerung klammert sich an schlürfende Schritte, an zutiefst erschütterte Augenpaare, an krauses schwarzfarbenes Haar, welches sie soeben hat sanft aus der Tür schwingen sehen. Und Carla weiß, dass diese Erinnerung ihr alles genommen hat.

Ein Jahr lang streift Carla umher. Versucht sich in therapeutischen Einrichtungen wiederzufinden, versucht ihren Schmerz zu lindern. Doch all das bleibt vergeblich. Sie wird ihn nicht los, seinen durchdringenden Blick. Sie wird es nicht los, dass das Blut ihres Mannes an seinen Händen klebte. An seinen und an ihren. Sie wird den Moment nicht los, als sie ihre blutdurchtränkte Bluse in die Waschmaschine legt und ihr bewusst wird, woher dieses Blut stammt. Dass sie sich nach Hause getragen hatte, obwohl auch ihr das Blut an beiden Beinen herunterlief. In das gemeinsame Zuhause, in dem sie und ihr Mann eine Familie gründen wollten. Sie wird ihre Fassungslosigkeit nicht los, sie ist noch immer gleich stark geblieben.

Bis zu dem Tag, als er ihr zufällig begegnet. Ganz gewöhnlich in einem städtischen Kaufhaus. Ein paar Meter vor ihr. Da steht er plötzlich und sie erstarrt vor innerem Schmerz. Seine Augen suchen nach jemandem, wenden sich immer wieder zu ihr. Sofort kann Carla ihn zuordnen. Sie zuckt zusammen, schaut zu Boden, beobachtet ihn im Beisein seiner Frau. *Warum durfte er seine Familie behalten? Warum durfte er frei herumlaufen und sein Leben weiterführen, als hätte Carla nie existiert?*

Sie läuft ihm nach bis in die U-Bahn. Dann verliert sie ihn, doch der Rest wird ihr leicht gemacht. Es gab einige, aber nicht unzählige Polizisten seiner Altersklasse, die bei der Berliner Bundespolizei registriert waren. Nicht etliche, im gleichen Bezirk, die aussahen wie er. Mit dunklem Teint, mit anderer Herkunft.

Immer wieder wartet sie nachmittags auf ihn nach Dienstende. *Irgendwann schlägt sie zu.* So war ihr Plan. Nichts mehr gab es zu verlieren. Weder Anstand noch Moral. Nichts mehr, da nichts mehr da war. Es ging ihr nicht um Rache oder darum, Gleiches mit Gleichem zu vergelten. Es ging ihr einzig und allein darum, seine stechenden Augen auszulöschen, seine Augen, die in ihren seit dieses einen Tages brannten. Doch dann tauchte er nicht mehr auf. Ganz unerwartet. Selbst nach einigen Wochen nicht.

Sie recherchiert, monatelang, doch vergeblich. Benedikt Ayari hat sich in Luft aufgelöst. Es vergehen weitere Monate. Doch in Carla verändert sich nichts. Sie hat keinen Mut mehr, keine Kraft, kennt keinen Zustand mehr der Nüchternheit. Eines Nachts jedoch erwacht sie. Es hat sich jemand gemeldet, aus dem Cottbusser Raum. Er schreibt, dass es in der Region einen schmutzigen Neuankömmling gab. Einen, der vor Monaten einen Versetzungsantrag gestellt hatte. Mehr erfährt sie nicht. Sofort wird ihr klar, das muss er sein. Noch am selbigen Tag verlässt sie die Stadt. Beobachtet erneut von Nahem, nimmt ihren Mädchennamen wieder an, um möglichst unerkannt zu bleiben. Nimmt Kontakt zur städtischen Szene auf. Und dann, dann hat sie ihn. Sie hat ihn, mit all seinen Schwächen. Ausgeliefert diesem gebrechlichen System. Und dann wird ihr klar, dass nicht er es ist, der gehen muss. Es ist seine Würde, die er noch immer nach außen trägt. Diese, erst wenn ihm diese genommen wurde, dann werden seine Augen nicht mehr in ihren brennen. Dann wird auch sie ihm alles genommen haben. So wie er ihr alles nahm. Konfrontation war das einzig Wahre. Das einzig Zielführende. Was würde schlimmer für einen Polizisten sein, als sein Revier nicht verteidigen zu können? Als verantwortlich zu sein am Tod einer fremden Frau. Sollte er endlich beginnen, sich schuldig zu fühlen. Viel mehr als das. Es sollte ihn innerlich zerfetzen.

Das Forster Präsidium schrie geradezu danach, brüchig zu sein, so wie es auch Benedikt hinter seiner Fassade war. Die perfekte Zeit also für Carla, um zu bleiben. Um ihm diese Fährte in die Vergangenheit zu legen. Um einen Platz in der städtischen Psychiatrie zu erhalten. Und dort zu bleiben, wo sie sich nach all dem zurückziehen würde.

Heute

Sie existierte nie. Es gab überhaupt keine Carla. Sie hatte sie selbst nur erfunden. Für uns, für mich. Die Illusion, an die ich zuletzt geglaubt hatte. Sie war real. Wie wenig Herz konnte ein Jemand besitzen, der so etwas tat? Wie konnte er nur so zerbrochen sein, wie viel Schmerz erfahren haben?

Die Falte in ihrer Stirn sitzt tief. Sie ist jung, doch allmählich wird sie nicht mehr entweichen. Das vergangene Jahr hat sie tiefer werden lassen, im vergangenen Jahr ist sie entstanden.

Ich wage keine Äußerung. Ich finde keine Worte. Nicht für das, was sie mich hat glauben lassen, nicht für das, was ihr widerfahren war.

Ich sehe Marianna noch einmal an. *Ich* war es, die zugeschlagen hatte. Mit voller Kraft und mit voller Wucht. Mehrfach. Mehrfach war das Scheit gegen ihren Schädel geschlagen, trotzdem sie bereits am Boden lag. Es waren unsaubere Schläge, alles war voll Asche und Blut gewesen. Sie hatte *„Halt und Stopp"* gerufen, ich hatte es ignoriert. Ich hatte nicht aufhören können. So ein befreiender Moment, so exzessiv, so wahnsinnig tiefgreifend. Ich hatte gewusst, dass sie nicht mehr aufstehen würde, doch dieser Rausch ließ mich nicht los. Was danach kam, war nur noch grausam. Und das nicht nur, weil ich Carla verloren hatte. Es war, wie aus größtem emotionalem Rausch in tiefste Tiefen abzustürzen, als wäre mir selbst das Leben ausgehaucht worden. Nur, dass ich eben noch atmete.

Ich atme noch, obwohl ich es nicht sollte. Ich lege das Bild zurück.

„Ich habe es getan", sage ich nun doch etwas. Wie ein Versuch, mich von den Qualen zu befreien. Jetzt greift Carla nach ihrem Bild. Betrachtet Marianna unaufhaltsam.

„Ich musste dich jemanden auswählen lassen", spricht sie.

„Du hättest nie eine ausgesucht, die so lebendig war wie sie", dringt es in meinen Gehörgang und doch wende ich

mich nicht zu ihr. Ich wippe nach vorne, beide Hände zum Knie. Kralle ich mich ins kalte Metall. Meine Nägel beginnen sich darin aufzulösen. Ich verstehe es nicht, verstehe nicht, warum sie ihr Leben geben musste. Kralle tiefer und spüre kurzzeitiges Brennen unter der Nagelhaut. Dann schaue ich auf, denn sie stockt. Ihre Stimme bricht ab. Winzige Tränen kullern übers Gesicht. *Jetzt ist sie echt*, denke ich mir. Doch rasch gelangt vorheriges zurück. Bevor sie an Beherrschung verliert, schaut sie nun wieder starr zu Benedikt. Bemüht darum, nicht mit der Wimper zu zucken.

„*Dann haben Sie also beide diese Tat begangen?*", greift Kommissar Reiter ein. Der seit Beginn unserer Zusammenkunft keinen Ton von sich gibt. Ich zucke nicht. Auch Carla schweigt. Denn unser beider Leben war sowieso verloren.

Es herrscht wieder Stille. Ich sehe zu Benedikt. Er ist noch immer weiß wie Kalkstein. Die im Hintergrund gelbliche Wand schmeichelt ihm nicht besonders zum Vorteil.

„*Wer sind Sie? Woher kannten Sie diese Frau?*", dringt es aus Reiter kraftvoller.

„*Ich kannte sie kaum, hatte sie ein paar Mal an der Tankstelle getroffen.*"

Sie hatten sich also getroffen. Ein paar Mal. Jetzt schaue ich zu ihr. Um vorwerfende Blicke zu formen, doch was könnte Vorwürfe schon bewirken, sie sind so vergeblich im Vergleich zum Geschehenen.

„*Also, wer war diese Frau?*" Benedikts Gesichtsfarbe gelangt zurück.

„*Ich habe sie meist in Begleitung gesehen, von Herren mittleren Alters. Mir hatte sie nur ein paar Informationen verschafft. Mehr nicht.*"

„*So so, mehr nicht,*" wiederholt Benedikt.

„*War sie eine Prostituierte?*", er schaut Carla nun ebenso fokussiert entgegen.

„*Fragen Sie diesen Kommissar.*"

Benedikt wendet sich Reiter zu.

„Ich meine den anderen, diesen Glatzkopf."

„Herrn Heyer."

„Sie war geradezu perfekt."

„Perfekt um sie zu ermorden, meinen Sie?" Carla ignoriert Benedikts Anklage, dreht sich zu mir und gibt mir zu verstehen.

„Nie hättest du eine wie sie ausgewählt. Nie! Ich musste dich in dem Glauben lassen, dass du alleine entscheidest. Um für uns, die richtige Wahl zu treffen." Als befände sie sich noch immer in ihrer erfundenen Person.

„Das ist Beihilfe zum Mord. Mehr als das", verdeutlicht Benedikt.

„Wer glaubt Ihnen das? Wer hört Ihnen denn noch zu?", Carla beugt sich vor zu ihm. Von Tränen nun keine Spur mehr.

Ein Schauder durchfährt meine Gliedmaßen, ich schüttle mich. Und endlich gehe ich in Verteidigung. Ich erhebe mich. Endlich kommt *meine* Stimme zur Geltung.

„Aber warum dann sie und warum nicht eine wie Ellie?"

„Hast du es denn noch immer nicht verstanden?", fragt Carla, als wäre ich inzwischen unbrauchbarer Ballast.

„Was habe ich nicht verstanden?"

„Setz dich", sagt sie nur.

„Marianna stammte aus Rumänien."

Natürlich. Da ist er wieder, dieser Bezug zu Rumänien.

Wie auf diesem gefalzten Zettelchen. Auf ihren Bildern. In den Adern dieser Frau.

„Rumänien!", wiederholt sie sich, bevor ihre Stimme zu zittern beginnt.

„Sie stammte aus Rumänien, genauso wie mein Mann." Mir wird wahrlich unwohl. Und nicht nur mir. Wieder verblasst Benedikts Gesicht. Fast unser aller Gesichter sind nun farbenlos. Jetzt atmet er schnell, tief saugt er die umliegende Tabakluft ein, bevor er folgendes vorzulesen beginnt „Nui ne mai uita!" „Hört auf, uns zu vergessen!"

Nur ein Gesicht hat seine Farbe kaum verloren.

„Jetzt hast du es endlich verstanden.", sagt Carla. Eiskalt und gnadenlos.

„Endlich hast du verstanden, weshalb diese Frau sterben musste. Du hast uns vergessen, Benedikt Ayari."

„Sie sind verrückt", schreitet Dietmar Reiter ein. *„Vollkommen verrückt."*

Benedikt

Er hatte es auf einem Banner gelesen, auf einem farbenfrohen, selbst beschriebenen Banner, das vor seinen Augen hin und hergeschwungen war. *„Hört auf, uns zu vergessen!",* ragte es über unzählige Köpfe hinweg. Provokativ, ehrfürchtig und dennoch kaum seine Beachtung findend.

Eindringlich hatte er sie angesehen, in diesem Moment nichts anderes als sie. Sie trug braunes Haar, heute trägt sie blondes. Benedikt hatte ihr Gesicht vergessen. Ihr zartes, rosa getöntes, reines Gesicht. Jetzt erscheint ihre Haut gegerbt, uneben, schmutzig, glanzlos. Dennoch sieht er sie jetzt, als sei kein Tag vergangen seitdem. Wie hat er sie nur so sehr verdrängen können? Wie hat er nur vergessen können, wie ihre Augen schrien, wenn sie jetzt doch so klar und deutlich vor ihm sind? Wie hatte er nur vergessen könne, wie ihre Finger beinahe aus seinen rutschten und er sie fest an den Enden zusammendrückte. Er fühlt ihre Hand, als wären sie beide noch immer dort. Umgeben von diesem Menschenpult. Umgeben von Schritten und Schlägen, von Schreien, die aus allen Richtungen kommen. Noch immer dort, an diesem Sonntag im März. Unpassend rau und winterlich.

Nässe kroch durch seine Uniform, er war erschöpft, während er am Wegesrand Patrouille stand. Kaum voran kamen die unzähligen Füße der Demonstranten, die sich aus dem Norden Berlins zum Regierungsviertel im Gleichschritt bewegten. Zu viele waren gekommen, viel mehr als sie erwartet hatten. Wieder ging es um Einbürgerungsgesetzte, um Ungleichbehandlung, um den aktuellen Notstand, der sich in den letzten Jahren drastisch ausgeweitet hatte. Ein ewiges Thema, das kaum mehr Beachtung fand. Sie waren friedlich, diese Leute, die im Prinzip nicht sehr viel forderten. Nur hatte man sie eben vergessen. Man hatte vergessen, dass einst die Türen für sie offenstanden, eine bunte Scharr fremder Kulturen. Man hatte vergessen, dass sie tüchtig waren und nichts weiter wünschten als Frieden.

Zuvor war der Abend für Benedikt lang geworden, zwischen ihm und anderen Polizeibeamten, die nach Dienstschluss zusammenkamen, um zu lamentieren.

Wie so oft hatte Benedikt diesen Druck verspürt, diesen elendig stechenden tiefgreifenden Druck. Druck, den niemand von ihnen ertrug. Dagegen anzukämpfen jedoch wurde vergeblich. Dagegen anzukämpfen und gegen jene, von denen er umgeben war. Das Präsidium war voll von denen, die sich mutwillig ins Gemenge stürmten, doch jeder einzelne von ihnen spürte dieselbe Angst wie er. Es waren Polizisten arabischer, sowjetischer, westlicher Prägung, die am Wandel der Hauptstadt beteiligt waren. Doch Benedikt war anders. Er wusste, wie es war, selbst unter den Minderheiten minder zu sein, es hatte es selbst einmal erleben müssen. Doch vergessen hatte er es wollen, vergessen wollen, woher er kam. Einst, da war er offensichtlich und meinungsstark gewesen. Doch irgendwann, da war er feige geworden, feige, und ließ sich leiten von diesem Dunst umliegenden Leichtsinnes und von der Demut. So lebte es sich leichter, nebenher zu sein. Sich nicht mehr zur Wehr setzen zu müssen, so etwas wie Akzeptanz zu erfahren und sich nichts weiter als irgendwo in der Mitte einreihen zu müssen. Schon gar dann, als sie an jenem Sonntagnachmittag allesamt zusammenkamen und nur die Worte des Abends noch in seinen Gedanken hingen.

„Es sind jetzt einfach genug von ihnen." „Wir müssen es endlich beenden."

Und trotzdem Gefühle der Zugehörigkeit aufkamen, hatte er es gehasst, Benedikt hatte es gehasst, sich nicht mehr zur Äußerung bemühen zu können. Gegenüber Ethnienfeindlichkeit, gegenüber Animosität untereinander. Dass sie Krieg spielten mit jenen, die vor dem Krieg geflohen waren. Dass auch er in solch einer Welt tatsächlich niemals weniger minder sein würde. Ein Christ mit tunesischen Wurzeln.

Heute

Benedikt öffnet das Etui. Nur noch eine Zigarette ist übriggeblieben, die anderen liegen heruntergebrannt in einem ehemaligen Gurkenglas. In einem Gemisch aus Wasser und Teer treiben sie leblos vor sich her. Er hat uns allesamt seit einer Stunde schon versorgt, die letzte jedoch behält er für sich, nachdem er in die Runde schaut, bestehend aus Carla, Dietmar Reiter und mir. Nachdem er vermeintlich nicht erwählen könnte, welches dieser Gesichter sich wohl am meisten verzerrt.

Noch einmal erscheint der Moment zu verworren. Noch einmal wagt Benedikt dazuzugehören. Seine Finger greifen hinein, während unsere Blicke folgen, legen den Filter sanft in seinen Lippenspalt. Ein ruhiger Moment, alles erstarrt, sekündlich. Dann hustet er auf, zieht erneut und wieder erdröhnt Gehuste. *„Dietmar",* kann Benedikt noch sagen. Und reicht die qualmende Zigarette nach drüben zur Fensterbank. Unruhig, nun wieder sein Gesamtkonstrukt. Flatternde Arme, als seien sie vom Nikotin befallen. Und dann drängelt sich eine Stimme hervor, in Versuchung, ihm den letzten Atem zu rauben. Seicht und klagend, sind ihre Worte, dennoch klar und bestimmt. *„Ich habe niemanden getötet, niemandem das Leben genommen."*

Er setzt sich. Was sonst kann er noch tun. Wenn sie nun spricht, dann erscheint er ebenso verloren, ebenso entleert, wie ich zu sein.

Demonstrativ zeigen Carlas Finger auf Benedikt. Als sei sie dabei, gleiche Taten zu begehen. Gleichen Schmerz zu verrichten, gleiche Schläge zu versetzen.

Schläge – die ich Marianna zugefügt hatte – die Benedikt ihrem Ehemann zugefügt hatte.

„Ihr beide habt getötet. Nur ihr zwei." Sie erhebt sich. Tritt zu dicht an ihn heran und spricht so laut, dass es niemand von uns überhören kann. *„Aber es ist deine Verantwortung!"*

Benedikt

Bis das Gemenge allmählich dichter wurde, hatte Benedikt am Seitenrand verharrt. Am liebsten wäre er stehengeblieben, doch sie rissen ihn mit. Frauen und ihre Kinder, Alte und Gebrechliche. Wie er sah, waren ganze Familien gekommen. Nicht ungewöhnlich für Sonntagsauftritte. Doch es waren so viele. Ganz und gar war es drastischer geworden, inzwischen waren sie deutlicher. Deutlicher auf beiden Seiten.

Wassertropfen waren unter Benedikts Visier gekrochen, ganz beschlagen beschränkte es seine Sicht. Die zu denjenigen, die neben ihm liefen und irgendwann, da nahm der Zug an Tempo auf, während einige von ihnen am Rande nach draußen kehrten, sich hindurchzwängten und zum Bordstein retteten. Tumult kam auf und kurzzeitiges Gebrüll, dann wurde es wieder sanfter. Ein paar Schritte drang er tiefer hinein, bis er nun vollkommen umzingelt war.

Benedikt war klar gewesen, dass sie nicht genügend waren. Er und dieser schwarzgepanzerte Trupp. Doch ihr Größenwahn hatte sie vorangetrieben, sowie das Kokain, das in ihren Nasengängen saß und nur darauf lauerte, aus ihnen herauszubrechen. Immer wieder versuchte er ihre Konturen zu erwischen, doch seine Kollegen waren beinah untergetaucht, sie waren irgendwo mittendrin, verschwunden und unsichtbar und längst im Kampf gegen den vermeintlichen Gegner.

Kinderstimmen zogen an ihm vorbei, eine Mutter mit zweien auf ihrem Arm. Es wurde zu laut und wurde zu eng. Sie schauten zu ihm auf, flehenden Blickes, doch der junge Polizeibeamte schien regungslos und spürte nichts außer dem instinktiven Griff zur Gürteltasche. Von oben regnete es Qualm, aus einstigem Regen wurde Nebel, Leuchtraketen jagten zum Himmel hinauf.

Dann begann sich etwas Ernsthaftes aufzutun. Er hatte es gekannt, von anderen Demonstrationen, doch selten von denen an Sonntagen. Sie hatten einmal friedlich begonnen und doch waren es inzwischen zu viele geworden, über die Monate, vor allem heute. Zu viele, die an ihm zogen und ihn umherschubsten, weil er nichts tat. Doch was hätte er tun sollen? Er hatte nicht verstanden, warum sie mit ihren Kindern kamen, an solch einem unüberschaubaren Tag. Warum sie nicht längst schon gegangen waren, als sie bemerkt hatten, dass es zu viele wurden. Warum sie an ihm zogen, als spürte er nichts, und ihn anbrüllten, weil er nichts tat. Und ehe er sich versah, hielt er den Schlagstock fest in beiden Händen, zitternd, umzingelt von Menschenmassen und der beinahen Unmöglichkeit, die Leute zurückzudrängen. Panik brach aus, in ihnen und in ihm und dann spürte er plötzliche Aversionen. Was wollten sie alle hier, diese Leute mit ihren nichtssagenden Aussagen, mit utopischen Vorstellungen, mit ihren Kindern. Er hatte es so satt, dass sich ja doch nichts regte, er hatte es so satt, dass diese Menschen weitere Gründe lieferten, um dem Feindbild niemals ein Ende zu bereiten. Er hatte diese Stimmen satt, die sein Gehirn blockierten und ihm verwehrten zur Seite zu schauen.

Dann schlug er zu. Zunächst schwach, traf ein paar Arme und Schultern. Schreie prallten an ihm ab. Wieder stiegen Raketen in die Höhe, Menschen schreckten zurück.

„Hört auf, uns zu vergessen!", streifte ihn ein Aufruf. Farbenfroh und Selbstkreiert. Ruhelos flatternd in Windeseile. Doch er nahm ihn kaum wahr, schlug wieder weiter, doch es wurde nicht leiser. Erhöhte den Druck, wurde blind und taub, bis etwas vor seine Füße fiel. Er hatte den Hinterkopf eines Mannes getroffen. Eines Mannes, der flehend nach Erbarmen rief. Dessen Hinterkopf beinahe zu zerplatzen drohte, dessen Blut fließend über seine Schläfen lief. Eine Frau, die sich danebenlegte und die Wunden ihres Mannes mit bloßen Händen bedeckte. Dann ging auch er zu Boden, ließ das Werkzeug fallen und griff nach den Händen dieser Frau. Denn sie schrie so laut, dass er es nicht aushalten konnte, und er hielt es nicht aus, dass beide am Boden lagen. Dass es seine

Hände waren, die jene Verantwortung trugen. Er sah sie an. Sah ihre Angst, ihre unbändige Angst und Begrifflichkeit für das, was passiert war. Er sah diesen entsetzlichen Schrecken in ihren Augen. Setzte einen Meter zurück. Stieß mit anderen Beinen zusammen. Seine Ohren sausten, sein Blick verschwamm. Ein Sekundenmoment voller Endlosigkeit. Endlos fließendes Blut, doch die Frau war nun still. Das Einzige, was er noch vernahm, war ihr Blick. Ihre tiefe Bekümmernis und Furchtsamkeit.

Fremde Körper drängten sich zwischen sie. Bis ihn jemand am Kragen packte, rückwärts ziehend durch die Menschenmassen, um mit ihm durch die Gassen der Straßen zu verschwinden. Einige waren noch zur Hilfe geeilt, ein paar Leute hatten sich zwischen sie gedrängt, doch die meisten waren bei sich geblieben, um in der Enge des Gefechtes zu überleben. Benedikt aber wurde befreit, diesem Szenarium entrissen, ohne Vorwarnung, ohne sich der Situation bewusstwerden zu können.

„*Er hat dich angegriffen. Hörst du!?*" „*Du musstest dich wehren.*" Und Benedikt war sich sicher, dass sie logen. Niemand hatte ihn angegriffen, ihn stattdessen angefleht, aufzuhören. Die Massen freizulassen. Und nicht, wie sie es taten, sie in die Enge zu drängen, sie zusammenzuschieben wie schlachtreifes Vieh.

Nach drei Tagen war der Mann verstorben. Benedikt erfuhr es nebenbei. Er erfuhr, dass dessen Frau einen Abort erlitt, dass auch sie medizinisch versorgt worden war. Dass er es war, der dafür die Verantwortung trug. Auch wenn er sich kaum mehr erinnerte. Auch, wenn es nur Bruchteile waren, die in seinem Kopf umhergeisterten. Doch den Druck, diesen Druck in seinen Armen und seine unbändige Kraft, die spürt er noch heute.

Er hatte es aushalten müssen, dass er zum Schweigen gedrängt worden war, dass diese Frau in der Klinik einen Verzicht unterschrieb, obwohl sie doch schon auf alles verzichten musste. Es aushalten müssen, zu einem Teil geworden zu sein, das er sein Leben lang verachtet hatte. Es aushalten müssen, dass er nur auszusagen brauchte, als Polizist von den Massen bedrängt worden zu sein. Sich notwehrend, einfach nur notwehrend verhalten hatte. Bis er es eines Tages glaubte. Er hatte es doch nicht besser gewusst, doch niemals gewollt, dass so etwas geschieht.

Dann kam seine Rettung, nach einem Jahr. Seine Anstellung im Forster Präsidium.

Dietmar Reiter hatte ihn gerettet und im Prinzip hatte er sich darum schon wieder bemüht. Vor Kommissar Heyer, vor mir, vor Carla. Doch dieses Mal war er zu müde gewesen. Und konnte nicht aufhalten, dass zwei Frauen eine andere ermordeten. Er waches System hätte es verhindern können. Vielleicht aber auch nicht.

Heute

Als Benedikt stoppt, ist Carla nicht mehr da.

Sie hatte ihm noch dabei zugesehen, wie die Worte nur so aus ihm herausgeströmt waren. Unmelodisch, aber sorgsam. Dann war ihre Tat vollendet.

Noch einmal waren sich unsere Blicke begegnet. Flach und nichtssagend schaute sie mich an. Danach verschwand sie in der Tür, denn sie wusste, dass sie nichts zu befürchten hatte. Dass es nicht *ihre* Abdrücke waren, sondern die *meinen*. Dass sie zurückkehren konnte und ich nicht.

Benedikt, er nimmt mich mit. Lässt mich nicht hier. Hier würden sie mich zerfleischen oder ich sie, wahrscheinlich würde ich eher sie zerfleischen. Oder auch nicht. Doch Carla wird bleiben.

Ich denke, ich hatte sie geliebt. Diese Frau, die sie erfunden hatte. Es muss Liebe gewesen sein. Vielleicht sogar sehr. Eine bedingungslose Form.

Vielleicht waren wir alle im Stande zu morden, wenn wir so sehr liebten. Wenn wir verraten wurden oder manipuliert. Wenn uns alles genommen wurde.

Dietmar Reiter bleibt zurück, von dort an trennen sich unsere Wege. Er hatte sich schwerfällig hinter uns hergeschleppt und vom Weiten *„Auf Wiedersehen"* winkend Abschied genommen. Ich denke, auch ihn werde ich wohl nie wieder sehen.

„Er braucht jetzt Zeit. Dann wird er schon wieder", sagt Benedikt, als wir seitlich an ihm vorbeirollen. Dietmar Reiters Augenringe sind bläulich und tiefsitzend. Jetzt wird er endlich zur Ruhe kommen können.

Ein letztes Mal sitze ich auf der Hinterbank seines Wagens. Ein letztes Mal tanzen die Kronen im sanften Gebrause des Windes durch schillernden Sonnenstrahl. Als könnte es friedlicher nicht sein, um uns herum. Da oben ist nichts anders als vor ungefähr vier Wochen. Da oben ist es makellos, hier unten alles verdreckt.

„Finja", vernehme ich.

Zum ersten Mal nennt er meinen Namen. Dann stoppt Benedikt Ayari den Wagen und öffnet mir die Tür ins Freie.

„Geh", sagt er. Kurz und prägnant. *„Es wird niemand nach dir suchen."*

Über den Fluss führt eine Brücke zum Nachbarland. Ich steige aus und sehe hinüber. Schmal und bewachsen dient sie der Tierflucht. Unter ihr, das sanfte Fließen der Neiße. Es tröpfelt, riecht frisch und blumig.

„Geh nach drüben, dort wartet ein Neuanfang."

Gutgläubig, wie er noch immer war, dieser Benedikt Ayari.

Ende ...

Vielen Dank Sarah!

Und vielen Dank an

San Pietro (Messina/Sicilia)
Brody (Polska)
Reutte (Tirol)
Bonaita (Sardegna)
Cold Lake (Alberta/Canada)
Albufeira (Portugal)
Benalmadena (Andalusien/Espana)
Annaburg (Deutschland)
Bullerup (Danmark)
und Forst (Lausitz)

Die Autorin

Carolin Sternberg, 1989 in Potsdam geboren, veröffentlichte mit „Im Schatten der Hausmauer" ihr erstes Buch.

Ihre Geschichten entstehen auf Reisen, wo die Potsdamerin – neben ihrer Arbeit als Heilpädagogin – die nötige Zeit und Ruhe findet, um in die verschiedenen Charaktere einzutauchen und ihrer Kreativität freien Lauf zu lassen.

Und so besuchte sie für „Im Schatten der Hausmauer" auch das Städtchen Forst in der Lausitz, dessen Beschreibungen dennoch äußerst fiktiv sind.

Bewerten
Sie dieses Buch
auf unserer
Homepage!

w w w . n o v u m v e r l a g . c o m

novum VERLAG FÜR NEUAUTOREN

Der Verlag

Wer aufhört besser zu werden, hat aufgehört gut zu sein!

Basierend auf diesem Motto ist es dem novum Verlag ein Anliegen, neue Manuskripte aufzuspüren, zu veröffentlichen und deren Autoren langfristig zu fördern. Mittlerweile gilt der 1997 gegründete und mehrfach prämierte Verlag als Spezialist für Neuautoren in Deutschland, Österreich und der Schweiz.

Für jedes neue Manuskript wird innerhalb weniger Wochen eine kostenfreie, unverbindliche Lektorats-Prüfung erstellt.

Weitere Informationen zum Verlag und seinen Büchern finden Sie im Internet unter:

www.novumverlag.com